互动与抵牾

20世纪80年代文学批评与小说关系研究

俞敏华 著

上海书店出版社

本书为国家社科一般项目(编号14BZW036)结题成果

目　录

导论：批评的力量 ········ 1

　一、问题的提出：进入20世纪80年代的方式 ········ 1

　二、反思：批评的黄金时代 ········ 6

　三、研究的思路和方法 ······ 13

上篇：文学批评的"在场" ········ 19

第一章　20世纪80年代文学批评家：流金岁月中的歌者 ········ 20

　第一节　老一代批评家：新气象的支撑者 ········ 21

　第二节　中年批评家：新气象的中流砥柱 ········ 29

　第三节　青年批评家：新潮的生机 ········ 39

　　一、流金岁月中批评的增长 ········ 39

　　二、圈子式的亲密关系：批评家的生态 ········ 46

　　三、批评的助力与剪裁 ······ 56

第二章　译介文本的选择和影响 ······ 67

　第一节　移译西学典籍 ········ 67

第二节　"现代派"的话语魅力………77

　　第三节　接纳的选择和意义的增长………87

第三章　文学批评方法的涌动与观念的振荡………96

　　第一节　"方法论年"的到来………97

　　第二节　新评带来的视野变化………105

　　第三节　理论的焦虑与文学观念的振荡………114

第四章　文学期刊的承载力………120

　　第一节　舞台上的聚光灯：期刊的繁荣景象………120

　　第二节　《人民文学》：风向标意义………133

　　第三节　《上海文学》《收获》：新潮小说丰饶的

　　　　　　沃土………140

　　第四节　《钟山》：适市场而动的成功策划………149

下篇：批评的"介入"与小说潮流的"出场"………157

　　第五章　"伤痕—反思"文学潮流与新旧文学的断裂性

　　　　　　想象………158

　　　　第一节　"新时期"的到来与文学的诉求………159

　　　　第二节　争鸣与规约………168

　　　　第三节　文本的话语延伸………180

第六章　"改革文学"与现代化憧憬 ……… 186

　　第一节　《乔厂长上任记》的发表 ……… 186

　　第二节　现实主义写作与经济体制改革的共振 ……… 193

　　第三节　现代化想象中的价值偏向 ……… 204

第七章　"寻根文学"与文化热忱时代的文学诉求 ……… 213

　　第一节　"寻根文学"发生的线索 ……… 213

　　第二节　"宣言"与浪潮的涌起 ……… 224

　　第三节　"文化"表述的困境和争论 ……… 229

第八章　"先锋小说"的出场与"形式实验"的炫舞 ……… 238

　　第一节　从期刊看作家在文坛的地位 ……… 240

　　第二节　来自"形式"的话语力量 ……… 248

　　第三节　期待、剪裁与游离的"先锋" ……… 257

第九章　"新写实小说"与"现实主义"的期待与慎行

　　　　之轨 ……… 264

　　第一节　命名的急迫：从研讨会到"大联展" ……… 264

　　第二节　批评视野中的"现实期待"及争论 ……… 273

　　第三节　市场暗流中的"现实" ……… 283

后记 ……… 291

导论：批评的力量

一、问题的提出：进入20世纪80年代的方式

三四十年前的20世纪80年代，并未离我们远去，今天我们的政治、经济、生活等方方面面都与它有着紧密的联系，我们的文学理当如此。然而，事实是，我们似乎总是在怀念着那个独特的文学热忱时代，总觉得如今被商业气息充斥的文学市场少了当年纯文学的气息。2005年，吴亮和李陀，这两位当年批评界的大咖还在争论"纯文学"的问题；2006年查建英的《八十年代访谈录》中，众多亲历者在述说中流露的怀念情绪，亦引起了文坛不大不小的争论；自进入21世纪以来，学界众多的研究者更是不断地回到当年的现场，对80年代的文学概念、内涵、文学作品的命名、文学现象及事件的细节等进行着种种的反观。80年代显然已经不是一个简单的时间概念，而是一个连接着"十七年"和90年代以来文学的重要文学场，无论是历史化的反思还是重新被审视的文学事件细节，这个与我们的日常依然密切相关的时代，在研究者的评述中，一次次地被"对象化"了。

其中，"重返"成为一个重要的研究思路。比如，2005年《文艺研究》的第1期，刊登了李扬的文章《重返"新时期文学"的意义》，质

疑了主宰80年代以来中国当代文学叙述中的所谓当代文学发展"断裂论",提出了要在整个当代文学史中找寻规律和历史脉络,并强调了从制度层面研究的重要性[1]。《文艺研究》接着又刊发了一系列"重返"的文章,对"伤痕文学""寻根文学""先锋文学"等一系列文学现象的现有文学史阐释进行补充和反思。2006年,《当代作家评论》也开辟了"重返八十年代"专栏。随后,《文艺争鸣》《南方文坛》《海南师范大学学报》等期刊纷纷推出研究文章。直至今天,这个话题依然成为文学研究界的热门话题,其中不乏理论的创新和新的研究视角下新知识的呈现。这样的研究,体现出了对80年代文学知识的重新发现,以及对原有的"80年代文学"权威结论的质疑。同样,这样的探索也困难重重,正如程光炜所说的:"我们的工作所面对的是一个已经在大学教学大纲中变成'文学场域'的'80年代文学'。在它的'文学知识'成为我们的研究对象时,'冒犯'的学科危险,被目为'奇谈怪论'的可能性,一直在研究工作中存在。这就需要我们既在本学科的'想象共同体'内设计问题,探讨研究的方法,同时,也应把这一'共同体'作为自己讨论的对象。但是,其中的分寸怎么把握,问题的讨论是否每次都具有有效性,是否有利于当代文学史研究的进一步发展,这些都没有答案,需要观察一个时期才能看得比较清楚。"[2]然而,不管怎么困难,重新审视80年代文学的工作已经开启,这必将给当代文学史的研究提供有效的视野。

---

[1] 李扬:《重返"新时期文学"的意义》,《文艺研究》2005年第1期。
[2] 程光炜:《八十年代研究丛书·前面的话》,程光炜主编《重返八十年代》,北京:北京大学出版社2009年版,第2页。

从整体上看，现有的研究成果主要集中于这几个方面：

第一，80年代亲历者以回忆或怀旧的方式进入历史，力图再现当时文学发展及文学批评的状况。主要著作如：新京报编的《追寻80年代》、查建英的《八十年代访谈录》、程永新的《一个人的文学史1983—2007》、王尧的《一个人的八十年代》、马原的《重返黄金时代——八十年代大家访谈录》、朱伟的《重读八十年代》、罗达成的《八十年代激情文坛——我在〈文汇月刊〉十年》等。主要文章如吴亮等人的《80年代的先锋文学和先锋批评——吴亮访谈录》《八十年代琐记》，程德培等人的《记忆·阅读·方法——程德培与新时期文学批评》等，王安忆的《我与写作》、韩少功的《文学与时代》、李杭育的《我们的一九八四》、莫言的《阅读与人生》等。这些来自当年正活跃的批评家、编辑及作家的文字，通过回忆的方式较集中地展示了个体在80年代的文化活动及所处的环境，同时，这些回忆多多少少有种怀旧和眷恋的色彩。

第二，在"重返"80年代的文学思路下，重审80年代文学知识的建构过程成为一大研究方向。大量的文章以重返80年代文学现场为途径，重新解读作品，反思已有的文学史知识，重探一些主要的文学事件，剖析文学术语等。90年代末张旭东的《重返八十年代》较早提出了这一想法，新世纪后这类研究升温，目前影响较大的专著如程光炜主编的"八十年代研究丛书"，收入了程光炜、洪子诚、李扬、李陀、王尧、吴俊、罗岗、贺桂梅、旷新年、黄平、杨庆祥等人对80年代文学进行再认识、再探讨的研究文章，对现有文学史结论发起了挑战；贺桂梅的《"新启蒙"知识档案——80年代中国文化研究》，通过

"知识考古"反观 80 年代"启蒙话语";吴义勤的《新时期文学的文化反思》,涉及从文化反思角度解读新时期的文学作品;李建周的《先锋小说的兴起》,进入历史的细节和文化政治现场,分析了"先锋小说"兴起时的文学环境和文学史细节;张小刚的《传媒与"新写实小说"的兴起》,从文学杂志的角度分析了"新写实小说"进入文学场的细节。另外,如南帆的《八十年代:多义的启蒙》、李新宇的《如何反思 80 年代》、颜水生的《论"重返八十年代"的知识范式及其反思》等文章,都分别从不同的层面展开了阐述。这些研究或将已被文学史认同的知识进行"陌生化"和"问题化"的处理,进行重新阐释,或重读文本,或将文本扩展至文学的"周边",考察 80 年代批评语境等,或对"重返"做出反思,都无疑开掘了当代文学研究的视野。

第三,在"重返"的研究中,80 年代文学批评的现状及独特意义受到了诸多学者的关注。如程光炜的《80 年代文学批评的"分层化"问题》《批评对"贾平凹形象"的塑造》《批评的力量——从两篇评论、一场对话看批评家与王安忆〈小鲍庄〉的关系》、牛学智的《走出"激情",寻找失衡的"传统"——对 80 年代文学批评"归位与正名"的再理解》、郭冰茹的《方法与政治——新时期文学批评研究》、黄发有的《文学编辑与文学生态》、吴圣刚的《80 年代的文学批评——以〈文学评论〉为中心》、李红霞的《"文学是人学"观念的复兴——20 世纪 80 年代文学批评的一个侧面》、郭君的《从 1985 年观整个 20 世纪 80 年代的文学批评》、魏宝涛的《〈文艺报〉与"新时期文学批评"的舆论空间建构——以"介入与建构(1978—1980)为中心"》、刘芳坤的《诗意乡村的"发现"——〈我的遥远的清平湾〉与

80年代文学批评》、方岩的《"80年代"与"新时期文学"：以思维特征、主题词汇、修辞倾向为例——考察1980年代文学批评史的一个视角》、赵黎波的《1980年代文学批评启蒙话语的现代化特征》、彭海云的《论1980年代文学批评的突破与局限——从"重返80年代"及1990年代文学批评谈起》等文章，直接或间接地以80年代的文学批评为阐述对象，从宏观或微观的不同层面探讨现状，认识到了它的重要性，并在一些具体文本的关系上做出了阐释。

可见，目前对80年代的研究已经开拓了新的视野，认识到了80年代文学批评的特征及其对当时文学创作的重要性，特别是产生了对一些具体文本及文学事件的阐释以及亲历者的回忆资料，这些都为当下的研究提供了丰富的资料积累。同样，面对着被"对象化"又时不时地影响着当下思维方式的80年代，进入80年代成为一件有趣而又要小心翼翼的事情，因为我们不得不承认，80年代那种时时更新又给中国社会带来了巨大震动的思想和思维方式，依然是我们日常的一部分，这让我们不得不对自己理所当然做出的结论保持警惕。同时，当年它对"十七年"文学做出的反叛，以及悄然种下的影响着90年代文学及文学批评走向的因子，我们必须给予充分的重视，因为80年代从来不应该是孤立的，它在文学史脉络中的意义远未被充分阐释。因此，当年那些文学作品走向文学史的细节再次进入研究的视野，在创作与批评的双重维度中，80年代文学提供的不仅是丰富的创新性文本，而且，还包括文本意义之发掘和文学史阐述之定格。2006年至2010年，我在做80年代小说艺术形式研究的过程中，强烈地感受到了80年代文学批评对文本阐释的强大甚至强势的影响力，这引发了我关

注80年代文学批评的想法，而近些年学界不断增长的对80年代的文学的研究，为我的研究提供了参考视野和更多的资料。当然，我所讨论的议题不在于回归、反省80年代，或简单地发掘一些新的史料，而是进一步阐发批评与创作的关系，探讨决定80年代文学批评的关键性要素，并对文学批评与小说创作间的关系做出系统化的研究，探索文学史何以如此呈现80年代文学图景的密码。

二、反思：批评的黄金时代

当我们以关照80年代文学批评图景的方式进入80年代文学时，批评成为一个关键性的词汇。在80年代末期，对批评学本身的探讨已引起中国文坛的重视，当时译介的韦勒克的《批评的概念》一书影响较大，其中阐释20世纪文学批评的主要趋势时，曾说："十八、十九世纪曾被人们称作'批评的时代'。实际上，二十世纪才最有资格享有这个称号。在二十世纪，不但有一股名副其实的批评的洪流向我们汹涌袭来，而且文学批评也已获得了新的自我意识，在公众心目中占有了比往昔高得多的地位。近几十年间，文学批评还形成了许多新的方法和新的价值观念。"[1]实际上，20世纪80年代中国文学批评的兴起就与西方理论的译介密不可分。韦勒克在书中所概括的诸种批评趋势，如心理分析的文学批评、语言学的文学批评、形式主义的文学批评、存在主义文学批评、神话文学批评等等，在80年代的中国文坛上

---

[1] ［美］雷内·韦勒克：《批评的概念》，丁泓、余徵译，成都：四川文艺出版社1987年版，第326页。

悉数呈现，这为中国文学批评突破传统的单一的社会学批评提供了巨大的帮助。也有中国本土文学批评家，因批评重要性的日益显现，将20世纪中国的文学称为"批评的时代"，认为："由于中西文化文论的碰撞与交流，以及由此形成的与世界越来越广泛交流的跨文化语境，20世纪中国文学呈现出一些从未有过的历史特点，其自身经历了一系列历史性裂变、转换和拓展，不仅使自己从原来的传统文化与意识形态框架中率先脱颖而出，而且使自己的社会角色及其文化功能也随之转变，成为社会变迁中最敏感、最前卫、对人们生活影响最广泛的领域与现象。或许会让后人惊讶的是，在20世纪的中国，几乎每一次、每一种大的社会和文化变革，都离不开文学批评的现身和参与，都能够从文学批评中找到其征兆和痕迹。"[1]

可以说，自中国现代文学开启之时，我们的文学批评不仅不断地进行着理论的更新，而且，在文学史的建构过程中，发挥着"预言"和"定格"的功能。到了20世纪80年代的文化语境中，知识分子们更是以极大的热情和理想去评述文学作品，并充满了建构文学潮流的冲动。南帆说："1980年代是一个'批评的时代'，一批学院式的批评家脱颖而出，文学批评的功能、方法论成为引人注目的话题。大量蜂拥而至的专题论文之中，文学批评扮演了一个辉煌的主角'。"[2]同样，对80年代中期一大批年轻的批评家对新作的评论所产生的影响力，程光炜如此说道："我认为，至少在那个时期，批评家的地位是高

---

[1] 殷国明:《"批评的时代大门"是如何开启的——关于20世纪中国文学的文化转型》,《文艺争鸣》2016年第2期。

[2] 南帆:《理论的紧张》,上海:上海三联书店2003年版,第3—4页。

于小说家的,这批年轻批评家成为1985新潮的导演,成为淋漓酣畅的指挥家,他们把自己的艺术才华发挥到了极致的地步。"[1]

  80年代的文学批评之所以如此风生水起,与它所处的历史时期密切相关。这是一个刚刚经历了文艺浩劫的时期,一大批重新走向文坛的批评家们,对刚过去的"文革"文学充满了反叛甚至决裂的姿态,以至诚的热情拥抱着新时期的到来并期待文艺的更新,整个文坛沉浸在一种重新建设的氛围中。无论是以巴金、张光年、徐中玉、贾植芳、钱谷融等人为代表的老一代批评家,还是以谢冕、阎纲、孙绍振、李陀、刘再复、雷达、何西来等人为代表的中年批评家,他们都带着新时期到来的冲锋精神,努力为文学批评争取民主自由的空间,热烈地投入到新的文学理想的建构中,而80年代崛起的一大批青年批评家,如赵园、黄子平、程德培、季红真、吴亮、李劼、殷国明等人,则为文学批评带来更新的批评视角。可以说,在80年代,几代文学批评家齐聚一堂,都抱着积极的、热情的态度,推动着文学批评的活跃。同时,在各种西方文论的影响下,批评界对"十七年文学"的规范发起了巨大的挑战,特别是面对一些新的写作技法作品,评论的声音异常的强大,大有引领文学创作潮流的气势。可以说,在80年代,众多的文学作品,因为文学批评的阐释而被人接受或推动成为经典,甚至批评家根据阐释的需要对文本的本义进行删减。这不仅影响了作品的接受,也影响了作家的创作。有意思的是,作家和批评家的关系也是无比的亲密,不仅作家常常主动向批评家询问对自己作品的

---

[1] 程光炜:《小说探索浪潮中的批评家》,《文艺争鸣》2016年第10期。

看法，而批评家也有意识地采取策略为作品授旗呐喊。比如，80年代初期，文学创作方法的革新尚处于乍暖还寒的时候，面对一些新的西方现代派写作技法在创作中的运用，李陀、刘心武、冯骥才等人便借高行健的《现代小说艺术技巧初探》的出版，在文坛掀起轩然大波，表面上讨论的是高行健的小册子，实际上是要搅动已有的创作规范。到了80年代中期，"寻根文学""先锋文学""新写实小说"浪潮的酝酿，更是离不开文学批评家们的直接参与。从口号的提出到作品的发表乃至内涵的界定，都离不开文学批评的力量。从现有的文学史资料来看，无论是1984年杭州会议围炉讨论中萌发的"寻根"话题，还是上海评论界吴亮、程德培、李劼等年轻批评家为王安忆、马原、莫言等人的新作进行的鼓吹，抑或是80年代末期，以《钟山》杂志为中心，有意识地发起对现实主义的热议，这些评论的声音已经超越了对文本本身的评价或解读，而直接影响到了80年代的文学气候。

  80年代批评的活跃，还来自批评方法的更新。"文革"结束以后掀起的译介风潮和文化热，使得文艺理论界掀起了新的理论探索热潮，特别是大量西方典籍的引入，为中国文学批评带来了新的视野。至1985年左右，各种新的批评概念及方式不断被提出来并运用于批评实践，当年被称为"方法论年"。当时的批评方法各式各样，不仅如精神分析、结构主义、原型批评、接受美学、西方马克思主义、叙事学等人文社科的文艺观念或方法成为文学批评的新方法，而且来自自然科学的信息论、控制论、系统论等也被引入文学批评领域，像"老三论"（系统论、信息论、控制论）和"新三论"（突变论、协同论、耗散结构论）这些新的名词和方式，都成为热议的话题。实际上，"方法热"的到来不仅是文艺学方法多样化的体现,更代表了文学的自主意识、文学批评的自主意识的增强。换言之,至80年代中期,中国的文学批评摆脱了多年以来受缚的境遇,有了批评意识的自觉和批评方式的多样化,也是在这种多样性中,实现了向反映论、工具论的告别,并建立了批评的自信,同时,引发了文学批评观念和理论的重新建构,以及批评家的批评个性的形成。比如,南帆就探讨了文学批评的研究方法和研究目标,系统地分析了传统批评观念和方法的局限,提出了突破的新模式[1];吴亮提出了"批评即选择"的观点,认为"不会选择的批评不可能成为'批评'"[2]。

其中,80年代文学批评走向对作品审美判断的需求,这成为80年代中期新潮批评的主要特征,并引领了新的小说创作潮流。比如,刘再复提出的"文学的主体性"直接体现了以人的主体性为中心来思考文学的观点,鲁枢元提倡的文艺心理学体现了文学作品对内在心理表述的重视,关于小说艺术形式的探讨则将小说技巧的变革推向了高潮,直接推动了"先锋文学"的产生,换言之,也正是在这样一种转向中,文学作品的审美性以及艺术形式成为鲜明的话题。这推动了80年代中期艺术技巧革命高潮的到来。

然而,文学批评在80年代文学舞台上闪亮登场的另一表现是:批评家们异常活跃的时候,他们也常常局限于按自己的阐释需求来解读作品。这应该与80年代文学批评那份独有的自信有关。吴亮说:"到

---

[1] 南帆:《文学批评的研究方法和研究目标》,《文学评论》1985年第4期。
[2] 吴亮:《批评即选择》,《当代文艺探索》1985年第2期。

了 1985 年以后，年轻批评家的影响力越来越大，很多的杂志都在争夺年轻批评家的文章，就像现在画廊都在抢那些出了名的画家一样。"[1]他还说："喝汤我们用勺子，夹肉我们用筷子。假如说马原的作品是一块肉的话，我必须用筷子。因为当时我解释的兴趣在于马原的方法论，其他所谓的意义啊，西藏文化啊我都全部避开了。"[2]从吴亮的话语中，我们感受到勺子和筷子的选择的自由性。当然，也包含着依需而论的主观性。像吴亮这样的评论，有意识地回避了对马原作品中运用的西藏元素的阐述，而有效地引导读者们关注其技巧的新潮性，这为 80 年代中期进行的小说艺术形式变革增加了分量，并且，从屏蔽一个作家的创作本源的角度，为这个作家在文坛树立了异军突起的伟大形象，发起了引领潮流的功效。

同时，在 80 年代中期，面对一些以新的写作方法呈现的新潮小说文本，文学批评界曾有过一阵短暂的不满，觉得文坛没有对这些作品做出恰当的评论。比如，李杭育就曾抱怨自己的作品虽然获得了优秀短篇小说奖，但是并没有引起权威评论家的重视，他说："到 1984 年初夏，'葛川江小说'应该说有些气象了，但那些权威评论家似乎都对它们视而不见。"[3]不过，他的这种不满情绪旋即在程德培等上海评论家的评论中消除，或者说，作者发出的对权威评论的不满与新锐的批评家们的评论，两者几乎是同时进行的。这些评论家还推动了随后

---

[1] 吴亮、李陀、杨庆祥：《80 年代的先锋文学和先锋批评——吴亮访谈录》，《南方文坛》2008 年第 6 期。
[2] 同上。
[3] 李杭育：《我的一九八四（之二）》，《上海文学》2013 年第 11 期。

召开的"李杭育作品研讨会",从某种程度上,形成了赞赏新作的小气候。同样,《收获》杂志主编程永新在推出"先锋小说"时,面对1985—1986年的全国优秀短篇小说作品获奖名单中没有一篇新潮小说的现象,大声地质疑当年的评选标准,他说:"优秀作品在全国奖中遭淘汰,这实在是令人遗憾的。"[1]从这些事件中,我们可以看出,发出"不满"的声音背后的支撑力是对创建新的批评空间的自信和追求。

从根本上说,这些针对新潮小说发出的批评话语,就有吴亮式的"喝汤我们用勺子,夹肉我们用筷子"的评论方式,当然,不管是勺子还是筷子,在当时都充满了魅力。这种评论气氛如此活跃的结果是,一时间,新潮批评话语裹挟着新潮小说,蜂拥而至。读者们在接受着批评家们的解读方式中,接受着作品,甚至出现了评论引导阅读的现象。比如:吴亮对马原的"叙述圈套"的定格,程德培、吴亮对《小鲍庄》的叙述风格的定位,"寻根文学"理论话语下对阿城、韩少功等作品的"知青"意味的屏蔽,"新写实小说"口号下将池莉、方方、朱苏进等风格不一的作品纳入同一门派,等等。这正如布迪厄所说的:"新定义的艺术劳动使得艺术家前所未有地依靠评论和评论家的全部参与。评论家通过他们对一种艺术的思考直接促进了作品的生产,这种艺术本身常常也加入了对艺术的思考;评论家同时也通过对一种劳动的思考促进了作品的生产,这种劳动总是包含了艺术家针对其自身的一种劳动。"[2]

---

[1]　程永新:《八三年出发》,昆明:云南出版社2004年版,第154页。
[2]　[法]皮埃尔·布迪厄:《艺术的法则——文学场的生成和结构》,刘晖译,北京:中央编译出版社2001年版,第207页。

在洋洋洒洒的评述中，批评家也难免建立了一种对作家作品的优越感。多年以后，批评家南帆也反思道："批评对于意义生产的迷恋可能导致某种新的不安。一系列标新立异的意义会不会将作品肢解得支离破碎——这些意义的超额重量是作品的既定框架难以承受的。"[1]这是一种清醒的认知。然而，时过境迁，我们依然深受当年那些评论的影响，甚至用当年的结论完成了文学史的建构，这就是我们研究者得时时反观又不得不接受的现实。因为，我们得承认，一个文学史的形成，来自特定语境中文学作品与批评话语的共同建构，而在80年代的文学语境中，批评的话语恰恰发挥着强势的推动力。同样，在反观中，我们时不时发觉的批评与创作间的抵牾，为我们的阐释再次打开了巨大的探索空间，这种探索显然有助于我们再次阐释作品。当然，其更深层次的意义则在于，它不仅为认识80年代的文学提供了新的视野，而且，更有助于我们对当下的文学史阐释作进一步地历史的溯源和思想的明辨。

三、研究的思路和方法

1987年，正值文学批评十分活跃的时候，程德培曾说过这样的话：

> 在创作繁荣，理论活跃的今日，评论的退潮被掩饰了。评论界无视自身的危机，而一味沉浸在虚拟的胜任之中，结果给我们

---

[1] 南帆：《文学批评与意义再生产》，《理论的紧张》，上海：上海三联书店2003年版，第14页。

造成了许多假象,甚至以假乱真的谬论、宏论也经常可以听到。

确实,我们经常可以听到,或者从报纸上看到类似的说法:现今的文学不关心因改革而改变着的社会生活,不关心人民所关心的,而一味沉浸在实验的象牙之塔。这样一呼吁,一个很严肃、很急切的问题便被端了出来,而评论界很少关心这种文学总结的真实性如何,而迫不及待地投入了孰是孰非的争论之中,甚至有过之者,自造假想敌而进行虚拟之中的激烈争鸣。[1]

今天,当我们反观和审思80年代文学及90年代开始出现的文学批评环境的时候,这段话给我们提供了进入文学场的一种路径。程德培当时所面临的争议,以及提出的"这样一个呼吁"最终是否忽略了文学真实性的问题,提示了80年代文学批评话题的演变过程。即从70年代末80年代初文学的回归以及对人的呼唤到80年代中期对艺术形式的探索,文学批评一直影响着整个文学潮流的建构过程。整体上看,从"伤痕""反思""改革"到"寻根""先锋"文学的潮流变化中,我们看到文学批评的关注重心从包含着介入政治、历史的情怀,到关怀现实,再到强调形式、审美的过程。1987年,正是形式批评发挥着巨大能量并带动了新的潮流涌现的时期,程德培的这种"面对"使问题变得更加清晰。所以,80年代文学批评给文学带来的影响力,不仅是止于80年代文学的问题,也包括90年代文学的发展。从另一个层面,这也是我们面对文学史时,必须进入80年代文学批评现场的

---

[1] 程德培:"答本刊编辑部问"专栏,原文无标题,《当代文艺探索》1987年第2期。

一个理由。

　　同样，80年代文学批评的活跃，带来了对旧的批评观念和模式的摧毁和瓦解，但并不意味着新观念的确立。大量西方文艺理论和批评方法的涌入，引发了文学界的兴趣，开拓了批评的视野，但一味地借鉴也并没有带来本土原创理论的成熟，甚至因搬用导致了某些僵化的批评。同时，虽然提倡传统文化的重新发掘和审视，但我们不得不承认的事实是，80年代存在着对中国传统文艺经典理论的忽视现象。这使得80年代的文学批评在繁华背后充满了不确定性和批评方法的游离性。借用殷国明所说的话："一个批评的时代，同时又是一个困惑和怀疑的时代，是一个旧的批评模式和观念不断被摧毁和瓦解，但新的批评观始终没有建立起来，甚至建立不起来的时代。"[1]他甚至提醒我们："这是批评时代的悲哀，或者说是这种过于夸张所提供的悲哀。批评意识无限制的自我膨胀，自然会把自己推向各种极端，进入一种高处不胜寒的境界，而批评家的过度自恋差不多成了一种时代病。"[2]所以，当我们重新去看待80年代文学批评的时候，对文学批评本身的理解和把握成了一个重要的话题。80年代文学批评对工具论的突围意义，它所建构的新的批评视野，对文本批评的开拓，以及伴随着的时髦、新鲜的批评名词的涌现、文学主体性的建立及主体性被忽略并存的现象，等等，都将成为把握80年代文学批评不可忽视的问题。

---

[1] 殷国明：《论批评的发现》，《社会科学》1996年第6期。
[2] 同上。

因此，80年代文学批评的现场以及它与80年代文学发展之间构成的关系，成为进行批评历史探源和重估的重要维度。从根本上讲，80年代文学批评的繁荣景象，为中国文学批评史以及文学史带来了巨大的影响力，要理解批评与创作的关系，我们既要了解80年代文学批评的关键要素，又要关照其批评实践过程中的种种历史细节，进入80年代小说艺术潮流的形成过程中，去看待批评的突破、成绩、高度及问题和欠缺。

在这样的问题视野下，本书的主体内容主要从两个维度九个层面展开。

第一个维度，以80年代文学批评现状为切口，分析文学批评在影响作家作品的文学史呈现上体现出的关键要素，即对决定80年代的文学批评现状的关键要素进行阐释。可以说，80年代文学批评热闹又丰盛，文学批评家的活跃、理论和方法的更新，以及这一特殊时期产生的译介文本的影响力和文学期刊的承载力，这四个层面充分体现出了当时文学批评的生态。具体而言，老中青几代文学批评家在新时期到来的热情中，为中国的文学批评和文学事业打开了新的局面，无论从哪个角度阐述80年代文学，他们这些人的努力必将为研究者所看见。80年代文学批评理论和方法的更新，直接推动了文学批评黄金时代的到来。然而，直到今天，当我们面对那时候出现的种种新概念、新名词的时候，依然困惑重重，并且，不得不对其内在的不足进行反思。当然，对这些新理论、新方法，我们理当进行条分缕析的梳理，并对如何打开这种局面的情况进行溯源。此时，70年代末以来西方文论的译介便进入了研究视野，这些"外来知识"不仅成了80年代文学批评发展的重要知识源，而且，对译介的"选择"以及由此引发的对创作的影响，体现了 80 年代的知识立场。至于文学期刊的影响力的问题，当我们进入 80 年代批评现场的时候，无不感受到来自它的强大力量，我甚至认为，在中国现当代文学史上，没有哪个时代能像 80 年代那样使文学批评家们和编辑们借助期刊这个舞台自由地展示着批评的能力。

  第二个维度，以文学批评实践为指向，思考文学批评的介入对小说创作及文学史叙述产生的影响，考察文学批评与创作之间的相互关系，在此，各股小说潮流的出场细节成为切入问题的抓手，即考察小说潮流更迭过程中，文学批评发挥的作用。80 年代小说潮流的更迭，不仅体现出了文学批评话语的转变，而且，批评与创作之间构成的互动与抵牾，呈现了丰富的文学场景，为我们重新思考 80 年代文学提供了新的视野。具体来看，"伤痕—反思"文学的呈现，充满了"文革"结束之际，文坛对"新时期文学"内涵的想象和建构，"改革文学"的命名及范畴，展示了现代性价值建构的复杂性，其间，文学批评与文学作品之间产生的争议及合力，直接参与了内涵的阐释，充满了种种时代隐喻。"寻根文学"的产生是 80 年代初期以来文化和文学探索发展的结果，更离不开文学批评界涌动的文学变革激情，无论是命名的生成还是口号的语焉不详，这都代表了一个时代的需求，当年文学批评家们急切地呼喊却无法解决的问题，今天仍然能够成为我们思考文学发展走向的一个重要话题，所以，辨析它的种种细节，虽然充满艰难，却不可回避。"先锋文学"的到来，充满着强势入场的意味，其中批评家们的推动功不可没，甚至有了种超越创作本身的强势阐释能力,让这股潮流迅速地占据了文坛并成为影响今后文学创作的重要资源,所以,回归现场的批评还原,将带着我们看到不一样的"先锋"风景。"新写实小说"潮流的铺开离不开一个普通的文学期刊的策划,其间包含着文坛对"现实主义"内涵的期待和审慎,透露了80年代文学批评界所保持的与过去的文学规范进行告别的姿态,也展露了新时代的市场气息已经无可避免地进驻到了文学场中。

80年代,每一次小说潮流的涌动都离不开文学批评的力量,这力量既有推动力也有抑制力,甚至充满了种种命名的武断式想象,这些判断直接决定了文学史对文学作品的定格。因此,将文学批评纳入文学史的建构视野,既为批评"正名",又能深入地理解80年代文学现状。通过探讨文学批评的要素,更好地理解文学批评与文学创作之间产生的互动和抵牾,这也将有助于我们更好地认识80年代文学,并对当下文学发展的历史和未来做一审思。我也期望通过确立文学批评与作家作品之关系这样的研究对象,为当代文学学科研究提供新思路,更好地为当代文学研究的"学科化"找到学理性的基础。

上篇：文学批评的"在场"

第一章　20世纪80年代文学批评家：流金岁月中的歌者

新时期到来之际，批评家与作者们面对着"文革"后百废待兴的文坛，有着为文学匡正、重建新的文学发展观的共同目标。此时，理论批评与创作并驾齐驱，甚至产生了巨大的共时效应，不仅各种文学作品、文学期刊销售一空，而且一些文学评论期刊也出现了供不应求的局面。有研究者曾回忆当时的纯学术刊物《文学评论》被热烈抢购的场景："大概在 1979—1980 年间，最高印数曾经达到每期 18 万册。"[1]十余万册的销量足以说明人们的热忱。至 1985 年左右，随着各类新潮小说、探索小说的出现，一时间，文坛对批评家们表现出的力不从心有了不满情绪，不过，此时一批新潮批评家已跃然而起并迅速推动了批评力量的增长。可以说，在 80 年代文学发展历程中，文学批评家们始终扮演着重要的历史角色，即无论从哪个角度谈论 80 年代的文学，批评家们的力量都不容忽视。

从批评家们的年龄和在文坛发挥影响力的时序来看，这群队伍可归为老一代、中年、青年三代批评家。以巴金、张光年、贾植芳、徐

---

[1] 陈骏涛：《〈文学评论〉复刊的前前后后》，中国社会科学院文学研究所编：《岁月熔金——文学研究所 50 年记事》，北京：中国社会科学出版社 2003 年版，第 294 页。

中玉、钱谷融等人为代表的老一代批评家大多在"文革"前就有着不凡的文学影响力,"文革"结束后,他们的文坛地位逐渐得以恢复,特别是在文艺发展初期,最大限度地发挥了引领作用,成为文坛新气象的支撑者。以阎纲、谢冕、孙绍振、李陀、刘再复、雷达等人为代表的中年批评家则吸纳新知,在理论上不断创新,成为批评界一股强劲的中流砥柱。以赵园、黄子平、程德培、吴亮、李劼、殷国明、蔡翔等人为代表的青年批评家在80年代中期群体崛起、脱颖而出,再次助力80年代文学批评的繁盛。因此,80年代文学批评家们的活动及发挥的作用,是解读80年代文学批评的重要维度。

第一节 老一代批评家:新气象的支撑者

经历了艰难岁月的洗礼,巴金、张光年、贾植芳、徐中玉、钱谷融等人为代表的老一代批评家,带着伤痕累累的集体记忆和对新时期的热切期盼走向文坛。巴金在《随想录》一书中提道:"在'四害'横行的时候,我在原单位(中国作家协会上海分会)给人当作'罪人'和'贱民'看待,日子十分难过。我每天在'牛棚'里劳动、学习、写交代、写检查、写思想汇报。任何人都可以责骂我、教训我、指挥我。任何人都可以闯进我家里来,高兴拿什么就拿什么……"[1]伤痛的叙述、人生的历练伴着对历史的沉重反思,无论是从道德的角度

---

[1] 巴金:《随想录》,北京:作家出版社2005年版,第16页。

进行自我解剖，还是通过讲述故事去抚平内在的创伤，在新时期到来之际，这些老一辈的知识分子们，正努力超越个人苦难的诉说，传承五四知识分子的启蒙精神和社会责任担当。用巴金的话来说就是"我绝不悲观。我要争取多活。我要为我们社会主义祖国工作到生命的最后一息"[1]。他们身上体现出来的人格魅力在新时期的中国文坛上熠熠生辉。

如果说，巴金的求真精神给"反思"的叙述增加了厚重的一笔，那么，他包容开放的姿态为文坛带来了新的影响力，集中体现于他主编的《上海文学》和《收获》发表了许多写作技法上充满突破力的新作、提携了许多新人。这与他80年代回归文坛后的地位有关。1977年，巴金担任中国作家协会主席，之后又担任全国政协副主席。五四弄潮儿的身份给他带来巨大威望，而担任重要职务的身份更是给予他无可撼动的影响力。李陀就这么回忆道："上海那时候是80年代革命最重要的策源地。因为那时候巴金在上海，这是非常重要的。所以我们很多人没办法了以后就转移到上海来。"[2]从维熙谈到处女作《大墙下的红玉兰》发表时，对巴金充满感激之情："当时，党的十一届三中全会刚刚召开，'两个凡是'正在与'实事求是'殊死一搏的日子，面对我寄来的这部描写监狱生活的小说，如果没有巴老坚决的支持，在那个特定的政治环境下，怕是难以问世的——正是巴老义无反顾，编辑部才把它以最快的速度和头题的位置发表出来。当时，我就曾设

---

[1] 巴金：《随想录》，北京：作家出版社2005年版，第26页。
[2] 许子东、李陀：《文坛要有争论，当代文学批评非常软弱》，凤凰网文化，http://culture.ifeng.com/a/20180822/59936850_0.shtml，2018年8月22日。

想,如果我的这部中篇小说,不是投胎于巴老主持的《收获》,而是寄给了别家刊物,这篇大墙文学的命运,能不能问世、我能不能复出于新时期的中国文坛,真是一个数学中未知数 X!"[1]冯骥才也曾这么感谢巴金:"'文革'结束后不久,我开始文学创作,从《铺花的歧路》开始,《收获》发表了我的主要作品。当时,是巴老当年亲自决定发表我的作品,对于他的培养和影响,我终生难忘。"[2]谌容、张洁、冯骥才、沙叶新、张一弓、水运宪、张辛欣等作家也都不同程度地得到了巴金的鼓励、扶持和保护。每当有年轻作家受到不公正的批评时,巴金总是公开站出来发表文章声援他们、为他们辩护。在 80 年代,巴金对青年作家们来说是一个"保护罩"。他小心呵护着正在努力破土而出的幼苗。80 年代中后期文坛的"先锋文学"潮流也因为巴金的存在,而在上海涌动起来。至今,余华对其充满感激:"《收获》几十年的风风雨雨,就是因为有巴金这样一个精神,这样一种人格魅力,才始终得到方方面面的关照,才出现各类型优秀的作家。如果没有这种包容,没有这种开放的思维,这本杂志也走不到今天,也坚持不到今天。"[3]也还说:"我在很多场合都说,我们要感谢巴金创办这个杂志,我们这一代作家,才有足够的时间自由成长。确实,巴金非常重要。"[4]所以,巴金成为"《收获》的灵魂人物",他对中国

---

[1] 从维熙:《巴金箴言伴我行——贺巴金九九重阳》,北京娱乐信报,http://big5.china.com.cn/chinese/RS/236792.htm,2002 年 11 月 25 日。

[2] 李辉:《巴金辞世十周年:一个人与一个时代》,澎湃新闻,http://www.thepaper.cn/newsDetail_1389527,2015 年 10 月 27 日。

[3] 余华:《因为巴金,我们这代作家才能自由成长》,新浪读书,http://book.sina.com.cn/media/syjj/2017-03-22/doc-ifycnpiu9451760.shtml,2017 年 3 月 22 日。

[4] 同上。

文学的潮流变化影响深远，正如李辉所说的："晚年巴金无疑是八十年代文学界的一面旗帜。"[1]

学术界有"南钱北王"之称的钱谷融和王瑶在培育新人上也做出了突出贡献。身处华东师范大学的徐中玉先生与钱谷融先生，共同开启了华师大80年代文学的创作和评论风。"二老带出的研究生王晓明、许子东、李劼、南帆、胡河清、殷国明等爆红全国，华师大青年批评帮几乎占据了'先锋批评'的半壁江山。"[2]作家赵丽宏也曾如此表示："在我看来，华师大于上个世纪八十年代出了那么多作家，和他是有关系的。他和徐中玉都鼓励学生写作。我们华师大有个作家群，和他们这群老先生很有关系。钱先生和徐先生性格也不大一样，徐先生比较认真，钱先生很淡的，一直淡淡的，说自己是懒惰的。他不是故作谦虚，他的书和其他名教授比也少。但是他的文章是以一当十，以一当百，他一篇文章能够抵得上别人几本书，一篇文章几个观点能影响一个时代。"[3]许子东在回忆自己之所以走上文学评论道路时，就表示首要原因是"我的老师钱谷融先生"。同样，北京大学的王瑶教授在80年代也将工作重心转移到指导研究生和进行有效的学术组织上面，"关注晚年王瑶，或许必须将论述角度从'学者'转为'导师'"[4]。陈平原曾谈道："同是'东隅已逝，桑榆非晚'，八十

---

[1] 李辉：《记住巴金，记住一个时代》，中国作家网，http://www.chinawriter.com.cn/n1/2016/1127/c404031-28900589.html，2016年11月27日。

[2] 程光炜：《论格非的文学世界》，《文学评论》2015年第2期。

[3] 石剑峰、程千千、罗昕：《钱谷融：华东师大中文系的灵魂》，澎湃新闻，http://m.thepaper.cn/newsDetail_forward_1810126，2017年9月29日。

[4] 陈平原：《八十年代的王瑶先生》，《文学评论》2014年第4期。

年代的王瑶，单就著述热情及努力程度而言，比不上哲学家冯友兰（1895—1990）或社会学家费孝通（1910—2005）；其主要业绩及贡献，更接近古典文学界的程千帆（1913—2000）或王季思（1906—1996），都是运筹帷幄，悉心指导研究生，并从事学术组织工作。考虑到中国现代文学学科的特殊性，以及此学科在八十年代思想解放运动中所发挥的作用，北大教授王瑶的工作因而更为引人注目。"[1]王得后在《王瑶先生》中称："其实，王先生在最后的13年，做了大量工作。……两次出匡讲学，一次赴香港讲学，在他个人的生平，也是'史无前例'的。培养了近十名中国现代文学硕士、博士研究生，他们新作迭出，苗而且秀。从80年代开始，长中国现代文学研究会整10年，主编《中国现代文学研究丛刊》整10年。"[2]在高校中的育人行为，使这些老先生直接带动了一批新的批评力量的出场。

冯牧是80年代文学批评新气象的又一支撑者。从60年代开始，冯牧就开始担任中国文联与作协的有关领导工作，他不仅直接负责《中国作家》等大型刊物的主编工作，而且参与新时期文学的许多重要讨论。冯牧的批评有一定的理论色彩和创作导向意识，作为文学新潮的歌者，他在扶植优秀新人新作方面倾注了满腔热忱。比如，《班主任》问世后，来自文艺界的指责甚至围攻的声音络绎不绝，冯牧却在他的评论文章中，通过具体的、有说服力的思想艺术分析，旗帜鲜明地肯定了小说所达到的成就。他说："刘心武的《班主任》是我们最近

---

[1] 陈平原：《八十年代的王瑶先生》，《文学评论》2014年第4期。
[2] 王得后：《王瑶先生》，《王瑶先生纪念集》，天津：天津人民出版社1990年版，第118—119页。

一个时期内，创作上出现的一个具有新的思想高度的作品。"[1]从这个角度上来说，刘心武在当代文学史上的地位离不开冯牧在背后的助力。除此之外，冯牧也为《伤痕》《乔厂长上任记》这样开时代之风气的作品扬声，他的点头不仅扶持了这些作品和它们的作者，也表现出一个有影响力的批评家的敏锐和胆识。他创作的《关于文学的创新问题》（1980年）[2]《漫话新诗创作》（1981年）[3]两篇文章，一方面为新时期青年诗人创作中的勇于探索而感到欣喜，另一方面也对诗歌在探索求新过程中所遇到的矛盾发表了独特的看法。他说："中国新诗的新的发展，希望寄托在青年诗人的身上。只能一代比一代强，一代超过一代。"[4]真诚的高歌声中，冯牧对青年诗人的期待与鼓励显露无遗。张守仁就称其为"文坛一号伯乐"，评价道："他以发现、扶植新人为己任，数十载如一日，殚精竭虑，不遗余力。他担任《文艺报》副主编、主编期间，鼓励编辑们勤奋写作，故国内没有一个刊物像《文艺报》那样，冒出了那么多的评论家、作家：阎纲、陈丹晨、谢永旺、刘锡诚、吴泰昌、雷达、高洪波、冯秋子。"[5]确实，冯牧这位重新归来的老战士，在提携新人上面做出了不朽的贡献。新时期初，他的家中总是人来人往，冯牧以他的热情、学识以及人格魅力，像磁石般吸引着一批又一批中青年作家前来求教。

---

[1] 冯牧：《打破精神枷锁，走上创作的康庄大道——在〈班主任〉座谈会上的发言》，《文学评论》1978年第5期。
[2] 冯牧：《关于文学的创新问题》，《文艺研究》1980年第6期。
[3] 冯牧：《漫话新诗创作》，《光明日报》1981年4月21日。
[4] 冯牧：《关于文学的创新问题》，《文艺研究》1980年第6期。
[5] 张守仁：《文坛一号伯乐冯牧》，《星火》2018年第2期。

陈荒煤当属新时期发现"千里马"的另一位伯乐。"伤痕文学"的代表作——《伤痕》一经发表,陈荒煤就看到了文本中"敢有歌吟动地哀"的真情实感,1978年9月,陈荒煤在《文汇报》上撰文支持《伤痕》。面对《伤痕》和《班主任》受到的热烈争议,陈荒煤挺身而出,撰写了《〈伤痕〉也触动了文艺创作的伤痕》[1]等文章,不仅及时肯定了作品的突破性意义,而且对有关这些作品的讨论也给予了极高的评价,他热情洋溢地指出:"北京文艺界对《班主任》等一批作品的讨论,上海《文汇报》对《伤痕》的讨论,这个风气开得好,好就好在积极支持一批年青的作者闯开了一些'禁区'。"[2]与此同时,他还积极以写序来推荐新人,在《篇短意深,气象一新》一文中,他兴致勃勃地向人们评介和推荐刘心武、王亚平、李陀、张洁、贾大山、贾平凹等人的作品,并情不自禁地写道:"这一股新的力量,朝气蓬勃,像一把尖刀无所畏惧地突破各种'禁区',奋勇前进!"[3]字里行间尽显他这位伯乐敢于冲破精神枷锁、爱才惜才的宝贵精神。

老一辈批评家们在学术道路上的影响力,更在于学术品格和真知灼见的影响力。钱谷融先生50年代提出的"文学是人学"的观点在80年代重新被提起并引起广泛重视,它所牵涉的问题又进一步延伸到80年代关于"人道主义""人性论""文学主体性""重写文学史"等问题的讨论中,在批评的基本价值立场的确立、批评视角以及文艺理

---

[1] 陈荒煤:《〈伤痕〉也触动了文艺创作的伤痕》,《文汇报》1978年9月19日。
[2] 白烨:《新时期文学的开路先锋》,《文艺报》2018年5月21日。
[3] 陈荒煤:《篇短意深,气象一新》,见《短篇小说选1977—1978.9·序》,北京:人民文学出版社1978年版。

论思想深度、广度的持续拓展等多方面都对新时期文学批评产生了深远的影响[1]。《文学是人学》中谈到的肯定情感性、将心比心的共鸣感等，都体现着钱谷融先生对富有深度和内在复杂性的人情之美的重视，可以说对"人"的殷切注视与关怀贯穿着他的整个生命谱系，也影响了文学的认知。杨扬就在回忆这位老先生时，不由地为他严谨求真的学术人格肃然起敬，"作为学生，我非常怀念他。钱先生培养了无数的学生，他一生教书育人，是德高望重的名师，影响了无数的人。他热爱文学，把文学当作生命的一部分，他倡导'文学是人学'，这是他自己的读书和人生经验的提炼。他是一个自由散淡的人，也是一个善良睿智的人，他是我们很多人学习的榜样。"[2]也有人如此说道："无论本科班还是研究生班，钱谷融给学生上的第一堂课，就是'文学是人学'。他总是说，一个人的精力总是有限的，要把主要的精力最大限度地放在做学问上，而不要放在人际关系的斡旋上。从某种意义上来说，人品比文品更要紧，人格比才学更宝贵。"[3]

王瑶与贾植芳"学术先觉"及治学的严谨也体现着老一代批评家宝贵的人格精神。王瑶在主持"中国文学研究现代化进程"课题时，曾再三强调要正视这百年学术发展中的缺陷，也要正视学者性格中的缺陷，不要一味说好话，他认为对于研究者来说，史家立场是第一位

---

[1] 李红霞:《"文学是人学"观念的复兴——20世纪80年代文学批评的一个侧面》，《文艺理论研究》2011年第3期。
[2] 石剑峰、程千千、罗昕:《钱谷融：华东师大中文系的灵魂》，澎湃新闻，http://m.thepaper.cn/newsDetail_forward_1810126，2017年9月29日。
[3] 樊丽萍、姜澎:《"一辈子求真"的先生走了》，《文汇报》2017年9月29日。

的，这比具体论述时的眼光、学识、功力等重要得多[1]。贾植芳先生于1979年复出之后，把精力更多地投入到比较文学学科的建设中，并成为"中国比较文学学科复兴和建立的第一代学术中坚"，"正是因为有贾先生的研究在复旦开一时学术之风，那些'从贤者'游的'小鱼'们才具有了很好地继承这一学术传统的条件"[2]。

这些老一辈的文艺家、评论家，不仅向大众发出自己的声音，以他们的真诚、严谨、求实与至善至美等优良品德影响着中国文坛，而且，将目光洒落在身后冉冉升起的新星上。在乍暖还寒的政治环境中，以他们的地位和影响力，庇护着新人的成长，推动着文坛新气象的更新。他们比谁都知道，时代的"新"不只是政治气象的变幻，文学气象的更新更需要源源不断的氧气输送，所以未来永远是向后起之秀深情敞开的。老一辈批评家们大力提携新人的举动，无疑为八十年代文坛鼓乐喧天的久违局面创造了条件、输送了人才。因此，他们是"文革"结束以后，文学进入新时期，开启新气象的重要支撑者。

第二节 中年批评家：新气象的中流砥柱

有评论者曾说："1985年前，中年批评家便构筑了有力的阵容……

---

[1] 陈平原：《在政学、文史、古今之间——吴组缃、林庚、季镇淮、王瑶的治学路径及其得失》，《北京大学学报（哲学社会科学版）》2015年第3期。

[2] 朱静宇、李红东：《不是跌倒，就是站起来——贾植芳先生学术印象》，《文学评论》2006年第1期。

他们的'破冰之旅',为理论批评的兴盛打开了局面。"[1]以阎纲、雷达、李陀、谢冕、孙绍振、刘再复等人为代表的中年批评家们,便带着新时期的冲锋精神,用他们独到的见解推动文艺理论的新建构,用他们独具慧眼的洞察力肯定新作,为80年代的文坛送来蓬勃自由的新鲜空气。

思想和理论上的创新是这一批中年批评家的首要特征。比如,刘再复的文学主体性理论,雷达对文学主潮的阐释,赵毅衡对新批评的引介和运用,李陀参与的"现代派"论争,谢冕、孙绍振在"朦胧诗"话题上的言说,等等,这些新的观念的提出,几乎都在文坛上引发了争论。

以刘再复为例,他的文学主体性理论在80年代的文学批评界产生了广泛的影响。这一话题连接着"十七年"及更早的五四时期关于"文学"与"人"的关系的问题,也关涉新时期初期文学作品中如何表述人道主义的话题。一定意义上,刘再复的主体性理论是反"文革"意识的体现,是对人道主义在理论方面的建设与回应。拨乱反正后,"文学是人学"的命题被重新提起,并逐渐得到张扬,但这一时期,"人学"的具体范畴仍然处于非清晰的状态,刘再复看到了这个缺口,并将其不断深化。他从三个层面上对此进行理论的丰富与更新,指出文学不仅是人学,更是人的灵魂学、性格学、精神主体学,这一理论是"文学是人学"在新时期发展进程中的重要一环。可见,刘再

---

[1] 李洁非:《80年代的博弈》,《渤海大学学报(哲学社会科学版)》2010年第4期。

复在时代思潮的影响下，不断推进着文学理论的进程，这也不难看出他是将社会政治层面上的拨乱反正引向文学本体并确立文学主体性的一位重要批评家。他赋予了小说批评一个新的认识性装置："所谓主体，在文学艺术中，包括作为创造主体的作家，作为对象主体的人物，作为接受主体的读者。所谓主体性，就是人之所以成为人的那种特性，它既包括人的主观需求，也包括人通过实践活动对客观世界的理解和把握。"[1]当然，文学主体性理论也存在着缺陷。例如创造主体的主观能动性被过度夸大，超越了历史与现实的限制，但是，它的历史性意义仍是不可磨灭的，它对于新时期文论革新的意义仍是不可低估的，这种以人为本的文学观念注入文艺理论系统的分析，带来了理论内部结构的深刻变革。用刘再复自己的话来评价就是："打破了以反映论为哲学基点的前苏联文学理论模式，在理念层面上扩大了文学的内心自由空间，支持了个体经验语言和个性创造活力；在实践层面上支持了作家摆脱现实主体的角色羁绊而以艺术主体的身份进入写作。"[2]

主体性理论的"新"让它的提出无法避免地引起了当时文坛激烈的论争。董子竹的《文学研究的思维中心是人与历史的联系——与刘再复同志商榷》（1985年）[3]从人与历史的联系的角度，较早地提出与刘再复商榷的是，随即，陈涌的《文艺学方法论问题》（1986年）[4]、敏泽的《论〈论文学的主体性〉》（1986年）扑面而来，对

---

[1] 刘再复：《论文学的主体性》，《文学评论》1985年第6期。
[2] 马国川：《我与八十年代》，北京：三联书店2011年版，第136页。
[3] 董子竹：《文学研究的思维中心是人与历史的联系——与刘再复同志商榷》，《文汇报》1985年11月18日。
[4] 陈涌：《文艺学方法论问题》，《红旗》1986年第8期。

刘再复提出的文学主体性理论进行了批评。有批评的声音也就有支持的声音，一批活跃在文坛的中、青年批评家如王春元、何西来、杜书瀛、陈辽、徐俊西、林兴宅、孙绍振、梁志诚、程麻、杨春时等对刘再复的观点表示了支持。[1]于是，围绕着文学主体性的激烈争论爆发了，爆发的高潮应属刘再复和姚雪垠之争，这场争论让学术论争走向了政治化。"姚刘之争反映的是中国当代文论系统转换中的必然冲突，一面是社会主义时代文学批评的政治化现实，一面是冲破政治化思维束缚的文论创新冲动。"[2]这场闹得沸沸扬扬的论争反映的是两代知识分子对文艺理论问题基本看法的不同，但从整体上来说，论争本身为80年代的文坛创造了热闹非凡的景象。观点与观点的碰撞是上下起伏的波浪，它们一齐涌成一股强劲的推力，在交锋中不断促进着理论的生长与创新。

如果说，刘再复是理论建构引发80年代文学批评变革的代表人物，雷达则以其多产的、及时的文本批评，成为批评实践的代表。"文学主潮论"是他批评世界中绕不开的话题。80年代前期，文学界处在一种多元纷杂的思想文化热潮中，文坛对新时期文学的主潮存在迥异的看法，有论者用西方现代化"无主潮"、多元化状态来概括其自由蓬勃状态，也有论者认为不能简单对此设下判断。雷达在沸沸扬扬的喧

---

[1] 代表性的文章有：孙绍振：《论实践主体性、精神主体性和审美主体性》，《文学评论》1987年第1期。董子竹：《历史的进步与文学主体的增强》，《文论报》1986年11月21日。杨春来：《充分的主体性是文艺的本质特征》，《文艺报》1986年8月2日。何西来：《对当前我国文艺理论发展态势的几点认识》，《文论报》1986年6月11日。

[2] 周志雄：《回顾刘再复与姚雪垠的论争》，《广播电视大学学报（哲学社会科学版）》2010年第4期。

闹声中，提出了自己的观点，这就是他具有代表性的"文学主潮论"。《民族灵魂的发现与重铸——新时期文学主潮论纲》是体现其主潮论的重要论文，他在文中指出新时期文学存在着主潮，并认为"它不是人为的引导结果"，也不能简单地归为人道主义。有评论者指出其重要性："这个观点的提出，实际上是有针对性地辨析了1985年'方法论热'和1986年'本体论热'带来的研究界和创作界表面上'多元'、'多极'，实质上形散而神聚的本质属性。"[1]雷达正是在纷杂的文学旋风中，辨析出了最核心的精神传统。除却谈到对人道主义的看法，雷达还在文中提到了新时期初兴起的主导潮流——现实主义。在六七十年代的语境中，现实主义往往具有批判的色彩，不符合"文艺为政治服务"的原则，因此在当时它属于不可触碰的雷区。伴随着新时期的到来，现实主义便自然而然地成为文学回归到人自身的必经途径，落实到文学创作中，"伤痕文学"的突起正是现实主义从沉睡中苏醒的直接显现。在回归途中，它也无法避免地引起了文艺界的集体讨论与论争，讨论的中心问题是对"真实性"的理解，并由此牵扯到了"写本质"、"典型性"等问题。可见，现实主义裹挟着的真理、真话触动了人们内心深处冰冻已久的真实情感。雷达看到了这种复苏的冲击力，也肯定现实主义的积极面，但他并不人云亦云地认为新时期主流是现实主义，而是以"文学是人学"为核心依据，得出结论：新时期的主潮是"对民族灵魂的重新发现和重新铸造"[2]。可以说，正

---

[1] 牛学智：《当代批评的众神肖像》，北京：文化艺术出版社2012年版，第29页。
[2] 雷达：《民族文学的重铸与发现》，《文学评论》1987年第1期。

是因为有了作为纽带的主潮论的支撑,雷达的批评世界才显得如此缤纷盎然。

除却具有代表性的"文学主潮论",纵观雷达80年代的文学批评,他的批评充满开放性,有论者说:"恰恰体现了社会学批评方法面对时代转型与文学新潮而进行积极调整的过程。虽然'背着传统而面对缤纷的新思潮',但他并没有墨守成规、顽固守卫既有方法观念的'纯洁性',而是与阎纲、许觉民等年长的批评家一道,迎纳新潮,独立思考,为备受质疑与冷遇的社会学批评方法开拓出了蜕变与更生之路。"[1] 他不满足于相对封闭的批评模式,因而较少从社会主义文艺的政治社会学模式去评价作品,而是用历史的、美学的眼光去解读作品,且以短篇小说和长篇小说批评为主。因为不断吸收新的理论,不断拓展新的批评观念,他的批评文章显示出了五光十色的时代浪花。比如,他在代表性文章《农村青年形象与土地观念》(1983年)中谈到"今天的农村青年的土地观念问题"[2] 正发生着变革;在《古华小说的魅力》(1985年)中热烈地寄语古华"勇敢地拥抱新的生活,大胆地写出中国农村新鲜的血和肉来吧"[3];在《模式与活力——贾平凹之谜》(1986年)中认为"贾平凹的模式中的轴心是个'情'字"[4];在《追寻灵魂之故乡——〈塔铺〉与〈无主题变奏〉的比较》(1988年)中认为"《塔铺》表现了当代青年企图追寻灵魂归属和

---

[1] 张慎:《雷达的文学评论与1980年代社会学批评方法的嬗变》,《北方论丛》2015年第6期。
[2] 雷达:《农村青年形象与土地观念》,《文学评论》1983年第3期。
[3] 雷达:《古华小说的魅力》,《读书》1985年第4期。
[4] 雷达:《模式与活力——贾平凹之谜》,《读书》1986年第7期。

踏实的存在的一种努力"。[1]用雷达自己的话来评价这时期他挥舞的新思想，展现的新风貌，就是"如果说有自觉性在的话，那就是在批评方法和建构意识方面的尝试和显现吧。比如对新时期'思考的一代'的知识分子气质的归纳，对'国民性'主题的延续与开拓的评析，对农民和知识分子两大人物谱系的对比与概括等。"[2]但雷达的批评也存在着局限，例如，他对文学的一个聚焦点是现实主义，这不免给人一种新时期文学简单粗略的印象。杨光祖就一针见血地指出雷达的批评有着"理论探索不够深入，给人感觉有现象罗列之弊"[3]的问题。然而，总体上看，与当代文学一路成长的雷达，在推动新时期文学发展上做出了很大的努力，他是80年代文坛上最具活力和个性的批评家之一。

其他重要批评家，如阎纲，五六十年代就投身于文学批评，在新时期重新发光发热，对文坛产生了较大影响。他的文学批评不仅热情昂扬，有着新时期主人阔步向前的朝气，而且在冲击极左思潮的束缚方面也占据着领先地位，这也是他的批评最为珍贵的地方。他总是紧跟时代步伐、密切注视新的现实和新的文学。像"伤痕文学"的代表作《班主任》发表后，阎纲最早写下评论文章《谨防灵魂被锈损》，为作家敢于冲破禁区、直指现实的精神拍手称好。在"伤痕文学"备受争议的时刻，他在议论声中为"伤痕文学"鸣不平，并且相信这是春

---

[1] 雷达：《追寻灵魂之故乡——〈塔铺〉与〈无主题变奏〉的比较》，《文学自由谈》1988年第3期。
[2] 张继红、雷达：《新时期文学现场与"中国化批评诗学"——雷达访谈录》，《小说评论》2016年第6期。
[3] 杨光祖：《雷达论》，《南方文坛》2012年第5期。

回大地的信号。又如，1979年的代表性评论文章《神学·人学·文学》中，响亮地喊出："人民不要神学，人民要的是人学—文学"，[1]这在"文革"刚结束的文坛，无疑充满了勇气。有研究者就曾说："可以说，早在八十年代中期一批中青年批评家提倡批评文体的变革之前，阎纲就已身体力行，不断冲破旧有的评论模式，实践着批评文体变革的尝试。"[2]

赵毅衡则被称为介绍"新批评"进入国内学界的"第一人"。在80年代"文化热"、"方法论年"的大背景下，他提出"新批评"理念，明确指出："所谓新批评派的理论，指的是他们关于文学与现实关系、文学特性、内容与形式关系、作品的辩证构成等问题的基本理论；所谓方法论，指的是批评的指导方针。"[3]这对当代中国文学批评的建构起到了很大的推动作用，为小说创作的艺术形式变革增加了巨大的理论支持。除了赵毅衡，陈骏涛的"新美学——历史批评"理论的提出也表达了作为批评家的他对理论建设的热情。陈骏涛没有对"新批评"全盘接受，而是看到了"新"与"旧"各自存在的局限，在传统与创新的批评方法面前，他试图寻求一种符合时代的结合点。他认为："文化精神的创新总是很难割断传统的，但死抱着传统不放也不会有出息。人类的精神文化活动在很大程度上可以说是一种寻找结合点的活动。新美学——历史批评就是我在文艺批评上所寻找到的一

---

[1] 阎纲：《神学·人学·文学》，《文学评论》1979年第2期。
[2] 吴三元、季桂起：《中国当代文学批评概观》，北京：知识出版社1994年版，第310页。
[3] 赵毅衡编选：《"新批评"文集·前言》，北京：中国社会科学出版社1988年版，第6页。

个结合点、一种范式。"[1]这也可以看作是批评家们对"文化热"的积极回应,由此可见,赵毅衡、陈骏涛等人都试图走出批评困境,寻求一种新的批评方法的尝试。

李陀亦是八十年代的重要批评家。80年代初期,针对高行健于1981年出版的《现代小说技巧初探》,他与冯骥才、刘心武制造的关于"现代派"通信,不仅引发了对现代小说技巧的关注,而且,引发了"现代派"的讨论。以此,李陀在艺术变革上的敏锐性可见一斑。而他担任《北京文学》主编期间,助力汪曾祺、余华、阿城、残雪、马原、苏童、格非、孙甘露等作品的发表,都体现出了他在文艺鉴赏方面独到的见地和引领文坛创新的勇气。所以,80年代的文坛,对其有"陀爷"之称。余华回忆自己的创作道路时,就十分感激李陀当年的慧眼:"我一直想写一篇文章,回忆我自己走过的路:一个人和一本杂志。'一个人'是指李陀,'一本杂志'是指《收获》……他们把我变成今天能够坐在这里说话的人……我的小说是李陀给我推荐到《收获》的。"[2]

除了思想和理论上的建树,这一批中年批评家在批评实践中,对于文本的敏锐的洞察力以及对新作进行的及时批评,则是另一个重要特征。比如,阎纲对《班主任》《小镇上的将军》《灵与肉》《犯人李铜钟的故事》《乔厂长上任记》以及王蒙的作品的批评,在新时期初期,将刚刚复苏的现实主义精神推向了一个新的高度。雷达在《文艺报》

---

[1] 陈骏涛:《新美学—历史批评综说》,《文艺争鸣》1989年第6期。
[2] 余华:《因为巴金,我们这代作家才能自由成长》,新浪读书,http://book.sina.com.cn/media/s/jj/2017-03-22/doc-ifycnpiu9451760.shtml,2017年3月22日。

工作时,就用他敏锐的洞察力挖掘新作品,雷达自己就曾在访谈中谈道:"那时候文学思潮与社会思潮联系得很紧密,每一部新作出来我都很激动,有很多作品都是我第一个写评论的。比如何士光的《乡场上》,陈世旭的《小镇上的将军》,张弦《被爱情遗忘的角落》,铁凝的《没有纽扣的红衬衫》,韩少功的《飞过蓝天》《风吹唢呐声》,古华的《芙蓉镇》《爬满青藤的木屋》,叶文玲的《心香》,邓友梅的《那五》,张炜的《秋天的愤怒》,莫言的《红高粱》,都是我第一个评的。近年还有董立勃的《白豆》。伤痕文学时期我有一篇评论叫《人民的心声》,发表在刚复刊的《延河》上,最早评论了莫伸的《人民的心声》和刘心武的《班主任》。"[1]

当时,还有像刘锡诚这样的既与老一辈作家特别熟悉,又时刻关注文坛新动向的编辑和评论家。他因1977年至1983年在《人民文学》和《文艺报》做编辑工作,得以接触到一些刚刚崭露头角的作家作品。这一时期,他以敏锐的眼光和高超的鉴赏力,挖掘并推出了一批真正有价值的作家、作品。许多人因他的评论而被文坛熟知。刘锡诚还写了大量的评论文章,对已经知名的作家不虚夸、不献媚,对尚未成名的新人不贬低、不打击。于是,在他的笔下,既有对周扬、冯牧、汪曾祺、荒煤、沙汀、赵树理等作家作品的深入分析,也有对周梅森、何士光、鲍十、范稳等新作的评论[2]。

可以说,这一批正处人生壮年的批评家们,他们以敏锐的眼光和

---

[1] 刘颋、雷达:《雷达:天真又较真的批评家》,《文艺报》2018年4月1日。
[2] 秦佩:《刘锡诚的治学精神、学术思想及其学术史意义——以文学评论和民间文学研究为中心》,《南方文坛》2018年第6期。

丰富的批评实践，甚至是尽情挥洒的生命热情，成为80年代文坛的重要力量，推动着文学批评事业的繁盛，可谓中流砥柱。

第三节 青年批评家：新潮的生机

一、流金岁月中批评的增长

随着创作上的创新，对文学批评也提出了新的要求。"寻根文学"作家李杭育曾经这样描述他在1984年的文坛经历，"到1984年初夏，'葛川江小说'应该说有些气象了，但那些权威评论家似乎都对它们视而不见。我讲的当年核心圈的权威评论家，也就是阎纲、陈丹晨、刘锡诚、曾镇南这些人，在当年都是很有话语权乃至话语霸权的，许多青年作家都称他们为老师，很希望得到他们的评论和赏识，我那时也不例外。让我在1984年上半年感到失落的是这些人都对我缄默不语"[1]。同时，"上海的一位年轻评论家程德培"，"写出了一篇洋洋万言的评论我的文章《病树前头万木春》给了《上海文学》，后来还获了奖"[2]。而后，文学史的发展也向我们展示了，正是像李杭育、程德培他们这批年轻的作家和批评家，推动1985年"寻根文学"浪潮的兴起。同样，80年代的年轻批评家吴亮对新出现的种种作品，也感

---

[1] 李杭育：《我的一九八四（之二）》，《上海文学》2013年第11期。
[2] 同上。

到了批评的压力,他说:"往年,几乎没有无法评论的小说,但这种情况在一九八五年不存在了,评论感到了无法言说的困难。"[1]

李杭育和吴亮的言说体现出了当时文学创作和批评间的一种真实境况。当时一些新作不仅对原有的批评提出了挑战,而且,新老批评话语的更替也正在进行着。在 80 年代这个思想活跃、文学急遽变革的时代,理论界译介的西方著作已蜂拥而至,文艺理论观念、方法的探索异常火热,人们不仅对创作变革抱有极大的期待,对文学批评也是抱着热切的期待,即热切地期待批评尽快脱离长期以来受政治意识形态束缚的面貌,并在批评实践上有所体现。所以,当有新作品出现而批评没有做出热烈回应时,就很容易引发对批评的指责。比如,1985 年,有人评论道:"虚伪的、老套的、干巴刻板且面目可憎的'非批评'仍然充斥着我们的报纸杂志,至于批评观念和批评方法的'老化'问题,更是严重妨碍了当代文艺批评的发展。"[2]在 1985 年方法论的讨论热潮中,针对文艺理论的讨论实际上也包含着对文艺批评的不满,李陀指出:"我们正面临着因概念的贫困而带来的思想的贫困,或者反过来说,正面临着因思想的贫困而带来的概念的贫困。"[3]

不过,不满情绪所指向的恰是要改变现有批评状况的努力,或者说,就在令人不满的现状的另一面,一批新的文学批评家开始在文坛

---

[1] 吴亮、程德培编:《新小说在 1985 年·前言》,上海:上海社会科学院出版社 1986 年版。

[2] 陈剑辉:《论新的批评群体——兼谈当代文艺批评的发展》,《当代文艺思潮》1985 年第 4 期。

[3] 李陀:《概念的贫困与贫困的批评》,《读书》1985 年第 10 期。

活跃起来。换言之，当时无论是作家还是批评家，都热切呼唤着创新，创新之势也在文坛呼之欲出。当然，这本身就与当时文学界不断地接受西方现代主义作品影响，摆脱政治话语力量的束缚，追求文学艺术的独立性和创新性有关。而在文学评论这一维度，这种评论的压力以及阐释新作、新的文学现象的任务，最终由一批 80 年代走向文坛的批评家所承担并最终在 1985 年左右缓解了这种矛盾。新的批评力量不仅对新出现的作品做出了解释，而且直接推动了文学创作的进一步创新。至 1986 年，文坛对新的批评及批评家基本形成了认同和分类，《当代文艺思潮》杂志自 1986 年第 3 期设立《第五代批评家专号》，这是中国文学史上首次为评论家设立的专号，刊发了陈思和、陈晋、朱大可、蔡翔、周政保、李书磊、郭小东、李洁非、张陵、李庆西、邹华、李黎、徐亮、刘树生、邓平祥、谭明、王铁、郑羽等 19 位青年批评家的文章。谢昌余在《第五代批评家》一文中，对这个群体做出了这样的概括："'五四'的先驱者们属于第一代；左翼文学运动是'五四'文学革命合乎规律的发展，在鲁迅思想的影响下，第二代评论家逐渐形成了；新中国成立后的十七年，属于批评史上的第三代；第四代指的是新时期发挥了重大作用和产生了重大影响，而且仍是当今理论批评领域里挑大梁的一代；第五代是让人兴奋、喜悦、激动、让人羡慕的新一代。"[1]并将其特征归纳为五点："宏大的历史眼光、顽强的探索精神、现代的理性自觉、深刻的自由意识"。此文章以高度赞赏的口吻，将一代青年作家推向文坛并给

---

[1] 谢昌余：《第五代批评家》，《当代文艺思潮》1986 年第 3 期。

以文学史的命名。

同年5月,"全国青年评论家文学评论研讨会"在海南岛召开。会后,陈骏涛以激动的心情写下《翱翔吧,第五代批评》一文,其中写道:"我都在他们身上感受到'第五代批评家'的一个突出的特点:不安于现状、不崇拜'权威',勤于思考,勇于探索,企图创造属于他们自己的批评世界。"[1] "与八十年代的年轻人具有强烈的自主、自强、自立、自创的意识相通,这些年轻批评家也都具有强烈的主体意识。他们的心里没有偶像,他们无视种种批评的模式和规范,他们都有各自的批评观念、批评视点和表述方式。他们有的把批评看作是对文学作品的一种反应,一种连续不断的反应,因此,批评既可以是一种感觉,也可以是一种宣泄;既可以是一种描述,也可以是一种交流;既可以是一种认识,也可以是一种判断,如此等等。"[2] 此文不管是对这代批评家做的充分肯定,还是指出不足以及寄予厚望,都说明这一代批评家的强劲冲击力已经受到文坛的关注。

当然,"第五代批评家"这个称呼并没有被长期使用,对这批批评家,文坛往往使用的是"青年批评家"、"新潮批评家"这样的称呼[3]。比如,当时曾积极参与推动新潮小说家和批评家走向文坛的

---

[1] 陈骏涛:《翱翔吧,第五代批评》,《文学自由谈》1986年第6期。
[2] 同上。
[3] 此类代表性文章有:王蒙:《读评论文章偶记》,《文学评论》1985年第6期;樊星:《青年批评家的崛起》,《文艺评论》1986年第4期;周介人:《新潮汐——对新评论群体的初描》,《文学评论》1986年第5期;吴涛:《漫话北京青年批评家》,《文学自由谈》1989年第4期,等等。

周介人,用"新潮汐"来论述这个新群体,认为新时期中的文学评论,"它形成了一股拍激中国文坛的真正的潮汐。在骚动的潮汐中,一个新评论群体裹着浪花而悄然崛起"[1]。这个新群体"不是一个年龄的概念"、"不是一个学派的概念","是一个历史的概念"[2]。他们"在文学批评与文学创作的关系上造就了一种新的态势,即批评终于能以平等态度同创作对话的态势"[3]。"新评论体不仅在批评实践上,而且在文学理论研究方面,也给中国当代文坛带来了新气象,使社会主义文学理论终于有了自己的潮汐,自己的骚动,自己的节奏。"[4]也有评论者认为这代批评家在理论观念上开辟了"新向度"[5],等等。或许源自周介人对当时的文坛现象的敏锐感触力,或许源自历史的某种巧合,"潮汐"一词竟成了对这批批评家在90年代集体式的快速散场的形象化描述。

无论如何,我们已经无法回避1985年左右涌上文坛的这批新的批评家,他们带着与生俱来的自由和无所畏惧,以及唯恐无人知晓的标新立异,纷至沓来,一时间,文坛似乎都成了他们的以及他们所评论的文学作品的天下。短短几年时间,李陀、黄子平、季红真、吴亮、程德培、周介人、许子东、殷国明、胡河清、李劼、王晓明、蔡翔、陈思和、夏中义、毛时安、南帆、宋耀良、李庆西、朱大可、李洁等

---

[1] 周介人:《新潮汐——对新评论群体的初描》,《文学评论》1986年第5期。
[2] 同上。
[3] 同上。
[4] 同上。
[5] 同上。

成为批评界耀眼的"新星"。比如，吴亮和程德培主持的《文汇读书周报》"文坛掠影"专栏[1]，程德培主持办的刊物《文学角》都成为批评文坛新作的重要阵地。1985 至 1989 年间，浙江文艺出版社出版青年评论家文集"新人文论"丛书，先后出版了 17 位批评家的论文集[2]。在 80 年代，这套书是青年批评家的集体亮相，他们中的大部分是第一次出书。正如再版序言中所说："概而言之，这套丛书是八十年代初活跃于文坛的青年学者和批评家的一次集体亮相，映照着三十年前文学观念嬗变的思想大潮。我们至今认为，近世以来在中国人撰写的文论著作和批评文章中，此前尚未有过这样的精神视野和理论探索之勇气。"[3]无论从人的数量，还是从作品的质量上，一股新的气流都已经不容忽视地形成了。也有研究者指出："虽然在 1985 年，我们还不能像确定'新潮小说圈子'那样确定'新潮批评家圈子'的组成人员，但是，一批新的批评家确实以各种方式在开始聚集，并通过各种会议、杂志、著作频繁交流，发出声音。"[4]1985 年的"杭州会议"可以说是一次新潮批评家的正式亮相，根据吴亮提供的会议合影照片，参加者有：李杭育、韩少功、董校昌、徐俊西、茹志鹃、李子云、吴亮、薛家柱、高松年、沈治平、陈建功、宋耀良、季红真、黄子平、鲁枢元、肖元敏、陈杏芬、徐幸立、钟高渊、许子东、曹冠

---

[1] 专栏从 1985 年 8 月持续到 1987 年年底，吴亮和程德培基本上交替着每周写一篇评论，点评文学作品。

[2] 2014 年再版"新人文论"丛书，出版了 15 种。

[3] 李庆西、黄育海：《再版序言·新人文论》，吴亮：《文学的选择》，上海：华东师范大学出版社 2014 年版，第 3 页。

[4] 杨庆祥：《"新潮批评"与"重写文学史"观念之确立》，《中国现代文学研究丛刊》2011 年第 6 期。

龙、李陀、周介人、南帆、陈村、程德培、蔡翔、陈思和、阿城、郑万隆等。分析这份名单，我们会发现，来自上海及其周边的批评家占了绝大部分，如吴亮、宋耀良、南帆、程德培、蔡翔、陈思和、许子东，而来自北京的只有李陀、黄子平和季红真。可以说，上海作为"新潮批评"的中心在此已经开始凸显，周介人和《上海文学》周围聚集了当时最有活力的"新潮批评家"。或许，1984年的"杭州会议"只是给一批作家和批评家的聚集提供了一个历史呈现的机会，即使没有这次会议，被称为"第五代批评家"以及"新潮批评家"的一代青年才俊也势不可挡的活跃在了80年代的文坛上。不过，我们依然可以从当时以及后来者的分析中，明确地看到"上海"、"新潮批评家"、"中心"（"圈子"）等成为解读作家与批评家的关键词汇。

程光炜这样评价当时批评家们的地位："我认为，至少在那个时期，批评家的地位是高于小说家的，这批年轻批评家成为1985新潮的导演，成为淋漓酣畅的指挥家，他们把自己的艺术才华发挥到了极致的地步。在近七十年的当代中国小说史上，还没有哪个时期的批评更令人如此激动。"[1]而对那群身处其间的新潮批评家们而言，他们也是无比满足于自己当年的地位和状态的。吴亮说："《上海文学》推出了一大批年轻批评家，到了1985年以后，年轻批评家的影响力越来越大，很多的杂志都在争夺年轻批评家的文章，就像现在画廊都在抢那些出了名的画家一样。"[2]潘凯雄等人则说："那是一个让文学理想之花激情绽

---

[1]　程光炜：《小说探索浪潮中的批评家》，《文艺争鸣》2016年第10期。
[2]　吴亮、李陀、杨庆祥：《80年代的先锋文学和先锋批评——吴亮访谈录》，《南方文坛》2008年第6期。

放的年代,我们沐浴着 80 年代的文学精神一路走过来,因此一直心存对她的眷念。那时候,我们被各种新奇的理论所震撼,这些新奇的理论也激活了我们的大脑,各种'奇谈怪论'由此应运而生。我们聚在一起,就愿意'高谈阔论',每一个人都有新的想法和新的见解。相聚和讨论,成了 80 年代的文化时尚。"[1]在 80 年代这个文学流金岁月中,一批青年文学批评家迎来了自己言说的美好时光,在新作频出的文坛上,发出激动而又嘹亮的声音,为中国文学的前行摇旗呐喊。

二、圈子式的亲密关系:批评家的生态

1985—1986 年,活跃于文坛的青年批评家吴亮撰文《文学与圈子》《当代小说与圈子批评家》等文章,认为中国当下小说发展变幻莫测,小说家自身形成了圈子,并给批评家们带来了压力,也促成了小说家与批评家建立了良好的平等交流关系的批评圈。关于圈子形成的背景,他说:"现在,一个扇形的并列并存的发展图式,成功地避开了各种指令性的'理论干扰',在所有关心注意文学进展的人们面前呈现出来,从而把文学原先那种单调的局面打破了。而审美创造一旦从禁锢中解脱出来,再试图去统一它们就不那么容易了……因此,在一番温和的论辩之后人们终于感到彼此共存的现实性,终于相互容纳,以至在民主原则和个性化的前提下携起手来。"[2]关于批评家与小说家

---

[1] 潘凯雄、贺绍俊:《80 年代"批评双打",文学流金岁月的必然产物》,《文汇报》2016 年 2 月 18 日第 11 版。
[2] 吴亮:《文学与圈子》,《批评的发现》,桂林:漓江出版社 1988 年版,第 52 页。

的关系,他说:"圈子批评家和圈子小说家的携手,并不是单指一般意义上的友人关系。他们往往因为气质、审美意向、兴趣、主张等方面有着相通之处。此外,还因为他们都触及同一个专题或同几个专题,当然,是以不同的方式:前者是知识和概念的,后者是经验和感觉的。另一方面,这些批评家又特别重视圈子小说家的经验和感觉,而小说家也十分赞同批评家的知识和概念——他们本身也在探求着和他们的艺术倾向有关的各种知识。事实上,他们是水乳交融的统一者。"[1]吴亮的论述,一语道明当时被称为新潮小说的写作以及对这些作品进行评论的批评家间的关系,或者说,那种十分鲜明的文学生态。比如,在批评家与作家的互动性上,程德培对李杭育、莫言作品的解读,吴亮对马原、王安忆等人作品的解读等等,具有开启文坛解读这些作家、作品的新视野的意义,并最终为新的文学变革的潮流奠定了基础。值得再次说明的是,在80年代中期,这种文学圈子的出现之于大多数批评家或作家来讲,都是报以欣喜的姿态的,就如吴亮所说:"文学圈子的出现,使它每个成员开始获得主人的自主意识,原先那种金字塔型的文化结构只能使精神劳动者产生一种卑微和受控感。文学圈子的出现,使每个诸如此类的影子团体取得了平行关系,不再有高下朝野之分。文学圈子的网络构成,从根本上瓦解了金字塔型的文化结构和旧有的指令方式,使自由的文学精神劳动独立了出来。"[2]可

---

[1] 吴亮:《当代小说与圈子批评家》,《批评的发现》,桂林:漓江出版社1988年版,第62页。

[2] 吴亮:《文学与圈子》,《批评的发现》,桂林:漓江出版社1988年版,第56页。

见，当时对文学圈子的接纳源自对文学打破了旧有的工具论的认同和肯定。

如果从文学发展的角度来看，"圈子文化"对文学的发展利弊双生，当然，中国当代文学的发展历程似乎从来没有离开过圈子文化的影响力。程光炜曾明确指出自进入新中国以来，"批评圈子"的存在及影响力：1950—1970年代的"解放区批评圈"，80年代前半期的"北京批评圈"，80年代中后期的"上海批评圈"，90年代的"学院派批评圈"，构成了当代中国小说批评史的主要话语谱系和历史脉络。本书所提及的新潮批评家的圈子，主体成员也就是"北京批评圈"和"上海批评圈"的人员。根据程光炜的概括，"北京批评圈"主要是阎纲、何镇邦、雷达、曾镇南、李陀、季红真、李洁非、贺绍俊、张陵、蒋原伦、潘凯雄和吴秉杰、张炯、张韧、蒋守谦、高行健、黄子平等人。这些人物分别代表了"现实主义深化派"和主张"现代派小说"的批评家们，他们在"文革"结束后对推动中国文学观念的变革起了重要的作用。他说："'北京批评圈'的两个分支'现实主义深化派'和'现代派小说'像是在唱着红脸和黑脸的'双簧'，分别从'内容'和'形式'两个方面突破极左文艺路线所设的禁区，带动着全国小说创作突飞猛进的洪流。……因为'清除精神污染'和'反自由化'运动正在此起彼伏，新的'边界'又在探索的洪流身边布下。北京毕竟是中国的政治文化中心，下一波的'新潮批评'和'新潮小说'可能将移往上海。"[1] 程光炜还明确提出："与北京现代派小说的探索因

---

[1] 程光炜：《当代文学中的"批评圈子"》，《当代文坛》2016年第3期。

'清除精神污染'连遭挫折相比,在巴金、夏衍等文坛老将的支持下,加之李子云、周介人两位主编的鼓噪推动,以'两刊'(《上海文学》、《收获》)和'两校'(复旦、华东师大)为核心的'上海批评圈'(史称'新潮批评')这时大举登陆当代文学的舞台。"[1]显然,程光炜的这一关于"圈子"的论述是针对文学史表述做出的有效概括。而就当时80年代初期形成的批评的强劲性来讲,无论是北京还是上海,更多的体现的是一种氛围,以及集体式爆发的态势,确切地说,这种爆发应该是从上海开始的,所以,"上海批评圈"的表述更有说服力。

对照吴亮的阐述,我们也可以看出,80年代中后期形成的这种"圈子"(作家与批评家间、批评家与批评家间),与90年代以后形成的"圈子文化"还是有所区别的。前者是一种较自由的状态,更具开放性,有着创作和批评间的敞开以及直言批评的意味;后者则更为谨慎,不仅在彼此批评的锐利性和互相理解性上不及前者,而且,有的时候更多地体现了人情关系的特点。当时重要的批评家程德培的话或许能够说明问题:"我和作家的关系,你可能是误听误传了。几十年了,我几乎在写所有的作家论之前和作家本人都不相识。我喜欢这样,可以多一份神秘感。80年代作家和批评家的关系相对'甜蜜',现在可能'私密'性多了点。当然,这只是总体感觉,无法也无须作判断。"[2]所以,区别于"圈子文学",对80年代的文学场而言,我

---

[1] 程光炜:《当代文学中的"批评圈子"》,《当代文坛》2016年第3期。
[2] 程德培、白亮 《记忆阅读方法——程德培与新时期文学》,《南方文坛》2008年第5期。

更愿意用圈子式的亲密关系来描述彼时的文学生态。

显然，在 80 年代中后期的文坛上，上海成为青年批评家和作家们活跃的文学空间。一方面，作家和批评家构成了亲密的圈子关系。在这个意义上，批评家往往成为作家所召唤的理想读者，而作品也成为批评家们阐发文学观念的理想载体，共同完成了新的文学标准乃至新的文学潮流的构建。另一方面，吴亮、程德培、蔡翔、李劼、王晓明、许子东、陈思和、南帆、宋耀良、胡河清、殷国明等这些批评家们的活跃，以及《上海文学》《收获》《上海文论》等杂志对新的文学实践的大力支持，推动了上海批评界形成了声势浩大的局面，也对 80 年代中后期中国文学、特别是小说创作的新潮流的产生有着重要意义。从时间上来看，"上海批评圈"稍后于"北京批评圈"，一定意义上延承了其"形式"探索的要求[1]，而且，在上海这样一个更为"自由"的空间中，展示了新中国以来中国文坛以前不曾有过的自由批评空气，在"寻根文学"、"先锋小说"浪潮中唱起了主角，对中国小说艺术形式的变革起了重要的推动作用。

进一步而言，尽管进入新时期以来，"北京批评圈"在最初现代派论争中最先发起了声音，然而，是上海率先突破重围，摇旗呐喊，特别是对年轻批评家的成长来说，还是上海给他们提供了良好的空间，真正的创新气势是在上海形成的。比如，就现代派这个问题上，《文艺

---

[1] 北京的李陀在 1980 年代初期，就曾提出了艺术形式变革的问题（见《打破传统手法》，《文艺报》1980 年第 9 期）。上海的李劼提出小说已经从"写什么"转向了"怎么写"。（见《论文学形式的本体论意味——文学语言学初探》，《上海文学》1987 年第 3 期）殷国明提出，艺术形式不仅仅是"形式"。（见《艺术形式不仅仅是"形式"》，《上海文学》1986 年第 7 期）

报》和《上海文学》体现出了不同的声音。《文艺报》持续地发动了对"现代派"言论的批判[1]，而《上海文学》负责人李子云不顾冯牧的电话提醒，坚持发表了"现代派"的通信，其后又刊登了巴金和夏衍的两封信。当时，围绕着《现代小说技巧初探》一书引发的冯骥才、李陀、刘心武、王蒙的通信的发表，体现了上海文坛的能力和气势，即通信的发表虽然引发了轩然大波，但也在波动中确立了上海文坛一种民主的姿态。比如，研究者李建周就在阐述北京与上海在批判"现代派"形成的文艺空间时提出："因为涉及文艺界的纷争，所以批判'现代派'实际上是文坛不同身份的人进行了一次重新组合……这种关系的重新组合不仅使得文学场的权利格局发生转换，而且在压力面前，支持创新的力量进行了一次'聚集'。这种效应进一步促发了新的文学空间特别是先锋文学的生成。"[2]实际上，由夏衍、巴金以及钱谷融、贾植芳、三西彦等这些老先生支持而形成的新的文学空间带来的不仅是一批年轻的新潮批评家和作家的聚集，更重要的是，带来了文学集中和较长效的增长力。比如，《收获》杂志程永新就曾这样说道："《收获》几十年的风风雨雨，就是因为有巴金这样一个精神，这样一种人格魅力，才始终得到方方面面的关照，才出现各类型优秀的作家。如果没有这种包容，没有这种开放的思维，这本杂志也走不到

---

[1] 张光年在《文坛回春纪事（下）》（海天出版社1998年版）中记录了冯牧等人多次对李陀、王蒙等的批评。王蒙也说："《文艺报》的资深副主编唐因等一些场合还特别点出我的名字来。而另一位新归来的副主编唐达成在一些场合——有的我在场——大批现代派。"（王蒙：《王蒙自传第2部大块文章》，广州：花城出版社2007年版，第161页。）

[2] 李建周：《先锋小说的兴起》，北京：中国社会科学出版社2014年版，第44页。

今天，也坚持不到今天。"[1]程德培甚至直接将批评力量的聚集归为大学校园以及老先生们的慧眼，而上海只是一个地域的名称，他说："80年代上海的批评的确出了一批人。可以说是在合适的时机中同时出一批不合时宜的人。我有一种想法，这个批评圈的出现和走红似乎和上海的地域和文化因素没有什么关系。……80年代的中国，城市管理工作依赖户籍管理，不存在人口的自由流动。唯一的流动性无非是大学的招生，正因为有了众多导师的慧眼，才有许多批评人才在上海集聚。尤其是钱谷融先生，他简直就是一个奇迹。他80年代所招的学生秉性各不相容，但几乎个个都才华横溢。"[2]我尚未能考证程德培为何说那是批不合时宜的人，我更愿意将其视作一个历史的亲历者面对过往那样的文学生态已经不在的岁月感慨，从字里行间，我们体会到80年代中期的确是批评家们的黄金时期，而且，不管是否受上海文化的影响，上海的确成为中国当代新潮批评形成的重要场所。

上海新潮批评的增长的一个重要的事例便是李子云、周介人等启用吴亮、程德培、蔡翔三位文学新人。这三位人物不仅成为当时批评的重要力量，更重要的是，他们的出现，代表了批评的职业化态势，这在中国当代文学史上是不多见的。他们三个人都曾经是工人，后来进入上海作协，成为专业的写作者和批评家。许子东在回忆上海当时这种从工人中涌现出批评家的现象时说："吴亮和程德培是两个喜欢读

---

[1] 余华：《因为巴金 我们这代作家才能自由成长》，新浪读书，http://book.sina.com.cn/media/syjj/2017-03-22/doc-ifycnpiu9451760.shtml，2017年3月22日。

[2] 程德培、白亮：《记忆阅读方法——程德培与新时期文学》，《南方文坛》2008年第5期。

书的普通工人。吴亮偏爱西方理论,阅读面很广,虽未经过正规训练,却写得一手好文章。《一个批评家和他友人的对话》,用翻译体的理论碎片,将令人困惑的美学问题从正反不同角度都讲得头头是道而且不透露自己立场。程德培则擅长细读作品,从王安忆最早的《雨,沙沙沙》,到前年金宇澄的《繁花》,他是当代中国小说最忠实最勤奋的读者。文字不花哨,分析相当靠谱。还有蔡翔,虽然也读大学,也做编辑,但始终坚持上海工人(左派知识分子?)的角度读文学。吴、程、蔡三位虽被'招安'进体制,却始终不会也不肯只做传统'作协评论'。我常去他们研究室那几年,是他们与马原、莫言、王安忆、韩少功、张承志、孙甘露、格非、残雪等所谓'探索作家'来往最频繁的时期。作品还未发表,他们已提意见。作品刚一发表,他们就提出一些口号标签给作家壮大声势增强信心(一如成仿吾、陈西滢当年为创造社新月派所做的事情)。不夸张地说,1985年的所谓'先锋文学',不管成功与否,在某种程度上也可以说是这班作家与青年评论家的'共创'。吴亮等人的文风改变了《上海文学》理论版,《上海文学》理论版又影响了八十年代的中国文学(犹如《文学评论》影响了'文革'后的现代文学研究)。"[1]

  吴亮、程德培、蔡翔这三位批评家的出现,体现出的不仅是个人的才能,更体现出了上海这一文化空间运作中权力关系的变化。因为作为业余读者(作家)的这三个人物,他们不必背负80年代初期主流批评家的政治任务,简言之,政治风险比较低。在他们作为工人的这

---

[1] 许子东:《郁达夫新论·跋》,上海:华东师范大学出版社2014年版,第316页。

个阶段，从知识学习上讲，他们在吸收新知识上与专业的研究者差别不大，但是，由于他们的业余身份，使他们的思维更活跃、精神更自由。吴亮曾说："我进工厂后获得了一个自我学习的过程，基本上是无序的，什么书都看，这些书籍影响了我最早的思维方式。……幸运的是我没有受到那些僵化的教条的影响和束缚……我1971年进了一家工厂，那时父亲因为历史政治的问题还没有解决，我逃避任何组织性的生活，比如入党、入团之类。"[1]程德培在接受采访时，也谈到了自己当时使用的批评方式，他说："可以说，与作者通信交流是我最初的批评方式，或者说批评的起步。从1978年2月与贾平凹通信始，陆陆续续和张洁、陈建功、李杭育、吴若增、王安忆、邓刚、韩石山等都有通信往来，包括王蒙也有一封1979年11月的来信。最近有空把当年的信件翻阅了一下，里面谈的都是文学与创作，可谓'纯文学'了。我如果没有记错的话，《文艺报》当年想发一篇评论贾平凹作品的文章，征求作者的意见，由于贾平凹的推荐，郑万兴先生找到我，这是我的第一篇批评文字。经历了一翻曲折后，稿子最后在《上海文学》发表。从此我有机会参加《上海文学》理论组的活动并认识了李子云师和周介人师。"[2]可见，读者与作者通信成为当时批评的方式，也构成了一种作家与批评家的生态。进一步而言，像1984年程德培、吴亮成为作协理论研究室成员，开启他们的职业批评生涯后，

---

[1] 吴亮、李陀、杨庆祥：《80年代的先锋文学和先锋批评》，《南方文坛》2008年第6期。

[2] 程德培、白亮：《记忆阅读方法——程德培与新时期文学》，《南方文坛》2008年第5期。

他们更接近于进行"专业化"、"职业化"的批评,即批评本身变成了一件"纯粹"的事业。正如吴亮所说:"当时没有书商,没有商业炒作,报纸媒体很弱,没有别的力量,只有批评家。"[1] 从当事人的语气中,我们感受到了文学批评的增长就像一股清新的空气,自由而又美好。

当时,活跃在上海文坛的批评家李劼也将自己与他们的这种关系比作"狮驼山"上的三个人,称"那是一段美好的回忆"[2],他自得地说起自己的写作:"我们那时不过是对文学有那么点爱心,想说点什么就说点什么,想写点什么就写点什么,说对了拍拍手,说错了哈哈一笑,谁也不想成为谁的导师,谁也不想成为别人的中心。"[3]"我们从来不曾像后来的那些小赤佬么老三老四的指点江山,激扬铅字,所以不管我们怎么谈论作家,结果在都和所谈论的对象们成了朋友。作家即便是给我们说了什么,也从来不因此耿耿于怀,因为他们明白,这不过是调调情罢了。"[4]

值得强调的是,这种带有类"职业自由"性质的批评,离不开当时上海围绕着这些人所形成的文化场,核心的阵地还是《上海文学》以及其主编周介人。正如前文所述,吴亮、程德培是周介人从工人群体中发掘出来的,而李劼也是钱谷融先生介绍给了周介人,才得以活跃于批评界。当时,上海众多青年批评家都与周介人有关系。毛时安曾在

---

[1] 吴亮:《1980年代的"上海杂碎"》,《新周刊》2006年第15期。
[2] 李劼:《中国八十年代文学历史备忘》,未公开发表。
[3] 同上。
[4] 同上。

一次访谈中提道:"实际上当时我们这一批青年评论家当中有一个核心的人物,就是周介人和《上海文学》这样一块理论阵地。……最早是许子东,许子东是我们中最早的,他最早出了《郁达夫新论》。那个时候我们都出单篇论文的嘛。这个以后呢,搞批评其实就是王晓明、许子东他们师兄弟,然后呢,还有殷国明,殷国明比我小,然后就是我、夏中义、宋耀良,方克强,还有这个魏威、夏志厚、朱大可、朱大可的老婆(前妻)张擎等等一大批。再年轻一点的就是南帆、方克强、吴俊几个。"[1]吴亮也说:"周介人对我们这些年轻人的扶植是不遗余力的。除我之外,程德培、蔡翔、张帆、毛时安、李劼、殷国明等都程度不同的得到过他的帮助。"[2]可见,所谓的上海文化场,说到底是一群年轻的批评家、作家们聚集的文化场,彼此间的圈子式的亲密关系,推动产生了新的文学批评气象。

三、 批评的助力与剪裁

无论是批评数量的增长,还是批评言语的真诚、创新的勇气,以及批评家与作家的共同成长,种种迹象都表明80年代中期新潮批评家们的批评是十分丰富且有意义的。值得提及的是,相较于90年代以来的文学批评,在80年代的文学环境中,批评家们实际上并不是一开始

---

[1] 毛时安、杨庆祥:《〈上海文论〉和"重写文学史"——毛时安访谈录》,未刊,转引自杨庆祥:《"新潮批评"与"重写文学史"观念之确立》,《中国现代文学研究丛刊》2011年第6期。
[2] 吴亮:《周介人印象》,《批评的发现》,桂林:漓江出版社1988年版,第221—222页。

就有良好的理论基础，用当时《收获》编辑的话说："八十年代的文学批评，由于所处的历史背景的局限，批评家的思想资源其实非常有限。"[1]然而，批评家们对新的理论知识的学习、运用与对作品的解读几乎是与学习共同增长的。一时间，叙事学、心理学、系统论等等诸种文艺理论方法被应用到文学批评中，更重要的是，批评家们对作品的敏锐判断以及及时回应，有种与生俱来的面对作品时的惊奇。程光炜将这归结为良性的文学环境和批评家们的才华："与目下批评家在批评活动中对名家名作噤若寒蝉，担心一不小心就会引得对方'龙颜大怒'的情形相比，八十年代那批风华正茂意气风发的新潮批评家，却个个都是气势如虹，势不可挡。闭目想来，真有一种不知今夕是何年的诧异感觉。不过就我看来，新潮批评家的强势姿态恐怕主要来自八十年代良性的文学环境，文学批评的骨气和正气，也来自作家们自觉主动的配合，他们还没有形成固化的世俗计较、功名利禄；与此同时，我还愿意指出这确实来自新潮批评家的整体性的文学才华。"[2]王尧则从文学发展历程的整体性上进行论述，认为："在关于80年代文学的共识中，文学一度处于社会的中心位置，而人文学科的活跃程度远超过社会科学。在这样的80年代，文学批评与思想解放运动、文学重返自身的历程是紧密相关的。在从'文革'到'新时期'的过渡中，在文学走向自觉的过程中，文学批评即承担了传达新思想新思潮的角色，又在新思潮的产生与引领、文本的生产以及在今天已经被视

---

[1] 程永新：程永新《序二》，程德培等，《批评史中的作家》，上海：上海文艺出版社2014年版，第10页。

[2] 程光炜：《作家与批评家——作家六题之二》，《小说评论》2015年第2期。

为经典或者重要作品的'初选'过程中,发挥了积极的作用。于是文学批评,即介入了文学史进程,又介入了公众的思想文化生活,当文学处于社会的中心位置时,这样的文学批评在当时获得了巨大的成功与反响。"[1]总之,这是一个作家和批评家关系融洽的时代,一个让批评家们的才华可以尽情展示的时代。

80年代文学的地位为新潮批评家们才华的施展提供了十分重要文学环境,新潮批评也对文学产生了共识性的审美观。以《新小说在1985年》为例,这是吴亮和程德培选取的发表于1985年的中篇小说的选本,共20篇,并附有吴亮、程德培、李劼的导读文字。这部选本典型地体现了新潮批评家们的审美趣味、文学观念和价值取向。这20篇作品中,有研究者曾这样做过统计:"粗略地统计一下,我们就会发现这二十个篇目囊括了后来的文学史指认的全部'新小说',包括:寻根小说,如《爸爸爸》、《归去来》、《天狗》等;先锋小说,如《冈底斯的诱惑》、《一天》;现代派小说,如《你别无选择》、《蓝天绿海》、《公牛》等,其中以寻根小说和现代派小说占的数目最多,这也说明了这两类小说确实是当时最具有'强势'的小说潮流。"[2]除了后来被文学史定义为"寻根"、"先锋"、"现代派"的小说之外,刘心武的《5·19长镜头》和《公共汽车咏叹调》显得"另类",实际上,这两部作品的纪实性也体现了对以往现实主义叙事的突围。总体上,这个选本体现的"新"有着鲜明地告别社会主义现实主义文学的意味,而

---

[1] 王尧:《批评的轨迹》,《当代作家评论》2008年第1期。
[2] 杨庆祥:《〈新小说在1985年〉中的小说观念》,《南方文坛》2008年第4期。

这也正是新时期文学脱离工具论后，在艺术探索方面，如何突破"伤痕""反思""改革"文学创作藩篱的重要探索。从思想溯源来看，这种探索可以回溯至 80 年代初期一直进行的关于"现代派"问题的探讨，以及文学界对新文体的创新的推动。比如，徐星、刘索拉等作品对西方现代派的借鉴，1984 年底杭州会议上对残雪、马原作品的关注，以及寻找文化之根的思想的生成等等。在 80 年代的文坛上，"新""探索"几乎成了十分时髦的词汇。比如，1986 年上海文艺出版社出版"文艺探索书系"，兼收了文艺理论和创作方面的探索作品集。编者在前言中写道："最近几年，我国的文艺正在发生深刻的变革。从题材内容到表现手段，从文艺观念到研究方法，出现了'全方位的跃动'。无论是创作还是理论，都呈现出前所未有的锐气和活力。"[1]正是在这样一种文艺创新背景中，文学批评的探索也呈现出了新的气向。

从文学认同的普遍共识中，我们可以看到，新潮批评家出场的文学语境中，最核心的要素即在于突破传统的批评观念，不仅是文学工具论的突围，也是对现实主义创作原则的反叛，是单一的主流写作的异质化。各个批评家的批评方向各有侧重，批评文体风格也各异，但他们的批评视野还是相当宽阔的。从整体上看，有两个较鲜明、较集中的特点：一是，艺术本体论观念的生成，成为当时新潮批评的一股主流。有评论家曾指出："'文化热'中成为显学的新批评、结构主义语言学、叙事学、文化人类学等理论，则是他们主要的批评武器。"[2]这

---

[1]　《文艺探索书系·编辑前言》，上海：上海文艺出版社 1986 年版，第 1 页。
[2]　程光炜：《小说探索浪潮中的批评家》，《文艺争鸣》2010 年第 10 期。

些批评方法大致上都与重艺术形式探索的批评有了结合。二是，对作品的重新解读以及对新作的关注，不仅推动形成了新的小说浪潮，如"寻根文学""先锋小说"潮流，而且，在作家作品研究方面开拓了批评的新视野，如许子东对郁达夫的研究、王晓明对高晓声的研究等。这些论述都对今后文学史的评价和论述造成了重大的影响，一定程度上，形成了批评引导创作、批评改写作品在文学史上的定位的时代风尚。

第一，在艺术本体论观念生成方面，最明显地表现于对语言以及艺术形式的探讨。比如，殷国明的《艺术形式不仅仅是"形式"》[1]、李劼的《试论文学形式的本体意味》[2]、《论中国当代新潮小说的语言结构》[3]、李洁非、张陵的《"再现真实"：一个结构语言学的反诘》[4]等文章是代表。当时，李劼从创作的现象出发，提出了小说从"写什么"转向了"怎么写"，认为："于是，被传统奉为圭臬的写什么一下子变得不怎么重要了，而怎么写则具有了相当的意义。对自然的摹写因为摹写者的主观感受而从摹写什么变成了怎么摹写，对社会的反映因为反映者的主观印象而从反映什么变成了怎么反映，对生活的观照因为观照者的主观视角而从观照什么变成了怎么观照；如此等等。本来总是被人们冷落的文学形式此刻猛地闪烁出了自身的意味，从而向人们发出了迷人的微笑。"[5]他还特别强调了先锋派小说

---

[1] 殷国明：《艺术形式不仅仅是"形式"》，《上海文学》1986年第7期。

[2] 李劼：《试论文学形式的本体意味》，《上海文学》1987年第3期。

[3] 李劼：《论中国当代新潮小说的语言结构》，《文学评论》1988年第5期。

[4] 李洁非、张陵：《"再现真实"：一个结构语言学的反诘》，《上海文学》1988年第2期。

[5] 李劼：《试论文学形式的本体意味》，《上海文学》1987年第3期。

在文体演变上的标记性:"从八五年开始的先锋派小说是一种历史标记。这种标记的文学性与其说在于'文化寻根'或者现代意识,不如说在于文学形式的本体性演化。也即是说,怎么写在一批年青的先锋作家那里已经不是一种朦胧不清的摸索,而是一种十分明确的自觉追求了。这种自觉追求把原来踟蹰在印象性色彩中的意象相当生动地凸显出来,使情绪的流动上升到了一个个高远深邃的象征。"[1]可见,当时创作上的创新,为批评家提供了新的阐述资源,并推动了文学本体论观念的发展。即,对艺术形式本体的关注,不仅仅是一种文体演变的关注,更重要的是从小说语言的角度来关照艺术的变化,突破了以往的内容、主题为中心的艺术标准。

当然,形式的问题本身是复杂的,1980 年《文艺报》座谈会上,李陀就说:"文学创新的焦点是形式问题。"[2]而后关于"现代派"的争论以及清污运动,使这个问题被搁置、被讨论,而当众多评论家刻意地提倡形式变革的价值和意义,疏离现实问题的书写时,作家们在社会现实问题的关照和艺术精神内涵方面也带来不少问题。不过,在 1987 年评论家殷国明就对当时的形式观作过一个理论上的探讨,认为:"形式,其确切地存在其实在这种意向推论之中已经悄然'隐没'的。在艺术活动中,一种完美的艺术境界是忘却形式的。而这种形式本身的被遗忘,并不是形式的悲剧,而是它的幸运,因为这时人们才真正毫无阻挡地步入艺术家创造的艺术世界,艺术形式已经最完满的

---

[1] 李劼:《试论文学形式的本体意味》,《上海文学》1987 年第 3 期。
[2] 王尧:《1985 年"小说革命"前后的时空——以"先锋"与"寻根"等文学话语的缠绕为线索》,《当代作家评论》2004 年第 1 期。

实现了自己的艺术价值。"[1]在他看来，形式是十分重要的，但是，形式还是通往艺术世界的桥梁，这对当时一味强调形式求新的创作及评论是一种升华。总而言之，在80年代中期的文坛上，以形式问题讨论为核心的艺术本体论，取代了文学工具论，带领中国文学走向了关注艺术精神独立性的道路，大大促进了中国文学的飞跃，也有效地成为新潮批评家话语资源。

第二，对作家作品的阐述方面，特别是对新作的阐述上，新潮批评家有了紧跟创作步伐的新态，并且，在最初的话语生成空间中，成了作品阐释的权威者，引领了文坛对作品的接受，决定了文学史对文学作品地位的定论。正如前文所述，当时批评家与作家是一种圈子式的亲密关系，然而，不得不再次强调的是，这种亲密直接体现于评论与作品的亲密，批评家对作家作品进行及时关注以及意义发掘式的阐释。比如，程德培曾评论过张承志的《黑骏马》、李杭育的"葛川江系列"小说，王安忆的"三恋"系列小说、《小鲍庄》等。吴亮曾评论过马原的《冈底斯的诱惑》、阿城的《遍地风流》、刘索拉的《你别无选择》、李杭育的《炸坟》、韩少功的《爸爸爸》、莫言的《透明的红萝卜》、陈村的《从前》、王安忆的《小鲍庄》等作品，这些新作几乎囊括了1985年左右涌现于文坛的所有"新潮小说"，而且，这些评论都对当时读者的接受产生了决定性的影响。一定意义上，新潮小说是由新潮小说家们"制作"的。毫无疑问，当时评论家对作品的阅读是热烈而又真诚的，当时所有的评

---

[1] 殷国明：《艺术形式不仅仅是"形式"》，《上海文学》1986年第7期。

论都是建立在"亲密"的阅读基础上的。程德培说:"从1977年至1986年间,我先后为一百多位作家建立资料,阅读他们发表的每一篇作品,作了大量的笔记,醉心于研究每一个作家的写作路径,大至艺术天地,小至用词用字习惯,小说为何物,书写中难以言说、不可言说的奥秘始终是缠绕我的疑惑;创作中无法逾越的局限,风格特色又如何裹挟着长处和短处几乎都是我无法解答的谜团,充满着诱惑。今天看来,这些笨拙而又无所建树的批评方法,早已是落后而又陈腐不堪了。唯一的遗产无非是一个人对小说的感觉而已。"[1]正是这些被言说者自嘲为"陈腐而又不堪的"方法,不仅支撑起当时的评论,而且弥足珍贵,是当下浮躁的文学评论界需要去借鉴的。而且,批评家的解读不仅体现在单部作品、单个作家的解读上,而且,也体现在与作家们携手共同制造了"寻根文学"、"先锋小说"等的浪潮上。

当然,作为一种充满激情的评论,评论者会因为与作品的"间离性"不足而产生诸多的主观判断,在当时,这些判断也决定了文坛的整体阅读取向。以吴亮的《马原的叙述圈套》为例。文章从叙述学的角度重点阐述了马原存心抹杀真假界线的叙述技巧,直接叙述自己和间接借人物之口叙述自己的圈套设置,片断式的、拼合的、互不相关的经验方式等。而且,从叙述方式深及作者内在的叙述逻辑是源于对人类经验的基本理解——"即经验时而是唯一性的,我们只可一次性的穿越和经临;时而是重复性的,我们可以不断地重现、重

---

[1] 程德培、白亮:《记忆阅读方法——程德培与新时期文学》,《南方文坛》2008年第5期。

见和重度它们。"[1]同时,评论者也注意到了马原作品中对神秘、不可知论的关注,明确指出:"我想用叙述崇拜、神秘关注、无目的、现象无意识、非因果观、不可知性、泛神论与泛神通论这八个词来概括马原的观念。"[2]吴亮的这一评论,无疑是解读马原作品的及时雨,用"圈套"一词,为马原的小说中那些令读者摸不着头脑的故事、线索、情节做了十分明确的命名。这一命名以及延伸出的关于小说虚构性的观点,旋即也成为"先锋小说"的话语资源。今天看来,吴亮的评论虽然解读了作品的写作技巧,却忽略了马原作品中的"西藏"以及借鉴的西方作品的元素。对此,吴亮自己也说:"因为当时我解释的兴趣在于马原的方法论,其他所谓的意义啊,西藏文化啊,我全都避开了。"[3]然而,吴亮的批评影响的不仅是对单部作品的关注的角度,更重要的是借马原的文本引发了小说叙事观念的变革。这种批评的剪裁成为当时提倡文学新观念的批评家们无法避免的举动。程光炜曾经指出:"这种以'批评'代替'作家'进而将文学作品充分地'批评思想化'的倾向,在80年代中国新潮批评中也开始大量出现,例如吴亮在《马原的叙述圈套》中有意识地把作家马原看作自己潜在的'对手',但他挥洒自如的文笔,给人的印象只不过把马原小说当作了发泄自己理论才华的工具。"[4]所以,评论者本身的命名以及对作品的取舍和价值判断,势必会影响阅读者的接受,更重要的是,在80年

---

[1] 吴亮:《马原的叙述圈套》,《当代作家评论》1987年第3期。
[2] 同上。
[3] 吴亮、李陀、杨庆祥:《80年代的先锋文学和先锋批评》,《南方文坛》2008年第6期。
[4] 程光炜:《作家与批评家——作家六题之二》,《小说评论》2015年第2期。

代中期的文坛上，这些新潮批评家们的批评的影响力十分巨大。李陀在一篇访谈中就曾经认为："标志着先锋小说成功的是两个文学群体的出现，一个是'新潮作家'群体，一个是'新潮批评家'群体。"[1]吴亮曾不无自豪地说："我认为，一个小说家和批评家共同参与的文学已经真正地来到了，所有的精神倾斜都是暂时的——只要他们相互理解和相互携手，那么自信就共属于他们。"[2]不得不说，这种携手的确充满了目的性。

如今，研究者们对这些评论本身也做出了诸多的思考，甚至成为新的研究出发点。比如，程光炜就从王安忆的《小鲍庄》的两篇评论和一场对话来看待当时的批评力量[3]，参照王安忆的创作谈，从李劼的《是临摹，也是开拓——〈你别无选择〉和〈小鲍庄〉之我见》、陈思和的《双重迭影·深层象征——谈〈小鲍庄〉里的神话模式》中，看到了批评对作品的取舍；从1987年青年作家王安忆与复旦大学中文系学生的对话中，看到了非专业研究者关注的问题视角以及王安忆回答中与批评家话语的契合与抵牾。在我看来，无论是李劼所认同的人性的深度和艺术创新，还是陈思和所强调的神话模式，这些批评的话语都充满了时代性，正是80年代启蒙话语以及引进西方文艺理论，强调艺术形式的创新话语的有效组成部分。所以，在新潮批评家

---

[1] 李陀、李静：《漫说"纯文学"——李陀访谈录》，《上海文学》2001年第3期。

[2] 吴亮：《小说家的自信和批评家的困惑》，《批评的发现》，桂林：漓江出版社1988年版，第70页。

[3] 程光炜：《批评的力量——从两篇评论、一场对话看批评家与王安忆〈小鲍庄〉的关系》，《南方文坛》2010年第4期。

们的话语中，有着深深的 80 年代中期文学变革的印迹，他们风起云涌的背后，实际上有着"文革"以后、80 年代初期文学变革的强大力量的支撑，其出场不是凭空而来的。同时，他们在新作批评上的价值取向和取舍以及由此形成的反叛姿态，离不开作家们的积极配合，这无疑是一个作家与批评家们因追求文学梦想的激情而相处融洽的时代。

然而，这种融洽并没有持续得太久。一方面，从作家来讲，越来越多的新潮作家开始注重自己的阐释以对阅读者和批评形成导向，当然，这种导向离不开他们对于文学市场的考量。另一方面，新潮批评家在文学精神上的驰骋和精神启蒙并没能持续很久，市场经济的选择、意识形态的打击使这些文化精英们迅速地各自分散开来。同时，新潮批评在追求艺术自主性道路上，与传统文学理论的隔绝，以及批评家们彼此间对自由的矫枉过正，也使得他们缺乏理论的坚定性和彼此坚持的可靠性。吴亮曾说："1989 年以后我的感觉就是我没法写了，没有意义了，不是说我的文章不能写了，这只是一个原因。关键是，读者全部都不在了，我以前写文章的读者定位很清楚的，比如我写这篇文章会想到李陀会怎么看，少功会怎么看，会有几个到几十个期待的读者。后来这些人都消失了，散了，刊物也调整方针了，主编也换掉了，我就不写了。"[1] 作为新潮批评的亲历者，不见得对事态的变化有局外人式的深刻反思，然而，那种失去"读者"而不写的感叹，意味深长。一个新潮批评家群体散去了，唯有那种自由的精神、那种对待作品的热情留给当下的文学批评无限的深意。

---

[1] 吴亮、李陀、杨庆祥：《80 年代的先锋文学和先锋批评》，《南方文坛》2008 年第 6 期。

第二章 译介文本的选择和影响

80年代在中国文坛掀起的那场迎接西方文学思潮、文艺思想、批评方法、文学作品的浪潮,给一个时代乃至今后的中国文学都带来了无可置疑的深刻影响力。这种影响力不亚于五四时期西方文学对中国文学变革的影响,甚至可以说,如果没有当时译介文本的影响,没有作家们对外国文学作品的借鉴,中国文学的发展与变化不可能如此的迅速。因此,80年代文坛在西方著作出版上体现的"选择性"及对作家的"影响力"包含着复杂的"知识立场",是80年代文学批评的重要内容。探讨这种"外来影响"的力量,可以考察它如何构成了80年代批评家及作家创作的知识源。

第一节 移译西学典籍

中国当代文学研究者洪子诚曾说:"记不清是1981或82年,我第一次读到加缪的《局外人》和《鼠疫》。比较起来,我对《鼠疫》的印象更为深刻……因为有时还会想起它,在过了将近20年之后,我曾写过一篇短文,谨慎地谈到记忆中当时的感动:'在那个天气阴晦的休息日,我为它流下了眼泪,并在十多年中,不止一次想到过它.'在这篇文章里我说到,读《鼠疫》这些作品的动机,最初主要是了解在当时思想文化界热度很高的'存在主义'。"[1]作为80年代的亲历者,洪子诚的经历带有普遍性,代表了这一代人在80年代对知识的渴望和吸纳。这正如另一位研究者程光炜说起自己对西方学术作品的深厚情感:"在我也就一两万册书籍的书柜上,这几十年来,一套套新的丛书被摆上去,另一些被认为知识陈旧、观点老套的书籍则被陆续撤换下来,而这套《现代西方学术文库》的灰皮书和《当代学术思潮译丛》黄底套绿的书,始终屹立在最显要的位置上,齐刷刷地在那里站立了数十年,也伴随我默默走过了这三十年。"[2]无论是洪子诚对文学作品的阅读感受,还是程光炜对学术书系的念念深情,它们都表明了西方典籍给人们的记忆之深、影响之远。

在思想解放浪潮中,经历了数十年外国文学接纳封闭期的中国,急切地张开身体的每个毛孔去迎接着外国文化。从今天活跃于文坛的学者、作家和评论家的谈话中,我们可以明显地感受到"文化大革命"结束以后,外国文学作品、文艺理论、文化思想对中国文坛的震荡。虽然,70年代末80年代初的那些年,在政治意识形态层面上,对西方文学与资本主义意识形态依然混淆难辨,翻译者和接受者也始终在一种紧张的局势中小心翼翼地论证自我的合法性。但是,外国译介文本,特别是西方现代主义文学的传播以无可阻挠的态势影响着当时

---

[1] 洪子诚:《"幸存者"的证言——"我的阅读者史"之〈鼠疫〉》,程光炜主编:《重返八十年代》,北京:北京大学出版社2009年版,第49页。
[2] 程光炜:《"85文化热"三十年》,《文艺争鸣》2015年第10期。

的文学观念和创作方式，对 80 年代以来中国当代文学变化的贡献不可磨灭。毫不夸张地说，这是一个移译西学典籍的重要时代。比如，80 年代影响力特别大的《现代西方学术文库》(《中国：文化与世界》)的主编甘阳，就在《总序》中特别强调了移译西学典籍的重要性，认为："近代中国人之移译西学典籍，如果自一八六二年京师同文馆设立算起，已逾一百二十余年。"[1] "梁启超曾言：今日之中国欲自强，第一策，当以译书为第一事。此语今日或仍未过时。但我们深信，随着中国学人对世界学术文化进展的了解日益深入，当代中国学术文化的创造性大发展当不会为期太远了。"[2] 这两段话明显地将译介工作与近代中国开风气之大事相联，它不仅将"移译西学典籍"为"第一事"，更是将移译与中国学术文化的创造性发展的美好未来联系在了一起。

1977 年底，中国便开始进入了"移译西学典籍"的密集时期。据不完全统计，从 1977 年初到 1979 年 10 月，"共出版了 400 多种外国文学著作，其中主要有各类小说约 250 种，诗歌约 20 种，少儿文学作品约 40 种，外国文艺理论研究著作约 30 种，中国研究家的著作约 30 种"[3]。经历了 70 年代末外国文学作品的恢复期后，80 年代便进入了译介的黄金期。这不仅改变了以往只能通过内刊的形式来介绍外国文学的局面，而且，出版的期刊和书籍市面销售极其

---

[1] 甘阳：《文化：中国与世界》，(《现代西方学术文库·总序》)，北京：三联书店 2009 年版。
[2] 同上。
[3] 孙绳武：《外国文学出版中的几个问题》，《外国文学研究》1981 年第 1 期。

火爆。有评论者曾说:"自 1977 年始,人民文学出版社出版两年间重印世界名著 40 余种,包括莎士比亚、托尔斯泰、巴尔扎克、雨果、狄更斯、塞万提斯等经典作家。1978 年五一节,在阅读史上出现了一个破天荒的壮观景象,北京、上海等地的新华书店门口排起了长长的队伍,人们争先购买重版和新译的中外文学名著,'造成了万人空巷的抢购局面!'"[1]可以说,以西方古典主义名著的翻译打头拉开了译介和接受的序幕。随后,更让人们感到惊喜和心向往之的,还有那些长期以来被屏蔽的西方现代主义、后现代主义流派的作品及文艺思想。

从整体上看,当时人们对西方学术译著及文学作品的重要接受途径有两条,一是公开发表在期刊上的作品,二是成套出版发行的译(著)作。

期刊发行的迅速性、及时性,对众多学习者来讲,无疑是翘首以盼的。比如,当时正在念大学的陈思和就曾经作过这样的阐述:"大约研究中国 20 世纪文学史的人都会注意到,凡一时代的文学风气发生新旧嬗变之际,首先起推波助澜作用的往往是一两家期刊。究其原因,不外是领风气之先的知识分子以单个的声音呼吁社会毕竟微弱,非黄钟大吕不足以惊醒被传统观念麻痹的心灵;而知识分子的高头讲章在这种社会心理普遍浮躁的情况下不仅难以产生,也难有被普遍接受的条件。在这种状况下,惟期刊杂志以周期的快与相对的持续性、思想的新与阵容的相对集中性,以及信息的多并能容纳一定的学术深度,

---

[1] 王德领:《80 年代对西方现代派文学的译介与接受》,《海南师范大学学报(社会科学版)》2011 年第 6 期。

成为得天独厚的时代骄子。"[1]而就对他自己影响重大的《外国文艺》杂志,他是这样深情地描述他们之间的关系的:"我感激这份杂志是因为在那个亟待精神营养的时代里及时地在我面前展开了一个新的艺术世界,或者更确切一些说,是把我融化到了这个世界里去,以致使我发现了自己心灵本身就应该是个新世界:一个属于现代社会环境里的精神状态。在我们还处于蒙昧状态时我们并不是不会感受,只是我们无以名状这些感受,也无以应对这些感受,于是我们会感到恐怖。如果一旦有种思想告诉我们这个世界的人都在感受着与我们相同的苦恼和焦虑,或者告诉我们作为一个人本该就是这样感受着苦恼与焦虑的,那么,我们突然会对自己拥有了崭新的理解,原来像是打量一个陌生人那样的眼光会变得温柔,因为你最终发现了这个陌生人就是自己……"[2]陈思和的这段表白,绝不是个别现象,而是那个时代的学习者和知识分子们的一种普遍心声。所以,对于这样一些刊物的影响力,也绝不仅仅是被封闭了多年的知识界渴求新知的表现,更重要的是,来自西方的这些文本深刻地影响着时代的精神和人们的心灵。

因为著作的出版往往有一定的滞后性,所以,80年代初期各种文学期刊起了重要作用。当时有关介绍和引进外国现代文学的观念和作品的期刊主要有:《世界文学》《外国文艺》《外国文学研究》《译林》《外国文学报道》《外国文学》《当代外国文学》《苏联文学》《外国戏

---

[1] 陈思和:《想起了〈外国文艺〉创刊号》,《博览群书》1998年第4期。
[2] 同上。

剧》，以及其他刊物上发表的各种外国文学作品及评论的专号等等。"据不完全统计，到一九八〇年初为止，除了外国文学的专业刊物外，发表外国文学作品和评论的其他文艺刊物和非文艺性刊物，有八十余种之多（有的还出版'外国文学专号'）；从一九七八年至一九八〇年六月止，在刊物和报纸上发表的有关外国文学的论文有一千二、三百篇。"[1]其中，因为承担了开先河的功能，《世界文学》和《外国文艺》这两个刊物的影响力最大。

《世界文学》是"文化大革命"结束后第一份复刊的外国文学刊物，1977年10月出版第一期，1978年10月正式复刊，这两期所登载的内容也体现了当时在接受外国文学上的意识形态症候。1977年10月这一期的《世界文学》对外国文学的态度还是延续了50年代的思维模式，在编辑方针里清楚地做出说明："此时对外国文学的译介是服从于外交政策和国内政治的，意识形态色彩非常浓厚，是五六十年代文艺政策的延续"。[2]1978年10月正式复刊后，编辑方针则有了明显的改变："一是对待西方现代派这类'反动文学'，承认'其中有些作品的艺术形式新颖独特，还有值得借鉴的地方'，因此'可以适当地让我国读者见识见识，开开眼界'；二是确定《世界文学》'以介绍和评论当代和现代的外国文学为主'，这样一来，就可以很快与国际文学接轨，这在当时是具有突破性的"[3]。

---

[1] 叶水夫：《中国外国文学学会会务工作报告》，《外国文学研究》1981年第1期。

[2] 王德领：《80年代对西方现代派文学的译介与接受》，《海南师范大学学报（社会科学版）》2011年第6期。

[3] 同上。

1978年7月在上海创刊的《外国文艺》（内部发行）是另一份在当时有重要影响力的期刊。相对于北京的《世界文学》，其在译介西方现代主义的作品上显得要大胆得多。第一期便翻译了川端康成、约瑟夫·赫勒、萨特等具有现代派特色的作品，同时，分别介绍了1901年至1979年诺贝尔文学奖获得者，这是新中国成立后第一次公开地系统地介绍诺贝尔文学奖的情况。它所译介的诺贝尔文学奖的得主有日本作家川端康成，美国作家索尔·贝娄，西班牙诗人维森特·阿来桑德雷，美籍波兰裔小说家艾萨克·巴什维斯·辛格等。从此以后，诺贝尔文学奖开始受到中国文学界的大力关注。而且，在80年代初，它最早介绍了劳伦斯、萨特、纳博科夫、博尔赫斯、马尔克斯、略特、艾略特、伍尔夫、大江健三郎等数百位重要作家。

在翻译的著作集上，袁可嘉、董衡翼、郑克鲁选编的《外国现代派作品选》是不可遗漏的书籍。这部四卷本的书籍的出版在中国文学史上绝对是一件重要的事情。选本的第一、二册分别是1980年、1981年由上海文艺出版社出版，这两册都是首印5万册；第三册和第四册分别于1984年和1985年发行。不过，那时适逢开展反对精神污染的斗争，于是，此书只能改为内部发行。此书是"文化大革命"以后，第一次大规模译介西方现代派（广义的现代派）的代表作。前三册收录后期象征主义、表现主义、未来主义、意识流、超现实主义、存在主义、荒诞文学、垮掉的一代、黑色幽默、新小说等十个流派作家的作品。第四册收录的作品虽不属于某个特定的流派，但在思想倾向或艺术特色上属于广义的现代派。除了选择了译介作品，它对现代派的总体介绍和深入分析，对各流派的述评及对各家的小传，都起了很好的传播作用。换言之，它在当时以一种普及知识的方式，指导着读者去理解这些作品，由此产生了重要意义。当时就有评论者指出："这部选集除去选材方面表现出权威性以外，它所提供的前言、各流派述评和各家小传，构成了该书另一重要特色。这些理论文字不仅对读者有重要的指导意义，而且还具有独立的学术价值。"[1]当时，四册累计印数已近18万册，对现代派文学隔绝许久的中国读者震荡极大。80年代走过来的研究者张旭东曾言："我第一次系统地接触'现代派'作品，是通过袁可嘉编的《现代派作品选》[2]。艾略特、卡夫卡、庞德、里尔克等等现代主义者对于我们来说，首先代表的是一种全新的可能性，从感观、想象力到审美和形式快感的追求，从知识、认识能力到语言上的无穷无尽的可能性，'自我的空间'的每个角落都被打开了。这种好像属于纯粹形式的新空间，突然为一个相对封闭的社会心理状态打开了一个新天地，进一步加速了雏形中的'新时期自我'的急剧膨胀和自我想象里的'无限可能性'。"[3]这种感受是当时文坛的普遍感受。

在作品的译介方面，除了袁可嘉他们主编的这套选集，有影响力的还有上海译文出版社自1979年起推出的《外国文艺丛书》。这套书主要译介西方现当代文学作品，其中许多都是过去从未译介过的现代派作品。有影响力的作家作品主要有卡夫卡的《城堡》、阿尔贝·加缪

---

[1] 木木:《一个混乱而陌生的世界——〈外国现代派作品选〉（第一、二册）简评》，《外国文学研究》1983年第1期。

[2] 这里应该是笔误，原名应该是《外国现代派作品选》。

[3] 张旭东:《改革时代的中国现代主义——作为精神中的80年代》，崔问津等译，北京：北京大学出版社2014年版，第2页。

的《鼠疫》，乔伊斯的《都柏林人》、约瑟夫·海勒的《第二十二条军规》、阿·罗伯-格里耶的《橡皮》、马尔克斯的《加西亚·马尔克斯中短篇小说集》、卡尔维诺的《一个分成两半的子爵》、辛格的《卢布林的魔术师》，以及贝克特、尤奈斯库、阿尔比、品特四人剧作的合集《荒诞派戏剧集》等。此外，还有人民文学出版社和上海译文出版社联合推出的《二十世纪外国文学丛书》，漓江出版社出版的《获诺贝尔文学奖作家丛书》，四川文艺出版社出版的《获诺贝尔文学奖诗人丛书》，云南人民出版社1987年开始出版的《拉丁美洲文学丛书》等等。在中国现当代文学史上，这样大规模的译介西方文学作品可以说是史无前例的。

当时知识界的另外一个热门读本就是北京三联书店在80年代末90年代初期间，陆续出版的大型学术丛书"现代西方学术文库"。这套书表现了知识界对西方的关注和了解，在当时影响很大。程光炜曾专门做文章阐述其体现的80年代知识立场，对此丛书作过这样的介绍："丛书主编为甘阳，副主编是苏国勋、刘小枫，编委会有30人之多，成员大多来自北大现代外国哲学所、中国社科院哲学所现代外国哲学研究室的中青年学者。该丛书'野心极大'，范围极广，涉及现代西方哲学、社会学、政治学、美学和文学诸多方面。因与出版社的矛盾和编委会后来解散，它们一部分在1989年之前问世，其余则在九十年代陆续出版。其中，八十年代出版的主要有：尼采的《悲剧的诞生》、萨特的《存在与虚无》、《词语》、海德格尔的《存在与时间》、什克洛夫斯基等的《俄国形式主义文论选》、卡西尔的《语言与神话》、本雅明的《发达资本主义时代的抒情诗人》、《符号学原理》、布罗姆的《影响的焦虑》等。"[1]这套丛书的出版，既归因于主编们对作品的选择力和判断力，也归因于当时知识界中一批年轻人吸纳西学的热情和整体风向。甘阳、苏国勋、刘小枫等人在当时学术研究界的年轻一辈中是较早接触外文书籍的，他们的选择和判断决定了中国知识界的"西学"取向。同时，80年代译介的尼采、萨特、海德格尔等这些哲学家和理论家的思想，不仅影响了80年代中国思想界和文学界的思想，而且，今后未来数十年的诸多理论建构亦源自此。这份思想的影响是深远的。比如，程光炜在文章中分析了丛书重要的话题，即有效地推动了当时中国文坛"存在主义话题的提出""语言的发现""现代西方知识谱系"的"重构"等。并且说道："最后，我补充一点，'现代西方学术文库'的翻译在重构'西方'的过程中，对80年代研究者的'知识更新'发挥了非常大的作用。如果我们做一个80年代这代学人的'学术史'研究，做一些田野调查和统计性工作，会发现很多人的知识起点实际上是从这套丛书开始的。而且，当年的知识话语还在与90年代的知识话语相结合，继续在研究工作中发挥着作用。"[2]在一个对新的思想充满渴望的时代里，知识分子对西方的译介文本充满了海绵吸水般的热情。暂且不论当时的译介及思想传播存在着怎样的误读和重构，这种"移译西学典籍"的方法或思想本身就代表着一种激情和开放，而实际上在这背后还有更深刻的内涵，即知识分子对中国传统的求变心理，以及使中国与世界接轨的紧迫。

---

[1] 程光炜：《一个被重构的"西方"——从"现代西方学术文库"看80年代的知识立场》，《当代文坛》2007年第4期。

[2] 同上。

查建英采访甘阳时，曾提到当时影响了学界的三套丛书：《文化：中国与世界》《走向未来》以及《中国文化书院》。[1]这三套丛书搭建起来的知识影响力，正反映了 80 年代的文化生态。如前所述，《文化：中国与世界》通过选择性译介重构了"西学"的传统，使其接洽了 80 年代对"文化大革命"有历史记忆以及当时的现实叙述的可能性。《中国文化书院》主要做国学的研究，通过对中国传统文化的研究和教学活动，继承和阐扬中国的优秀文化遗产。通过对海外文化的介绍、研究，以及国际性学术交流活动，提高对中国传统文化的研究水平，并促进中国文化的现代化。《走向未来》丛书既有编译的作品，也有当时年轻学者们的著述。

可见，无论是面向传统的思想发掘还是面向西方的译著，在 80 年代的文化语境中，在 80 年代那群年轻的建构时代话语的青年学者们身上，充满的不仅是创造新时代的激情、社会历史的责任感，更拥有着一种面向世界、面向未来的渴望。在这样的一个时代中，西方的译著影响着学术思想和文学创作，便不足为奇了。

第二节 "现代派"的话语魅力

至今，我们依然可以肯定地说，"文化大革命"结束以后的移译工作给中国文学的创作技巧和文学观念带来了不可磨灭的功劳。借用以

---

[1] 查建英主编：《八十年代访谈录》，北京：三联书店 2006 年版，第 196 页。

色列翻译理论家埃文·佐哈尔的理论，他认为翻译文学在三种社会情况下会占据文学的重要地位：第一，当译语国家的文学处于"年轻"（young）阶段，或"建设"（being established）阶段；第二，当文学处于"边缘"（peripheral）或"弱势"（weak）或者两种情况皆有阶段；第三，当文学正处于"转折点"（turning point）或是某个"关键时刻"（crisis）。[1] 70年代末、80年代初的中国，正是这样一个文学的时代。过去近三十年单一化的创作给中国文学的发展带来沉重的滞后感，此时的"拨乱反正"、"新时期的到来"等种种对新生活的期待不仅引发了知识分子们对各种情绪的表达，并且，也让他们强烈地感受到自己正站在历史转折的大关头，迎接着新时代的到来。因此，他们自然生发了一种告别和反叛过往的意识，期待着新时期的文学走出"文革"的阴霾和被动表达的"边缘性"地位。因此，在这个时候，作为曾经被拒绝的西方文学，它的任何形式都引发了人们的兴趣。像前文中提到的70年代末名著经典的重译，它们主要是18、19世纪的现实主义古典文学作品，当时就"造成了万人空巷的抢购的局面"[2]。译介文本的受欢迎以及译介高潮的到来，从另一个角度说明了80年代中国文学正发生着的变革。

然而，若结合50年代以来中国文坛独尊现实主义创作传统，拒绝

---

[1] 此译文转引自：胡梅红《论埃文-佐哈尔的"多元系统论"——兼评许渊冲教授的"竞赛论"》中论述："（1）当该文学处于'年轻'或处于正在建立的过程中；（2）当该文学处于'边缘'或'弱势'阶段；（3）当该文学处于文学真空（literary vacuums）、转折点或'危机'时期。"《宿州学院学报》2004年第5期。

[2] 陈思和：《想起了〈外国文艺〉创刊号》，《博览群书》1998年第4期。

西方现代主义文学的情况来看，70年代末以来的译介工作，最具影响力的莫过于引发了人们对"现代派"的关注。值得一提的是，80年代中国文坛所认识的"现代派"并非西方传统意义上的"现代派"，甚至，人们几乎将20世纪所有现实主义之外的西方文学都纳入"现代派"中。曾在80年代初积极介绍"现代派"的冯骥才认为："'现代派'这个概念应该是袁可嘉提出。我有一次为了现代派这事，到了袁可嘉家里去了，向他请教现代派怎么回事，我觉得他当时出于谨慎吧，没和我说什么。当时风声已经紧了。"[1]他在这里所说的风声已经紧了，指的是他们为支持高行健的《现代小说艺术技巧初探》一书发表了"通信"，时间大概是在1982年、1983年。至今，对于"现代派"这个概念是否是袁可嘉提出很难考证，然而，我们可以肯定的是，当时袁可嘉等主编的《外国现代派文学作品选》正在热销中，丛书所界定的"现代派"的观点以及选择性译介文本，对当时及今后中国读者的"现代派"形象起到了重要的作用，也反映了当时"现代派"与"现代主义"在中国的一种知识形态。

在丛书的《前言》和附录《我所认识的西方现代派文学》中，我们明显地感受到袁可嘉在处理这个被认为与资本主义有密切相关性的问题时的谨慎和技巧，以及以"现实主义"为判断出发点的立场。他认为，"在政治思想倾向上，'西方现代派'是中小资产阶级以消极方式表达不满的喉舌，反映现实具有两重性，具有认识价值；文学观点具有浓厚的唯心主义色彩，有合理因素，重要成就是艺术技巧，可以

---

[1] 王尧：《"'现代派'通信"述略——〈新时期文学口述史〉之一》，《文艺争鸣》2009年第4期。

消化改造"[1]。正如有研究者所概括的:"事实上,袁可嘉看重的正是'西方现代派'的艺术技巧,他也正是从'西方现代派'的艺术技巧补益中国'现实主义'的角度理解自己的工作意义的。"[2]现在看来,放置于技巧层面的介绍,不仅有效地解决了现代派与西方资本主义的关系的问题,而且,这样的介绍,对长期习惯于现实主义的写作方式的读者来讲,无疑是最有效的、最可理解的方式。

同样,关于"西方现代派"的思想内容是认识的另一个关键问题,袁可嘉是将其放置于现代西方文化的危机感上阐述的。他1984年的一篇文章,对此有着很好的阐释,"表现为卡夫卡式的焦虑,'荒原'式的绝望,乔伊斯对人性的透彻解剖或贝克特的荒诞;它也可以表现为德国表现主义者的大声疾呼或意大利未来主义者的对机械、暴力的盲目崇拜。它可以因不满现状向后看,向往于过去的宗法社会或原始力量,也可以向前看,发出启示录式的关于死而复生的预言"[3],但他最终认为:"贯串其中最根本的因素还要算它在四种基本关系上所表现出来的全面扭曲和严重异化,即人与社会、人与人、人与自然(包括大自然、人性和物质世界)和人与自我尖锐矛盾和畸形脱节,以及由之产生的精神创伤和变态心理,悲观绝望的情绪和虚无主义的思想。"[4]从这段话中,我们可以强烈地感受到他这份对西

---

[1]　袁可嘉:《我所认识的西方现代派文学》,《外国现代派文学作品选》第四册(下),上海:上海文艺出版社1985年版,第1136—1142页。
[2]　李建立:《1980年代"西方现代派"知识形态简论——以袁可嘉的译介为例》,《当代文坛》2010年第1期。
[3]　袁可嘉:《西方现代派文学的边界线》,《读书》1984年第10期。
[4]　同上。

方现代派的选择性接纳姿态。这是一种在肯定现实主义精神基础上的对于现代主义表现技巧的接受，也是用于对扭曲的、异化的人性的批判为目的的接受。

实际上，这背后的话语建构力量来自长期以来人们在"现代派"、"现代主义"与资本主义之间的复杂而又奇妙的话语混淆，当时将"现代派"放置于社会的现代化形态之上的考察，以及"真/伪现代派论争"。在当时的中国文坛，译介"现代派"作品时，不得不经历一个艰难的为"现代派"正名的历程。1981年陈焜在《漫谈西方现代派文学》中，语重心长地指出："用垂死和灭亡的观点来批判现代派，把垄断资产阶级走狗的罪名加给现代派，这些常见的提法都是站不住脚的……现代派不是帝国主义与资本主义穷途末路和垂死挣扎的表现，而是它的危机的产物；现代派不是帝国主义政策在文学上的工具，也不是在危机中维护旧势力的派别，而是资本主义文明的危机的反映，是对帝国主义政策发出的反响。"[1]徐迟的《现代化与现代派》一文，则以现代派是适应经济发展及其产生的后果为依据，将"现代派"与"中国的现代化建设"相关联，以确立其存在的可靠性。可见，作为一种文学形态的"现代派"更多的是作为一种意识形态及拥有社会现代化功能的形态而出现的。换言之，意识形态的功能超越或限制着它的文学功能。

从这个意义上来讲，文坛对"现代派"的理解，首先面临着如何为其正名和给予全面支持的问题。也正是在此语境下，1981年高行健

---

[1] 陈焜：《讨论现代派，要解放思想，从实际出发》，《外国文学研究》1981年第1期。

的《现代小说艺术技巧》发表以后,1982年先是有了王蒙发表在《小说界》上的王蒙写给高行健的信,后来又有了发表在《上海文学》上的、轰动一时的冯骥才、李陀、刘心武之间的通信。他们体现出了对现代派的支持的姿态以及引发人们对其进行关注的动机。正如后来当事人冯骥才所回忆的,"有一次在北京开会,什么会我记不得了,开了一半我要走,李陀送我出去,李陀说,咱们轰轰吧,北京的文化气氛太沉闷了。我说怎么轰,从哪儿轰?李陀说从艺术上。我说那我们把'现代派'教导教导。李陀说,要找点新武器,要不然,你写第一篇,我写第二篇,刘心武写第三篇。我说开足马力,打第一炮。你看我的题目就很猛,叫《中国文学需要"现代派"》。我在当时不太在乎这件事。李陀的题目是《"现代小说"不等于"现代派"》,就稍微往后退了点。我看了也骂他了,你让我当头炮,把我当炮灰送出去了,然后你躲在后面,你就开始进行思辨了,你为什么一开始不和我思辨?一开始你跟我说好要我打得猛一点儿,然后你开始思辨了,跟我玩虚的。我没想到刘心武那篇会这样写。当时说现代派,主要是想支持一下高行健。"[1]发表了通信的三个人,以及发表了通信的《上海文学》的主编李子云,都充满了要突破当时反现代派的氛围的勇气、自信和坚定。

在现代派手法运用上,80年代初期,宗璞、王蒙等人在小说中运用的一系列心理描写手法,引发了创作界的震动。宗璞在《剪辑错了的故事》(1979年)中用了穿越时空的手法,故事时间跨越顺时时间顺

---

[1] 王尧:《"'现代派'通信"述略——〈新时期文学口述史〉之一》,《文艺争鸣》2009年第4期。

序，将各个生活片段进行轮换，展示出了人物的历史境遇。《我是谁》（1979年）中的知识分子韦弥在受到迫害时产生了种种幻觉，其意识在毒虫、毒草、韦弥等身份的变换中，不断地发出质疑的声音。人物的幻觉及怪诞的意象，通过小说人物意识流动来结构作品的方式，使作品被赋予了"荒诞派"的称号。1979年到1980年间，王蒙连续发表了六篇以情绪流动的方式来结构文本的小说，使"意识流"小说的称号流行于中国文坛。《布礼》（1979年）便是一篇完全用时间点来连串整个故事的小说，整个结构包裹在主人公意识的流动中。没有清晰的故事情节，唯有清晰而又明确的时间标题，提示着故事发生的背景和人物的处境。《春之声》（1980年）中所用的"哐的一声"和"方方的月亮"这样直接的感观描述，带来了令人惊讶的表达方式。

就这些作品而言，无论是"意识流"还是"荒诞派"的表达方式，都与真正的西方"现代派"相去甚远。它只是一种技巧的借鉴，或者说是不谋而合的相似。中国的这些小说去除了西方意识流或荒诞派小说中表达现代人生存处境中的惶恐、迷惘、非理性，却将其指向人身份的确立的可靠性和经历磨难之后的人的生存的希望感。这一点在王蒙的《蝴蝶》（1980年）和张贤亮的《灵与肉》（1980年）等作品中极具代表性。《蝴蝶》中张思远副部长对自我的身份的疑惑重重，对"被改造者"的身份念念难忘。他在现在的身份和过去的身份之间，力图找到一条平衡的通道。《灵与肉》中的主人公许灵均则通过意识的流动，明确地回到了大西北的那片土地中。这是刚刚经历了历史折磨的知识分子，在重新确认身份的过程中内心的真实考问。在那样的情境中，或许，再也没有像"意识流"或"荒诞"这样的手法更适合表达内心的想法了。所以，王蒙在其小说被赋予了"意识流"的称号时，曾经说过："有人说《春之声》是意识流小说，我想，我不必否认我从某些现代派小说包括意识流小说中所得到的启发。又有人好心地为我辩驳说：'这哪里是意识流，这分明写的是生活！'我也不反对。因为我写的，确实与某些西方意识流手法所表现的那种朦胧、神秘、孤独、绝望、甚至带有卑劣的兽性味道的纯内向的潜意识完全不同。给手法起了什么名称，这不是我的事。但我要说的是，是生活、是我的思想和感受提示我这样写的。重视艺术联想，这是我一贯的思想，早在没有看到过任何意识流小说、甚至不知道意识流这个名词的时候，我就有这个主张了。"[1]

一定程度上，撇开"现代派"话语的种种命名，新时期文学表达方式中对这些"现代派"写作技巧的运用，链接的并非是西方"现代派"的迷惘、困惑，却是强烈的人道主义的关怀和鲜明的个性追求，表达的是知识分子对自我身份的确认和对社会未来的希望。也正是在这个维度上，当时许多评论家认为王蒙、宗璞等小说中的这些手法并非是真正的现代派，而将1985年出现的刘索拉、徐星的作品作为真正的现代派的作品。后者的确在情绪的表达和现代感生活的描述上有了更加鲜明的立场，表述的内容有了更鲜明的当下感。不过，现在看来，前者借鉴的"意识流"、"荒诞派"等表现技巧，很好地体现了一代知识分子的内在历练和情感真诚。在众多"反思文学"作品中，依据意识流动而结构文本的写作手法，以及荒诞意象的引入，有效地启

---

[1] 王蒙：《漫话小说创作》，上海：上海文艺出版社1983年版，第67页。

发或催化了作家们的写作。

有意思的是,"现代派"的话语魅力远远不止于文学作品,它在音乐、绘画等诸多艺术领域也发酵着影响力,一定意义上,它已经成为当时以及后来打开中国文艺视野的必不可缺的动力。画家叶永青的描述极具代表,他说:"那年西方现代作家的传记使我眼界大开,《人·岁月·生活》、《罗曼·罗兰传》、《悲剧之诞生》、《亲爱的提奥》、《现代艺术简史》……莫迪利亚尼、苏丁、毕加索、旨拉曼克、郁特里罗、凡·高、蒙克、高更、马列维奇、里维拉、克利、宋画冷静苦涩的格调,民间艺术温和生动的风采,原始先民沉雄粗粝的气质都仿佛一盏盏耀眼的才华之灯照亮过我,影响过我,使我感动,也使我恍惚,我以为自己是站在高攀这路的起点,至今所经历的一切只不过是偶然的际遇。"[1]从话语中,我们可以强烈地感受到作者的激情。或许,这就是那个让诸多亲历者怀念80年代的原因,因为那些新奇的事物,给人带来了无限增长的空间。

所以,在80年代初期的文坛上,无论是对《现代小说艺术技巧》的极力崇尚,还是对作品中"现代派"写作手法的满与不满,"现代派"是一个极具魅力的话语存在。在接受的过程中,我们也可以看到,无论是袁可嘉命名中以人为中心的精神导向,还是王蒙等人用于身份确认的表述方式,在经历了历史沧桑的这代知识分子身上,"现代派"找到了一个契合"新时期"精神诉求的表达存在点。这也导致了80年代中国文坛对萨特式的人的"存在主义"式样思考、卡夫卡关于

---

[1] 叶永青:《心路历程》,杨卫、李迪主编:《八十年代:一个艺术与理想交融的年代》,长沙:湖南美术出版社2015年版,第70页。

人的异化的叙述的亲近。这在后来走向文坛的残雪、余华等一些年轻作家那里有了更明显的体现。

关于"现代派"的话题，人们并不专注于其所体现的内容或技巧曾经被诸多现代文学作家所采纳的历史，而专注于它在过去近三十年的中国文坛不被公开发表甚至被拒绝的历史。所以，70年代末以后它在中国文坛的再次出现，被赋予了反叛、突围、创新的意味。正如贺桂梅所提出的："西方'现代派'，在80年代中国语境中是一个特定概念，指涉19世纪后期到20世纪的诸种西方现代主义文艺思潮。这些思潮之所以被看作一个'整体'，是因为毛泽东时代主流文坛将其视为'禁忌'而排斥在当代中国文学的视野之外；60—70年代冷战界限松动时，这些思潮以'内参'读物的形式引进并流传；而80年代现代主义文学的形成，则可以说是这一文学知识谱系内化和中心化的过程。曾经在冷战格局中被看作是'颓废、没落的资产阶级文化'的'现代派'文学，经过80年代文化逻辑的转换，成了'世界文学'最前沿的标志，并被作为反叛社会主义现实主义规范的有效资源和中国先锋派的仿效对象。"[1]

厘清了70年代末、80年代初中国"现代派"话语的这种呈现语境，更有利于我们回归到当时创作中运用这些技巧的真实状态，或者说，如果剥离了评论界赋予的"现代派"的这种反叛性和时尚性，我们更容易看清作家们接纳"现代派"技巧或"现代派文学"精神的真实

---

[1] 贺桂梅：《后/冷战情境中的现代主义文化政治——西方"现代派"和80年代中国文学》，程光炜编：《重返八十年代》，北京：北京大学出版社2009年版，第104页。

内涵和内在诉求。它的出现与 80 年代中国文学表运之间找到了一种微妙的契合点,这一过程中作家们自觉地做出种种误读和选择性接受。

第三节 接纳的选择和意义的增长

翻译学家韦努蒂曾说过:"对异域文本和翻译策略的精心选择可以改变或者强化本土文化力的文学典律、概念范式、研究方法、分析技能和商业践行。一个译本的影响是保守的还是逾越常规的,基本上取决于以这所运用的翻译策略,同时也与接纳过程中的诸多因素有关,包括出版印刷的版式设计和封面美术、广告样本、评论者的评价、译本如何在各种文化与社会机构中被应用,以及他如何被阅读和传授等等。"[1]译介和接纳一开始便处于一个互动的平台上,在 80 年代的文化空间中,演绎着彼此间的互动。在短短的几乇间,中国文坛上喷涌而出了西方数百年的文化思想和文学作品,虽然,对于大多数从现代文学史走过来的作家以及在禁忌年代仍可以享受到阅读内参读物的人士来说,很多作品及写法并不新鲜,但是,对六多数读者以及青年作家来说,这一切都是新鲜的、新奇的、陌生的。

在作家们接受作品这一点上,与五四时期的译介密集期不同,这是一个大部分作家都不懂外文的时代,他们的阅读选择依赖于翻译者的阅读选择。同时,这也是一个如此激情澎湃又急急想成名的时代,

---

[1] 许宝强、袁伟选编:《语言与翻译的政治》,北京:中央编译出版社 2001 年版,第 360 页。

所有的人，似乎都有着一种追赶的姿态，所有的一切似乎都想用上。在这样急切的心态下，作家在创作精神的考察和文本内涵的接受上，更容易走向断章取义，或采取"拿来主义"的态度。

正如前文所述，西方现代派文学在80年代是一个热门话题，对中国文学发展的影响是深远的，除了前期人们对艺术技巧的关注之外，80年代中后期的先锋小说家对其有了更明显的借鉴，并推动了中国小说艺术的真正变革。当然，80年代的文学史不是分裂的，它联系着90年代、新世纪的文学，也与50—70年代的文学有着密切的关系，此时译介文本做出的选择，离不开之前历史的影响。其中，一个关键要素是80年代的人道主义和启蒙话语。李泽厚等学者曾将80年代命名为新的启蒙时期，他说："一切都令人想起'五四'时代。人的启蒙，人的觉醒，人道主义，人性复归……围绕着感性血肉的个体从作为理性异化的神的践踏蹂躏下要求解放出来的主题旋转。'人啊，人'的呐喊遍及了各个领域各个方面。这是什么意思呢？相当朦胧；但有一点又异常清楚明白：一个制造英雄来统治自己的时代过去了，回到了'五四'期的感伤、憧憬、迷茫、叹惜和欢乐……"[1]在一个刚刚经历了历史的苦难的岁月中，80年代首先是一个拨乱反正、知识分子重新确立了自我身份的时代。

从译介的西方文本来看，70年代末的名著经典重译，主要是18、19世纪的现实主义文学作品，当时就出现了万人空巷的购买局面。这些宣扬人的觉醒的作品正好表达了追求人道主义、个性主义的时代的

---

[1] 李泽厚：《二十世纪中国文艺之一瞥》，《中国现代思想史论下》，合肥：安徽文艺出版社1999年版，第1080页。

到来。而在"伤痕文学"、"反思文学"作品中,知识分子在表达过往岁月的沧桑和自我身份的转换时,自然与"意识流"、"荒诞派"的一些表现技巧有了黏合性。这些技巧的确不是西方意义上的"现代派",却如此深刻而又真切地展示了一代人的沉思。现在看来,新时期初期文学作品在书写主题上还没有达到更透彻的层面,但是,以人为中心的思考是80年代初期文学的一个重要内核,对"现代派"的接受也便有了时代的标签。

比如,曾经让80年代众多评论家称为真正"现代派"的作品——刘索拉的《你别无选择》(1985年)、《蓝天绿海》(1985年)、徐星的《无主题变奏》(1985年)[1]等。从叙述的形态上看,《你别无选择》模仿了美国现代作家约瑟夫·海勒的《第二十二条军规》,《无主题变奏》模仿了美国作家赛林格的《麦田里的守望者》,其中体现出的现代青年人的内心焦虑以及对俗世规则的挑战,明显地贴上了"现代派"的标签。细读文本之后,我们依然能够从青年们的不安、颓唐、反叛等诸多情绪中,感受到建构自我主体性的努力,充满了关注人的内心精神的渴望。就像《你别无选择》在故事的结尾处告诉读者森森最终还是拿到了国际比赛的大奖,这意味着贴着无所事事、前途迷惘之标签的青年们最终是有未来和希望的。这种希望感与80年代正不断酝酿着对自我、社会、民族的希望紧密相连。当然,更重要的是,这样一种"现代派"的艺术表现形式,告别了传统现实主义写作方法的

---

[1] 陈晓明曾说:"现代派的高潮直到1985年才到来,刘索拉的《你别无选择》和徐星的《无主题变奏》被认为标志着中国真正的'现代派'横空出世。"见《表意的焦虑:历史祛魅与当代文学变革》,北京:中央编译出版社2002年版,第74页。

命令式腔调，而将笔触真正伸向了人的心灵，以知觉的方式去感受世界。在一个呼唤人道主义情感的新启蒙时代，对"现代派"的艺术技巧充满着热情，这正是基于告别现实主义表达方式的需要。

有评论家概括80年代对西方现代派文学的译介和接受特征时，指出其特征之一便是选择性译介，"这些作家在80年代初虽然基本上是同时引进，但是在译介时还是有重点主次之分。80年代重点译介的是现代主义文学的奠基人、表现主义代表作家卡夫卡、奥尼尔，荒诞派戏剧的代表作家贝克特、尤奈斯库，存在主义文学代表作家萨特、加缪，意识流小说代表作家福克纳、乔伊斯、伍尔芙、普鲁斯特，黑色幽默派作家海勒，垮掉的一代诗人金斯堡，后期象征主义诗人瓦雷里、艾略特、里尔克、叶芝，新小说派的罗伯·格里耶，以及广义上的现代派作家海明威、纪德、索尔·贝娄、纳博科夫等。而有关未来主义、超现实主义的作家作品的译介则受到冷落。需要着重指出的是，70年代末80年代初，对荒诞派戏剧、卡夫卡、存在主义文学的译介，是热点中的热点。1982年马尔克斯获奖后，拉美的魔幻现实主义开始成为关注的热点，马尔克斯、博尔赫斯、阿斯图里亚斯、胡安·鲁尔弗等成为译介的重点。"[1]可以说，诸如卡夫卡、福克纳、马尔克斯、博尔赫斯、萨特、川端康成等作家，对中国80年代艺术变革带来了重大的影响。

存在主义的影响力十分重要，其中，对萨特的接受充满了历史的延续性和适时性。40年代，已经有许多留学法国的中国文人译介了萨特的作品，对其生平作了介绍。而且，因为萨特对中华人民共和国的

---

[1] 王德领：《80年代对西方现代派文学的译介与接受》，《海南师范大学学报（社会科学版）》2011年第6期。

友好姿态，这使他的哲学思想得以在新中国成立后很长时间可以传播。1955 年 9 月至 11 月，萨特和西蒙·德·波伏瓦还访问了中国。1980 年，萨特去世时，新华社和《人民日报》《当代外国文学》等杂志，都发布了这一消息。可以说，从 80 年代初期，柳鸣九主编《萨特研究》，到 1994 年和 1995 年，外国文学研究界两次召开了有关萨特文学创作及其影响的专题学术研讨会。80、90 年代的中国文坛持续维持着"萨特热"和"存在主义热"，而这一切都离不开 80 年代对人的发现、对人的尊重、对异化的反思的主题。有评论家曾说："1976 年以后，萨特最初是作为作家介绍给中国文学界的，他的作品描写了人的异化、人与社会的格格不入，并主张恢复人的尊严，这一切均与当时崛起于中国文坛的'伤痕文学'一拍即合。"[1]有评论家甚至认为："通过与萨特著作话语的实证比较，以及作家本人或作品本身的明示，我们发现，在当代文学中，有一批受到萨特影响的作家和作品存在着。譬如，刘索拉的《你别无选择》、《蓝天绿海》和《寻找歌王》，扎西达娃的《谜样的黄昏》，戴厚英的《人啊，人！》，徐星的《无主题变奏》，刘震云的《单位》、《官人》、《一地鸡毛》，潘军的《独白与手势》，等等。"[2]这份作品的名单涉及了中国文学史上命名的"反思文学""现代派小说""先锋小说""新写实小说"等各流派的作品。它们叙述方式各不相同，但一定程度上都体现了对人的生存感的

---

[1] 王宁：《西方文艺思潮与新时期中国文学》，《北京大学学报（哲社版）》1990 年第 4 期。

[2] 吴格非：《从译介到接受——萨特作品在中国的传播与影响》，《当代外国文学》2002 年第 4 期。

关注。评论家从这个角度来谈萨特的影响，也是有一定的道理的，不过，在我看来，更能说明问题的是，80 年代以来，中国的小说文本在西方存在主义等哲学的影响下，更侧重于展示人的个体化生存状态。在一个需要恢复人的尊严和关注人的主体性的时代里，存在主义哲学以及作家找到了可以言说的话题。如果说，在宗璞、王蒙等作家这里，它的影响还主要在于人生荒诞感的表达，以呼唤新的时代的到来。而后到了先锋小说家这里，像卡夫卡这样的存在主义文学大师，则更深刻地改变了小说艺术的表达方式。

我们可以从余华的前期作品以及残雪的作品中发现卡夫卡的痕迹。两位作家作品中体现出书写暴力、血腥主题的执着，冷静而又不动声色的描述，都连接着卡夫卡对人性异化和人性之恶的书写，又指向中国社会独特的历史背景。90 年代末期，残雪开始专门解读卡夫卡并形成著作《灵魂的城堡：理解卡夫卡》，书中如此写道："二十多年前，当我还是一个刚刚做了母亲的家庭妇女时，在一个阴沉的下午，我偶然地读起了卡夫卡的小说。也许正是这一下意识的举动，从此改变了我对整个文学的看法，并在后来漫长的文学探索中使我获得了一种新的文学信念。"[1] 余华则把他与卡夫卡的相遇设为他创作上的一个重要阶段。在 1998 年的时候，余华是这样谈到自己写作，以及在写作中与川端康成、卡夫卡的相遇的，"我是 1983 年开始小说创作，当时我深受日本作家川端康成的影响，川端作品中细致入微的描叙使我着迷，那个时期我相信人物情感的变化比性格更重要，我写出了像《星

---

[1] 残雪：《灵魂的城堡：理解卡夫卡》，上海：上海文艺出版社 1999 年版，第 85 页。

星》这类作品。"[1]"但是川端的影响也给我带来了麻烦,这十分内心化的写作,使我感到自己的灵魂越来越闭塞。这时候,也就是1986年,我读到了卡夫卡,卡夫卡在叙述形式上的随心所欲把我吓了一跳,我心想,原来小说还可以这样写。"[2]"与川端不一样,卡夫卡教会我的不是描述的方式,而是写作的方式。"[3]中国80年代作家与卡夫卡的相遇,不仅是对独特的艺术世界表达的需要,也是经历了独特历史阶段后的记忆描述。一定意义上,无论是老一代作家对历史沧桑的记忆,还是新一代作家对人性的审思,存在主义哲学中关于人的异化主题都成为表述的重心。

除了存在主义哲学的异化主题,另一个推动80年代小说艺术变革的动力来自作家们在创作技巧上追求艺术形式的变化。形式的变革本身包含着内容的变革。作为小说艺术形式变革的先锋人物马原说:"实际上我们绝大多数的小说家,他们写作的背景是从西方来的,我也是。""因为现在的这种小说形态确实就是从西方过来的。"[4]马原曾用《阅读大师》一书来回应自己的阅读史,列举了58名作家的83部作品中,其中只有两部是中国的作品。可以说,福克纳、川端康成、加西亚·马尔克斯、博尔赫斯等作家成为80年代中期一批年轻的"先锋小说家"的重要创作源泉。比如,加西亚·马尔克斯获得诺贝

---

[1] 余华:《我的写作经历》,《没有一条道路是重复的》,北京:作家出版社2012年版,第105页。
[2] 同上,第106页。
[3] 同上。
[4] 马原、王尧:《小说的本质是"方法论"》,王尧:《在汉语中出生入死》,沈阳:春风文艺出版社2005年版,第298页。

尔文学奖后，中国的文坛为之振奋，不仅在"寻根文学"浪潮中有其深深的印痕，一时间，《百年孤独》开篇的那句"多年以后，奥雷连诺上校站在行刑队伍面前，准会想起父亲带他去参观冰块的那个遥远的下午"的话语方式有横扫中国文坛之势。这种穿越时间的方式彻底改变了传统现实主义的表述方式，打开了新的艺术天地。以至于到了21世纪，中国的诺贝尔文学奖获得者莫言，还在说，这20年来我始终在跟马尔克斯搏斗，我要离开那本书。

80年代的文学作品中，我们并不难发现西方某些文本的蛛丝马迹，甚至作家们自己也写下了相当多的阅读感悟。比如，残雪的《灵魂的城堡：理解卡夫卡》、格非的《博尔赫斯的面孔》、余华的《温暖和百感交集的旅程》等。当然，至今我们有许多评论家对中国文学建立于西方文学技巧上的表达方式存在诸多不满。比如，有评论者明确表达："具体地说，在对外来文化的'拿来'中，中国作家的选择体现出这样的倾向：在对世界和人的处境的哲学认识上，他们倾心于卡夫卡的'城堡'和'甲虫'，而非陀斯妥耶夫斯基多声部的内心挣扎；在借鉴魔幻现实主义时，他们赞赏马尔克斯那个著名的包含了过去、现在和未来的句子，聚焦于冰块、家族的猪尾巴，而对布尔加科夫的魔鬼撒旦、玛格丽特为大师的痛快复仇不感兴趣；在发掘地域文学资源时，他们倾向于表现'邮票般大小故乡'的福克纳，而很少留意肖洛霍夫'静静的顿河'。"[1] 此话不无道理，其中缘由有社会历史因素，也有作家从小接受的文学训练比较简单的因素。但是，毫无疑问

---

[1] 张晓峰：《80年代以来西方文学影响下的中国当代文学进程》，《文艺争鸣》2009年第4期。

的是,在中国当代作家们走向创作辉煌期的道路中,西方诸多文学作品起了点化功能。80年代的译介文本不仅使中国小说最终找到了反叛传统现实主义的表述方式,而且,也使中国的小说有了观察世界的多维视野,成就了文学史上不可缺失的发展之力。

第三章　文学批评方法的涌动与观念的振荡

关于20世纪80年代的文学批评，我们已经普遍意识到了欣欣向荣的态势，其批评方法的"狂欢"不可忽视。研究者胡亚敏曾如此写道："1985年至1986年甚至被称为中国文学批评的'方法年'和'观念年'，特别是1985年，构成了中国文学批评最热闹的风景。随着各种批评方法的涌入和探索，文学批评迎来了范式革新的新阶段。不仅精神分析、结构主义、原型批评、接受美学、西方马克思主义等成为文学批评的新方法，而且信息论、控制论、系统论等自然科学的概念和方法也被引入文学批评领域，从而使这一时期的'方法热'与'观念热'扩展到整个人文科学领域。"[1]的确，在中国文学史上，还没有哪个时期像80年代中期那样，批评方法成为一个如此显要并积极尝试创新的命题。当时，一些新的西方文艺理论和批评概念不断涌入文艺理论界和文学批评界，同时，国内的学者们也积极地建构新的批评理论和进行批评实践活动。这股热潮既补充了中国文学批评史研究之不足，又促使中国当下文学摆脱旧有文学观念并走向创新。因此，批评方法就成为认识80年代文学批评的又一关键要素。

---

[1]　胡亚敏：《80年代：中国文学批评回望》，《文艺争鸣》2009年第11期。

第一节 "方法论年"的到来

1985年成为具有标志意义的年份。本年度，分别在厦门、扬州、武汉召开了三次全国性的文艺学方法论研讨会，这三次研讨会标志着文坛对批评方法的集中关注。

从现有的总结资料来看，3月在厦门召开的会议，不仅云集了当时众多知名的文艺理论家和批评家，而且这次会议首次对文学批评面临的几大问题进行了热烈的讨论。会上，与会代表对当时国内进行的文学批评方法的变革保持着较一致的肯定态度，认为："与会代表一致肯定了国内一些研究工作者在文学批评方法更新上所做的开拓性的工作，并且予以高度的评价。他们认为这种探索和尝试的意义远远超过了方法更新本身。"[1]对如何更新批评方法，"大家一致认为：批评方法的更新，关键在于文学观念的更新和思维方式的更新。"[2]特别是对自然科学方法能否运用于文学研究，如何对待传统方法等问题也进行了讨论。比如，林兴宅等人对自然科学方法的运用充满了信心，吴亮、鲁枢元、南帆、孙绍振等人则从自然科学与人文学科差异性出发，强调文学的审美性，主张慎用自然科学的方法。从会议的总结记录中，我们可以看到大家对文学批评方法更新问题的探讨十分热烈、

---

[1] 晓丹、赵仲：《文学批评：在新的挑战面前——记厦门全国文学评论方法论讨论会》，《文学评论》1985年第4期。

[2] 同上。

坦诚,还就自然科学方法等问题发生了激烈的争论。4 月又在扬州召开了会议,会后,总结者用《欲穷千里目,更上一层楼》为题进行了会议总结,这显然提示出此次会议是厦门会议的延续。会议在文学批评方法的理论探讨上有了进一步的深化,"在这次会议上大家探讨的问题形成了若干中心点,而发言的角度不同,涉及的知识领域又较为开阔,使会议呈现出多元多样的学术风貌。"[1]问题的中心点主要集中在:如何看待文学研究引进和移植系统论、控制论、信息论等科学方法、新方法与传统方法、马克思主义哲学的关系、方法论的层次和体系等问题。从记录中,我们也可以看到,当时提出了"方法论年"和"观念年"的说法:"除上述几个论题外,这次会议后期有很多同志谈到了文学研究方法与文学观念的关系问题,认为就文学研究而言,今年可以说是'方法论年',而明后年则很可能是'观念年'了。"[2] 10 月在武汉召开的会议,参加的主要是一些文艺学的研究者,问题也主要集中在文艺学理论研究上,总结中如此写道:"讨论会努力以马克思主义世界观和方法论为指导,以发展马克思主义文艺学为目的,贯彻双百方针,探讨了文艺研究方法体系中的层次关系问题,如何引进和运用系统科学方法论的问题,方法论与文艺观念、艺术本体的关系问题等等,在许多问题上深化了认识,也扩大了理论探讨的领域,取得了一定的学术成果。"[3]从讨论的话题来看,主要还是强调了马克

---

[1] 钱竞:《欲穷千里目更上一层楼——记扬州文艺学与方法论问题学术讨论会》,《文学评论》1985 年第 4 期。

[2] 同上。

[3] 李心峰:《深入探讨方法论努力发展文艺学——武汉文艺学方法论学术讨论会》,《文艺研究》1986 年第 1 期。

思主义文艺学方法以及新方法的运用等问题。

　　从1985年这三次聚集式的研讨会中,我们看到了当时文艺界对变革文艺批评方法、文艺观的热切。不过,从这三次会议的议题来看,有越来越集中的趋向,这多多少少影响了如何深化运用西方文学批评方法的探讨,这应该与文艺理论的意识形态性有较直接的关系,不过,密集的会议总体上表现出了文坛对文艺观念、文学批评方法更新的重视。当然,关于文艺批评话题讨论的热情在当时持续得比较久,文艺学研究者和批评家们也对怎样运用新的文学批评方法保持着较长时间的探索激情。比如,至1988年,武汉召开全国文学批评学会首届讨论会,对当前的文学批评提出了自省,对批评方法提出了优化选择的看法。会议记录中如此写道:"有的同志认为任何一种批评方法都存在局限性,只能达到片面的深刻,而且批评方法的更新总是有限度的,因此主张对各种批评方法进行整合,实行优化选择。不少同志认为批评的关键是要有见解有启发,有思想有学问有体味的批评总是受欢迎的。批评家的清醒自省表明文学批评正由偏执与困惑走向全面自觉的发展。有些同志预言新时期文学批评的第二个十年将是内容与形式并重,多元取向而互补共存。"[1]可见,大家对文学批评的创新以及未来的走向还是持肯定态度的。

　　理论的探讨既对批评实践起了引领作用,同时也是文学批评实践的一个侧面。文坛对批评方法的重视,不仅表现于密集的会议,也表现在大量关于批评方法的书籍的出版,有研究者总结道:"1985年,中

---

[1]　张武月:《困惑与超越——全国文学批评学会讨论会综述》,《武汉大学学报(社会科学版)》1988年第5期。

国文学批评界相继在厦门、扬州、武汉召开了三次全国性的方法论研讨会。在如此密集的会议上，与会代表几乎一致肯定了方法论更新的价值与意义，并以极大的热情介绍他们所研究、所实践着的各种文学批评方法。同年出版了一批专门研究方法论的论文集，如《新方法论与文学探索》(《文艺理论研究》编辑部选编，湖南文艺出版社)，《美学文艺学方法论》(马克思主义文艺理论研究编辑部编选，文化艺术出版社)，《文艺研究新方法探索》(孙子威编，华中师范大学出版社)，江西省文联文艺理论研究室编选的三本《文学研究新方法论》、《外国现代文艺批评方法论》和《文艺研究新方法论文集》(江西人民出版社出版)等，由此在批评界形成了一股'方法论'的热潮。"[1]同时，各大文艺理论期刊也纷纷登文发表探讨新方法的文章，如《文艺理论研究》在1985年的第3期和第4期上，用了大量篇幅刊登了《探讨新方法，改革旧观念——中国文艺理论学会第四届年会讨论会综述》和《文艺理论研究新方法笔谈》。也是在1985年3月，《文学评论》组织的文学评论进修班开学，真正地进行了一次老中青批评家间关于文学评论的交流。当时的进修学员中，就包括黄子平、李陀这些年轻的批评家。有人总结道："使我们在知识结构上进行了一次向优化状态急剧调整，在文学研究的思维空间展开了一场新与旧、宽泛与狭窄、多向与单一的冲撞。"[2]有意思的是，学界对批评方法的介绍，不仅是面向精英知识群体的，更是面向普通读者的。比如，1988年译介了《文

---

[1] 胡亚敏：《80年代：中国文学批评回望》，《文艺争鸣》2009年第11期。
[2] 李明泉：《一次密集知识和拓展思维的进修》，《文学评论》1985年第4期。

学批评方法手册》(第二版)一书,译者在后记中写道:"最近几年,我国在介绍西方现代文学理论方面步子迈得较快,许多新的批评流派和方法已逐渐为我国读者所了解。但是,把批评理论与批评实践密切结合起来,深入、系统地探讨各种批评方法的实际应用,似乎还没有受到应有的重视。正是基于这样的想法,我们翻译了这本实用的入门书《文学批评方法手册》,希望能对我国读者深入探讨西方主要文学批评方法的发展源流和实际应用问题有所帮助。"[1]以此可见,文学批评的探讨成为一个十分热门的话题。

从整体上看,当时集中的话题以及支持形成"方法论"的显要因素是科学方法在文艺学中的运用,这些科学方法并称为"老三论"(系统论、信息论、控制论)和"新三论"(突变论、协同论、耗散结构论)。这是一次从哲学领域发起的变革,《哲学研究》杂志自1980年第1期开始便积极推动科学方法论的研究,同时这也与"解放思想、实事求是"精神引领下形成的高涨的科学主义精神有关。当时,伴随自然科学方法引入人文研究领域的是如萨特的存在主义、弗洛伊德的精神分析学、尼采的生命哲学,以及文化人类学、神话学、民俗学、结构主义等文化理论,即文化正取代政治视野成为人们思考的中心话题。换言之,自然科学方法进入人文学科背后,有着强大的哲学浪潮的推动力。1980年徐中玉发表的《苏轼创作思想中的数学观念》、1981年张世君的《〈巴黎圣母院〉人物形象的圆心结构和描写的多层次对照》等,是较早运用系统论进行分析的文章。至林兴宅的《论阿Q的

---

[1] [美]威尔弗雷德·L.古尔灵等著,姚锦清等译:《文学批评方法手册·译后记》,沈阳:春风文艺出版社1988年版,第489页。

性格系统》、刘再复的《论人物性格的二重组合原理》《论人物性格的模糊性与明确性》等文章的发表，加上专题会议的召开、各类专著的出版，都将"方法论"的热度推向了高潮。当然，正如前文在叙述会议时所说，参会人员对科学方法运用于文学批评理论亦不乏反对之声。比如，扬州会议上，刘小枫就提出："在文学研究中引进自然科学的观念和方法，在西方是属于末流的东西……人生的问题不能靠自然科学来解决。汉姆雷特的'活着还是不活的问题'，是任何计算机也回答不了的。现在急于向自然科学引进汲取实际上是一种饥不择食的现象。"[1]南帆在《文学批评的研究方法和研究目标》中认为："批评家夹生地援引各种陌生概念但却无力准确地概括、涵盖文学现象，而是更多地将生动的文学现象费力地强行纳入其他学科的理论框架。……一旦文学批评仅仅僵硬地以其他学科的理论框架梳理文学现象，那么，文学的一些独特性质恰恰可能从概念与概念之间疏漏而去。"[2]这些批评意见主要还是从文学审美品性出发的对文学性是否会缺失而产生的担忧，这是不无道理的。不过，今天看来，随着科学研究方法在文学批评上运用的衰微，它也并没有带来什么不良后果。一定意义上，不管如何看待科学方法在文艺学中的运用，其运用本身对打开新的文学批评视野是有效的。正如1985年，刘再复谈及方兴未艾的"方法论热"给文学研究带来的新变时说："由一到多，即由单一的、单纯从哲学的认识论或政治的阶级论角度来观察文学现象转变为

---

[1] 钱竞：《欲穷千里目更上一层楼——记扬州文艺学与方法论问题学术讨论会》，《文学评论》1985年第4期。
[2] 南帆：《文学批评的研究方法和研究目标》，《文学评论》1985年第4期。

从美学、心理学、伦理学、历史学、人类学、精神现象学等多种角度来观察文学,把文学作品看作复杂的、丰富的人生整体展示。这样,就用有机整体观念代替了机械整体观念,用多向的、多维联系的思维代替单向的、线性因果关系的思维。"[1]

而从文学批评的深远影响力来看,值得重视的是当时对一些西方人文学科的批评方法的运用。1982年12月,乐黛云参加在夏威夷召开的"批评方法与中国现代小说研讨会",会后曾以"产生于西方现代社会的新批评方法是否能适用于产生于中国现代社会的文学作品"为思考点进行了述评,详细介绍了叙事学、诠释学等对具体文本的分析,明确指出:"任何文学批评方法都是一定时空的产物,是从一定时空所产生的特定文学作品中归纳和总结出来的。……但是,当这些理论方法一旦产生,就成了一种客观的分析手段,存在着有助于分析其他体系文学作品的可能性,当然,这种可能性与现实性之间还有一段距离,那是一个复杂的选择、改造、适应,乃至民族化的过程。不顾这一客观过程而主观地生搬硬套,只能产生相反的效果。"[2]也是在那几年,随着西方文艺理论著作的译介,新批评、结构主义语言学、诠释学、叙事学、心理学批评方法、文化人类学等理论纷纷登场。比如,80年代掀起的关于"形式"议题的探讨,就代表着批评家们从关注思想、内容、主题这些话题转向了关注文本的语言。像金开成、鲁枢元等人在文艺心理学方面的建设,赵毅衡等人对新批评的介绍和运

---

[1]　刘再复:《文学研究思维空间的拓展》,《文艺研究》1985年第4期。
[2]　乐黛云:《"批评方法与中国现代小说研讨会"述评》,《读书》1983年第4期。

用，陈平原、南帆等人对叙事学的运用等等，都体现出了文艺学的新思路。更重要的是，这些新的思路和批评方式，不仅打破了传统的单一的批评思维，而且至今还是评述文学作品的重要借鉴成果。

虽然，我们不得不承认，在批评家的批评实践中，不可能一板一眼地采用某种文艺学的方法，特别是80年代中期新潮批评家的批评文章，因为他们更带有主观能动性。然而，批评方法的探讨和热议，代表了人们对问题关注视野的拓展，而这实际上与新时期以来文学界掀起的告别传统文艺理论潮流有着密不可分的关系。即在接受新时期已经到来的热情中，批评家们也急急地对社会主义现实主义、反映论、工具论说再见。无论是科学主义方法论还是西方人文学科的方法论，都意味着告别的有效手段。这种变化当然改变了批评的格局，也增加了文本批评的自主意识，促进了文学批评的活跃，也产生了多方位解读文学作品的视角。比如，刘再复曾指出："新的方法论的介绍和运用，目的在于从更深的层次上理解文学自身各方面的本质特征，更深刻地揭示文学历史发展进程，以促进文学创作与文学研究的繁荣。方法论本身并不是目的，但是，新的方法论，新的审视方法可以帮助我们接近真理，改变某些不正确的文学观念，踏进更多未知的领域。"[1]同时，刘再复也肯定了其在文学批评文体上的革命，认为："我国八十年代的文体革命已走完了最初的一个里程，初步地完成了一种革命性的转变，这就是从'代言体'向'自言体'的转变，从'独断体'到'独立体'的转变。也就是说，'代圣贤立言'的独断主义的文体已经

---

[1] 刘再复：《文学研究思维空间的拓展——近年来我国文学研究的若干发展动态》，《读书》1985年第2期。

被'为自身立言'的、具有独立个性的文体所代替。"[1]

可以说,"方法热"不仅仅是文艺学方法多样化的体现,更重要的是,代表了80年代文学界文学自主意识的增强。一定意义上,批评话语的改变意味着丰富的文学创作时代的到来。

第二节 新评带来的视野变化

伴随着文学研究方法热的到来,文学研究及作品批评打开了新的视野,从整体上呈现出了以文本为中心的研究态势。批评家们不仅对中国现当代文学史上的作家作品有了新的解读视野,而且对80年代新发表的作品也找到了与时代切合的批评话语,这意味着批评正摆脱长期以来僵化的、单一的话语模式,寻找着自己的位置和存在的自信。今天看来,批评家们运用新的批评方法对作品进行的点评,带来的不仅是一幅80年代文学批评异常活跃的画面,而且包含着未来中国文学批评的新视野。

作为系统科学论在文艺研究运用中的成果,林兴宅的《论阿Q的性格系统》一文极具代表性。有研究者指出:"1984年开始逐渐引人注目的'方法论'热,就是由学者型批评家,当时被称为'闽派'的林兴宅等人发起的。随着西方文论的大量翻译,结构主义、后结构主义、女权主义、语义学、叙事学、符号学等理论,很容易成为学者们

---

[1] 刘再复:《论八十年代文学批评的文体革命》,《文学评论》1989年第1期。

手中的利器。逻辑严密的理论如果运用得当，能够阐释出作品不被人注意的深层意蕴。在印象感悟式批评泛滥的批评界，很容易因为增加了科学性、逻辑性而引人注目。"[1]林兴宅主张"用有机整体观念代替机械整体观念；用多向的、多维联系的思维代替单向的线性因果联系的思维；用动态的原则代替静态的原则；用普遍联系的复杂综合的方法代替互不关联的逐项分析的方法。"[2]从而突破精神胜利法这一特征的概括，分析了阿Q性格的复杂性，认为阿Q性格的基本元素主要有如下几种："质朴愚昧但又圆滑无赖""率真任性但又忍辱屈从""狭隘保守但又盲目趋时""排斥异端而又向往革命""憎恶权势而又趋炎附势""蛮横霸道而又懦弱卑怯""敏感禁忌而又麻木健忘""不满现状但又安于现状"等，并从社会学和心理学的角度进行了深度的解读。文章发表之后，刘再复专门撰文进行评论，认为："这篇论文用系统论的方法分析阿Q性格，探讨阿Q典型的性质、阿Q主义的来源及其超越阶级、时代、民族的普遍性等较难回答的问题，从多种角度为我们展示了阿Q复杂的性格世界，令人感到耳目一新。"[3]也有研究者发表了争鸣文章，对其提出了质疑，比如汤龙发就认为其"把自己主观想象的许多东西强加在阿Q身上""阿Q形象的客观内容全不见了"[4]等。随后，在厦门的会议上，林的文章也一度成为探讨的焦

---

[1] 李建周：《先锋小说的兴起》，北京：中国社会科学出版社2014年版，第203—204页。

[2] 林兴宅：《论阿Q的性格系统》，《鲁迅研究》1984年第1期。

[3] 刘再复：《用系统方法分析文学形象的尝试——读〈论阿Q性格系统〉》，《读书》1984年第7期。

[4] 汤龙发：《关于阿Q典型的问题——与林兴宅同志商榷》，《晋阳学刊》1986年第5期。

点。正如前文所言，系统论的提出本身就体现了 80 年代思想解放背景中，文艺研究者对反映论的突围，而作品研究的实质性成果则代表了突围的有效性以及文艺研究的新转折。

同一时期，刘再复的著名长文《论文学的主体性》在《文学评论》杂志的 1985 年第 6 期和 1986 年第 1 期发表，将这种突围做了理论化的巩固和推进。他提出了"构筑一个以人为思维中心的文学理论与文学史研究系统，也就是说，我们的文学研究应当把人作为主人翁来思考，或者说，把人的主体性作为中心来思考"。[1]夏中义曾评价道："此文的重大价值在于：是在当代学术思想史上，第一次正面宣告作为苏联理论模式的文艺反映论在中国学界的终结。"[2]"主体论首先要恢复的，正是作家在文学国度应拥有、却被反映论所无端剥夺的主体尊严，从而把天生缺损的两环论补订为三环论，此即从生活——作家——作品。"[3]可见，其根本在于，在 80 年代的话语空间中又一次触及了"文学是人学"这一曾经长期被遮蔽的命题。正如有评论者概述的："从 1983 年起，刘再复开始致力于构建一个以'人'为思想中心的文学批评和理论体系，这些文章包括《性格组合论》《文艺研究应该以人为中心》《文学的主体性》以及《新时期文学十年主潮》。刘再复在这些文章中继承了周扬的视野和眼光，以'世界'而非'中国'的空间概念来重新放置'人'，建立一套'文学的'同时也是'人

---

[1] 刘再复：《论文学的主体性》，《文学的反思》，北京：人民文学出版社 1988 年版，第 54 页。

[2] 夏中义：《反映论与"1985"方法论年——以黄海澄、林兴宅、刘再复为人物表》，《社会科学辑刊》2015 年第 3 期。

[3] 同上。

学'的观念。"[1]当然，刘再复的理论建构也存在着不足，当时便有了诸多批评的声音。比如，陈涌的《文艺学方法论问题》、陈燕谷的《刘再复现象批判》等，分别从马克思主义文论、"个人"解放等话语层面进行批判。无论这个话题是否有结论，这些探讨本身说明，批评方法更新的背后更是文学观的变化、是看待文学世界的视角的变化。

作为"人学"观念兴起的文学语境的体现，大量的文学批评指向了关于人、人生、人性的思考，有了审美意识和生活的温度。1985年至1989年出版的"新人文论丛"中的批评文章，可以说体现了新的文学批评的成就。比如，季红真的文学批评，往往站在历史、时代与人生的整体性视野中进行思考。在其《爱情、婚姻及其他——谈张洁的短篇小说〈爱，是不能忘记的〉》一文中，她从女性心灵深处呼唤生命力的视角解读了爱情和婚姻，深刻地分析了人物的追求与迷惘，以及女性追求与社会道德间的矛盾，带着强烈的女性心理共鸣性。这展示了一位女性批评家对人生和社会的新认识，就如谢冕在季红真《文明与愚昧的冲突》一书的序言中这样赞写道："她完成了从社会的批评到美的批评的过程。由于深刻的历史文化意识，促使她能够从无数具体的人生出发进行对于历史的整体思考。"[2]

另外，如蔡翔的《高加林和刘巧珍——〈人生〉人物谈》一文，分析高加林和刘巧珍的悲剧人生时，突破简单的环境悲剧、性格悲剧

---

[1] 杨庆祥：《"主体论"与"新时期文学"的建构——以刘再复〈论文学的主体性〉为中心》，《当代文坛》2007年第6期。

[2] 谢冕：《序：批评寻找位置》，季红真：《文明与愚昧的冲突》，上海：华东师范大学出版社2014年版，第6页。

的立场，而以两位人物的人生追求与社会环境间不可避免的矛盾为出发点，认为高加林是："自尊、自卑、自信错综复杂地交织在高加林的性格中，好像'无数相互交错的力量，有无数个力的四边形'，相互冲突，相互牵制，而产生出一个总的结果。它不以任何个人的意志为转移。应该说，这个结果同高加林最初的愿望是并不一致的。"[1]刘巧珍则是："她在爱情上就缺乏一种自强自立的精神，始终把自己放在依赖的地位上，她只是乞求爱情，而不是争得。"[2]显然，蔡翔的分析突破了以往从客观、主观分析事件原因的维度，深入到了人物的个性以及理想与现实的冲撞等层面。评论者站立在80年代中国社会变革的角度，对现代性追求与传统文化人格间的内在矛盾性发出思考，作者对于高加林和刘巧珍的分析是温和的，但实际上也明显地批评了他们在现代性的个性人格追求上的不足。另一位评论家李劼的《高加林论》则从现实生活以及叙述者、作者的内在心理诉求等角度，站在人性解放的高度探讨了高加林形象塑造的不足及原因，认为："高加林对人生追求的悲剧性，并不在于他的追求本身，而在于他的追求规范——获得压制他的人已经得到的东西，从而自觉或不自觉地变成一个新的压制者。其可悲一如旧家庭中小媳妇的人生追求，为了使自己成为压制过她的严厉婆婆。问题在于，作者误解了这种悲剧性，在否定高加林的追求规范的同时否定了他的追求本身。于是，一出深刻的悲剧，在作者笔下变成了一番知足常乐的说教。而且，为了使这说教更动人，小说在惩罚

---

[1] 蔡翔：《一个理想主义者的精神漫游》，上海：华东师范大学出版社2014年版，第5页。
[2] 同上，第8页。

不知足的高加林的同时，还悄悄地为他准备了一个有文化的刘巧珍——其妹妹巧玲，作为一种喜剧性的暗示，从而为传统的大团圆心理开了个小后门。"[1]而直指刘巧珍的批评是："我们在这种伟大的献身精神后面看到的，是一种沉重的可怕的因袭的道德规范。"[2]以对《人生》的评价为例，无论是蔡翔柔声细雨的质疑，还是李劼直击人物内在生活逻辑的剖析及批判，我们都可以看出批评家们完全告别了分析人物的典型性、正反面形象的批评话语模式。更重要的是，在批评家的才华背后，我们看到了争论的力度和对文学的激情，比起当今作家与批评家一致的叫好声来，这样的批评特别可贵。当然，这也直接宣告了新的批评方法、批评视角的有效性。像《人生》这样的作品（包括后来路遥出版的《平凡的世界》），评论界的视角极大强度地掩盖了大众读者的视角，诸如大众将其作为励志读物、反映现实生活的文本，而我们的文学批评家们更看重其在人物塑造能力上的突围。

有评论者曾经如此评述："到了八十年代，文学变得和生活一样复杂化了。冷暖明暗，斑驳陆离，各种色调一起汇集到作家笔下，构成五光十色的人生画面，再也难以用'是是非非'的形式逻辑来加以剖分。试想：像高加林、刘思佳这样的形象，难道能用传统的正面人物或反面人物的概念加以概括吗？而像《黑骏马》、《北方的河》之类作品，也是很难以'歌颂什么，反对什么'这样的一句话来归纳它们的主题的。这就需要评论者采取一种新的视角来看待文学和人生，不能

---

[1] 李劼:《高加林论》,《当代作家评论》1985年第1期。
[2] 同上。

偏执于单一化的评判标准,而是努力从不同层次、不同角度上发掘事物的多方面意蕴,完整地加以把握,这样的思想方法,我称之为立体思维,也有人叫作多维视野。"[1] 这是一种有效的概括。其实,问题的另一面是 80 年代文艺界特别强调批评方法,不光光是因为 80 年代有了一股思想解放的新潮流,更在于,对 80 年代走向文坛的批评家或学者来讲,他们也热切地要在新的文化空间中占据自己的一席之地、发出属于自己的声音。这种声音最好是标新立异的、有个性的。

在各种新的批评方法的运用中,一方面是开辟了中国现当代文学史上的作家、作品的新的评论视角。比如,对鲁迅、沈从文、郁达夫等作家的评论的视角的变化直接影响了这些作家在文学史上的评价。像许子东的《郁达夫新论》一书,作者在后记中详细地描述了研究的过程,写道:"当然,我对自己的选题也有过犹豫:学力和兴趣很不协调,读与写之间也有矛盾,而且,说真的,周围各种新的评论方式、研究角度,当然各种新的文学现象,对我来说,都是某种诱惑……"[2],"有一点,我竭力提醒自己:那就是要坚持把郁达夫及其创作作为文学现象来看待。如果我们批评他,主要着眼于他的思想局限,推崇他,也着重赞扬其爱国热忱,那我以为还是不够的。"[3] 从许子东论著中的各篇文章来看,很难说用了某种批评方法,当然,与以往的评论相比,许子东是以作品为中心的批评,像他自己所说,他是将其作为文

---

[1] 陈伯海:《一个理想主义者的精神漫游·序》,蔡翔:《一个理想主义者的精神漫游》,上海:华东师范大学出版社 2014 年版,第 2 页。
[2] 许子东:《郁达夫新论》,上海:华东师范大学出版社 2014 年版,第 305 页。
[3] 同上。

学现象来看待的，是从自己独特的体会出发的，这样的批评亦来自新的批评方法的力量。这正体现了批评的真诚性和可靠性。

另一方面是影响到了大量新作的阐释。比如，王晓明在解读张贤亮的小说创作时，从小说中的叙事人说起，探讨了作者内在的矛盾心理，从文学审美活动、审美体验活动中剖析了作者的道德立场、理智意图和内心真情，从而以文本的审美为中心，对中国作家的反省意识和忏悔意识提出了深刻的见解。文末写道："在现代中国，往往正是那些曾经深陷地狱而又未被阎罗王收编的人，会产生深沉的忏悔意识，可另一方面，那妨碍他们深入自剖，甚至催促他们自我掩盖的力量，又恰恰来自他们身上那股从地狱里带来的'鬼气'。张贤亮的那种急于自辩的意图，不就分明散发出了这样的'鬼气'吗？……但我也有足以欣慰的所在，那就是张贤亮毕竟打开了瓶口的锡封。"[1]王晓明的解读，既借助了叙事学的理论知识，又体现了对中国文学史和知识分子现实处境的充分关照，突破了单纯从性、知识分子解放、"右派"文学等角度的解读，使分析显得深刻而有现实力量。同样，李劼的评论文章也给批评界带来诸多惊喜。他在评论《冈底斯的诱惑》时用了思维的双向同构逻辑，认为这篇小说的诱惑力"则在于其变幻莫测的拼板结构和在每一块拼板（即每一个章节）上同样变幻莫测的人物形象以及故事情节上"。[2]诸如此类，新的批评概念和批评实践，共同

---

[1] 王晓明：《所罗门的瓶子——论张贤亮的小说创作》，《所罗门的瓶子》，上海：华东师范大学出版社2014年版，第149页。

[2] 李劼：《〈冈底斯的诱惑〉与思维的双向同构逻辑》，《文学自由谈》1986年第4期。

推动了 80 年代文学批评和文学创作的双向繁荣和双方相互对话之语境的形成。

可见，80 年代的文学批评方法带来了丰富的文学批评图景。在告别反映论、工具论的历程中，80 年代的文学批评方法变革实现了重要的两点：一是文学批评走向了对作品进行审美判断的需求；二是批评成了一种自觉的活动，树立了批评的自信。借用当时影响力颇大的评论家吴亮的阐述："这样，确定而明晰的表述，自信的解释；把内向的化为外向的，把秘隐的昭示给读者；把个性、偶然性和癖性纳入共同经验，拂去神秘的、不可理喻的纱幛，拆除作者与读者之间可能存在的隔膜和藩篱；分析层次丰繁的叙述结构和意蕴并将它们简化，把它们重新编制成逻辑程序使读者从认识的角度把握它们；暂时打破文学的浑然一体，把多义的内容作一番梳理，然后再回复到统一状态给予它们以总体的评价。所有这些，便构成了文学批评的主要任务以及它存在的理由。"[1] 虽然，吴亮的批评观是充满个人性的，与其相比，当时如陈思和、殷国明、李劼等学术型的批评家在文艺理论方面的建构更具学理性，但是，阐述背后体现的情绪却是相同且具有代表性的，它所表明的不仅是从什么角度把握文学，也表明面对文学所要树立的那种审美态度以及自信。从 80 年代的文学批评中，我们看到的不仅包括评论视角的更新、从整体文化背景上把握作家作品的意识，还有前所未有的生命意识和对文学的虔诚和纯净之心。正如 1984 年底在杭州会议上对青年批评家们提出的："操自己的犁，用自

---

[1] 吴亮：《对文学确定性的寻求——文学批评中的几个认识论问题》，《文学的选择》，上海：华东师范大学出版社 2014 年版，第 83—84 页。

己的方法，锄自己的地。"[1]

第三节　理论的焦虑与文学观念的振荡

80年代的文学批评，尽管活跃程度相当大甚至引发了"方法论年"，然而，在大量的引进西方文学批评方法的过程中，在理论的建构和运用上，行进过程亦是艰难的。暂且不论80年代文学环境的复杂性以及意识形态的控制力，就各种方法的消化和运用来讲，对长期受苏联文艺理论模式影响的批评家们而言，也是一项重大的挑战。所以，从今天的角度来看，虽然80年代中期叙事学、结构主义、符号学、心理批评、原型批评等诸多概念频频地出现在学界的视野中，也出现了一些运用叙事学理论、文艺心理学理论进行评论的优秀代表作。但总体上看，它们的存在始终处在一种焦虑的状态中，它们与中国传统的文艺理论、马克思主义文艺理论、毛泽东文艺思想、现实主义文艺理论之间的对抗与平衡，一直是困扰批评家们的问题。

1987年，王春元就西方文艺理论问题指出的困惑极有代表性，他说："从上个世纪末到本世纪80年代，在将近一个世纪的时间里，西方文学理论和文学批评进入了极为活跃的时期，人们竞相标榜，自立门户，组建成一个个各具特性的理论流派，而各流派又党同伐异，往往以评判别的流派来界定和确立自己的体系。……现在看来，被我们

---

[1]　《青年作家与青年评论家对话共同探讨文学新课题》，《上海文学》1985年第2期。

运用了半个多世纪的那样一种文学理论体系，已经不能适应文学实践的需要和世界文学理论发展的内在需求了。因此，摆在我们面前的有三个课题：（一）对我们过去的那个文学理论体系究竟应该怎么认识？（二）对引进的各种文学理论我们应持何种态度，应该如何评价？（三）今后比较理想的文学理论体系又可能有怎样的设想？"[1]他所追问的这三个问题，很大程度上代表了当时评论界面对西方文艺理论如何本土化时的内在焦虑。实际上，虽然对各种文学批评方法有所运用，但从90年代的走向来看，很多方法并没有建构出完备的理论体系来，也很难在中国文学批评实践中产生真正的影响力。我们不妨借用美国学者司各特编著的《西方文学批评的五种模式》中所介绍的西方具有代表性的五种批评模式来看，这五种模式分别是：道德批评、社会批评、心理批评、原型批评、形式主义批评。而我们80年代的文学批评虽然在各种方法上竞相提倡，但在理论建构上，并没有建立这五种批评模式。而且，在未来的批评实践中，也没有较清晰的文学批评观念的探讨脉络。有研究者就曾评论："事实上，80年代以来对西方文学批评方法的引进，起了开风气、拓思路的良好作用，但从具体操作的实践看，却并没有多少经得起时间检验的成果留存史册。"[2]

方法的探讨是如此的热闹，批评自觉意识创建的呼声亦是如此强烈，然而，理论的建构并非易事。正如前文所言，80年代的文学批评也限于历史因袭和时代意识，并没有真正迎来其繁荣时期，文学批评

---

[1] 王春元：《现代文学理论体系的三维结构》，《文学评论》1987年第1期。
[2] 王先霈：《圆形批评论》，武汉：华中师范大学出版社1994年版，第6页。

的方法至今依然有许多需要深入探讨的地方。然而，比起以往的文学批评，无论是作为一门独立的学科，还是作为文学实践的过程，80年代中期文学批评方法的热议和变化都影响了文学批评观，在文学的认知上产生了振荡，极大地推动了80年代新的文学潮流的形成。换言之，当西方的各种文学批评方法涌入时，单一的、机械化的文学批评方法被打破，新的文学批评开始突破了简单化的、二元对立的思维认识，打破了以内容为中心的批评方式，确立了把握艺术复杂性的思维。

在各种批评方法更新的背后，文学本体论成为突破传统文学批评观、文学观的重要维度。徐岱说："一种新的文艺学已经以它充满自信的声音宣告了自己的崛起。……无论是研究文艺的创作规律，还是研究文艺的欣赏规律，都必须受文艺本体论的支配。"[1]当然，这个观念的形成过程亦是一个充满争辩的过程。从表层的争辩来看，涉及与传统文艺理论的关系、与马克思主义文艺观、与现实主义文艺观的关系，还包括自身如何建构文学审美观念、文学主体论、文学处理与人生的问题等诸种关系。这些问题，现在看来也并没有解决，因为这一理论自1985年兴起，至1988年又进行了深刻的反思。而在我看来，实质上这是在引导我们回到事物本身，回到文学本身，回到文学所照亮的世界。80年代，人们对文学的热爱，从事文学评论活动时表现的那种坦率，其精神核心即在于文学本体论中所包含的对文学的尊重，对文学之美的赏识。在当时的文学批评家中，有一位奇才胡河清，他

---

[1] 徐岱：《哲学观的更新与文艺学的发展》，《文学评论》1986年第1期。

如此写道:"文学对于我来说,就像这座坐落在大运河侧的古老房子,具有难以抵挡的诱惑力。我爱这座房子中散发出来的线装旧书的淡淡幽香,也为其中青花瓷器在烛光下映出的奇幻光晕所沉醉,更爱那断壁颓垣上开出的无名野花。我愿意终生关闭在这样一间屋子里,听潺潺远去的江声,遐想人生的神秘。然而,旧士大夫家族的遗传密码,也教我深知这所房子中潜藏的无常和阴影。但对这所房子的无限神往使我战胜了一切的疑惧。"[1]一定意义上,这种对待文学的真情,远远超过了理论界提倡文学本体论的话语高度,这也从另一个角度证明了文学本体论的真正影响力。

回到文学本身背后的逻辑便是摆脱文学的政治束缚、寻找文学的自由空间,这是"文化大革命"结束以后,调整文学与政治关系时的话题。然而,对80年代提倡文学观念变革的批评家们而言,80年代初期"伤痕"、"反思"、"改革"文学的模式显然没有达到文学的"自由",而新潮小说才是符合他们的文学观念的最佳阐释。比如,李劼在评论刘索拉的小说时说道:"当一批年青的作家们将历史的思考变成对大自然的观照和对民族文化的探索时,新时期文学的一个重大转折也就到来了。这一转折的发生倒不是因为人们在文学创作上的刻意求新,而是由于文学把历史翻来复去地思考和描述了无数遍之后,发现大家其实对历史都很清楚,而文学自身却在这种思考中被越弄越糊涂了——过去是为政治服务,后来被当做改造社会的武器,而现在怎么又成了历史的侍从啦?于是,思考的文学变成了文学的思考。有一些

---

[1] 胡河清:《灵地的缅想·自序》,上海:学林出版社1994年版,第5页。

青年作家从这一片沉思中悄悄地走出来……他们寻找民族历史的本相,他们探索文化心理的奥秘。文学的'寻根'一旦面对了这样一个生存空间时,它下一步的逻辑发展就必然是对自我意识的寻找……这种走向自我走向内心世界的文学创作,从逻辑上说,应该是对当今文学思潮发展的历史期待,而刘索拉的小说却无意中把这种历史期待变成了创作现实。"[1]这样的论述,批评者不仅关注了作品的内在语言话语,而且还对文学的社会功能、文艺功能进行了新的阐释。

我们常言,一定的批评方法是特定时空的产物,在特定的文学环境中,伴随着新的文学作品,又产生了新的文学批评方法。而在80年代的文学环境中,我们却清晰地看到,在新的批评方法、新的文学观念推动下产生了至少也是并行产生了新的文学作品的现象。像"寻根文学"便是作家和批评家们为摆脱文学的政治话语主题而制造的一次文学潮流。暂且不论这一运动的产生多大程度上受了美国《根》及拉美的《百年孤独》等作品的影响,倡导者们提出的"文化之根"的话题,本身就带有强烈地反抗政治话语主题的意识。其中,关于文学应该怎样表现我们的生活,也带有强烈地回归文学本身的意味。而对于"先锋文学"潮流中涌动的文学艺术形式变革的主题,形式主义批评话语起了重要的作用。其中"怎么写"的提倡不仅为这一文学潮流的产生提供了话语资源,更提供了言说的勇气。这背后体现出的文学观念特别是小说艺术观的变化,直接指向一直以来重内容轻形式的观念,并深刻地影响小说艺术的"真实观"。而80年代末期重新回归的

---

[1] 李劼:《刘索拉小说论》,《文学评论》1986年第1期。

"新写实主义"潮流更可见出文学批评在此过程中命名用语的犹豫与命名力量的强大。基于"现实主义"这一词汇的历史以及独特的政治地位,在1988年"现实主义与先锋派文学"研讨会上,与会者厌倦于"主义"、"现实主义"这样的词汇。换言之,面对市场的选择,批评家们在重新认识现实主义的力量之时,对现实主义的典型化原则仍抱以极其忌讳的姿态,就如同当时有人对研讨会所总结的那样:"人们对于现实主义的热情,主要并不在于它所包含的审美价值上,而是在于它所具有的那种特殊的干预生活的功能和作用上。"[1]批评界借用"新写实"这样的词汇,无疑体现了对现实主义历史命名的逃离。总体上来看,这三大文学潮流的形成都与各种文学批评方法的涌入、文学观念的更新有密切关系,其借力于文学批评力量的生成语境十分鲜明。

因此,在80年代的中国文坛上,各种批评方法的出现,体现了文坛的开放性和创造力。文艺理论家和文学批评家们对西方各种批评方法的译介及运用,猛烈地冲击了原有的批评观念,推动了人本主义文学本体论和形式主义文学本体论的形成,影响到了80年代中后期的"寻根文学""先锋小说"以及"新写实主义"浪潮。只是,至今为止,我们依然没有对西方文艺理论方法建立健全的认识和应用系统,对我们自己的文学批评理论和方法也缺乏建构的力量,所以,80年代中期那股方法论的热浪,不免带着令人追忆的惋惜。

---

[1] 李兆忠:《旋转的文坛——"现实主义与先锋派文学"研讨会纪要》,《文学评论》1989年第1期。

第四章 文学期刊的承载力

若要走进 80 年代文学的现场，无法回避文学期刊的影响力，从最初的销量爆棚，到不得不面对市场规则进行悉心经营，无论是"纯文学"立场的坚守，还是根据市场需求的适时而动，80 年代文学期刊经历了一个辉煌的时代。其中，《人民文学》《收获》《上海文学》《钟山》等杂志，分别在期刊的地标位置、文学的求新姿态以及对市场需求的策略调整上，具有典型意义。

第一节 舞台上的聚光灯：
期刊的繁荣景象

期刊之于中国现当代文学的意义已被众多学者所认同，20 世纪中国文学的发展离不开文学期刊的发展，而期刊在各个时期的发展情况，也代表了中国文学的生态。在 20 世纪以纸制媒介为中心的文学传播时代，期刊研究也成为文学研究的一个必要维度，20 世纪 80 年代的文学期刊，堪称繁荣。比如，多年从事期刊编撰工作的靳大成在描述新时期的期刊时，说道："80 年以来，中国的文坛真可以说是一个'期刊的时代',不但数量之多超迈前人,而且可以和欧美发达国家相比。各种刊物的繁荣发展,不仅提供了一个前所未有的思想空间,产生了累累硕果,它还是历史舞台的聚光镜,集中表现了不同文化、学术生活景观。"[1]编辑如是说,作家亦充满感慨,李国文就说:"新时期文学能有二十多年的进展,文学期刊编辑们的筚路蓝缕,薪火相传的努力,倒真是称得上是功德无量的。"[2]无论是"繁荣发展"还是"功德无量"的描述,都代表了80年代文学期刊意义重大。

"文化大革命"结束后,中国文学的发展步入正轨并逐渐走向了繁荣,期刊的复刊及创刊既是表现,也是推动力。作为占据绝对优势地位的期刊,发行量十分巨大,特别是80年代初期,当时的文学期刊动辄发行数十万甚至上百万份,期刊的种数也不断地增长。据统计,"期刊的种数从1976年底的542种,发展到1978年的930种,每年平均增长32%;年总印数从五亿八千八百万册增加到七亿六千二百万册,平均每年增长18.3%。从1979年到1985年,期刊的种数平均每年递增27.3%左右,年总印数平均每年递增20.2%左右。在此期间,一度将创办新期刊的审批特权下放,缺乏必要的协调,以致期刊种数增长太快。从1978年到1980年,期刊种数平均每年分别比上一年递增48.1%、58.1%、49%左右。后来适当集中了创办新刊的审批权限,期刊种数的增长得到了一定程度的控制。"[3]无论是文学期刊的数量、发行量还

---

[1] 靳大成:《生机:新时期著名人文期刊素描·序言》,北京:中国文联出版社2003年版,第5页。

[2] 李国文:《李国文散文》,杭州:浙江文艺出版社2001年版,第44页。

[3] 高明光、邬书林:《我国期刊出版事业发展概况》,中国出版工作者协会编:《中国出版年鉴1986年》,北京:商务印书馆1986年版,第154页。

是影响力，80年代的文学期刊在整个20世纪的文学历程中，都是光彩异常的。

可以说，在80年代的文学生态中，文学期刊就如同舞台上的聚光灯，既呈现了第一手原创文学作品的样态，又是写作者走向文坛的重要途径，它的面貌为当代文学制度的建构、观念的转型提供了鲜活的样本。更重要的是，作为80年代文学活跃力量之一，它不仅成为众多作家展示自我的舞台，而且它对作品的选择和评价直接参与到了80年代小说潮流更迭的进程中，在巨大承载力的展示中，与作家、批评家共同成就了80年代文学呼风唤雨的黄金岁月。正如有评论者所言："文学期刊作为文学作品的载体，其办刊方针、编辑理念和经营模式，对创作队伍的构成、文学生产的流程、文学潮流的动向以及社团流派的孕育，都发挥着重要作用。文学期刊不断影响文学阅读的风尚、文学市场的趣味和文学传播的格局，而外部的文学制度与文学生态往往会更加强势地制约文学期刊的生存、发展与运作。在中国当代文学的视野中，文学期刊在文学传媒中占有特殊地位。最为重要的是，文学期刊是原创性文学作品快捷的传播平台，第一时间呈现文学创作的最新动态。"[1]

"文革"结束以后复出的期刊以及新创的期刊，共同构成了80年代文学期刊的繁荣图景，其中较有影响力的有：《人民文学》于1975年便着手复刊事宜，经历"黎明"前的"暗夜"，于1977年初最终回

---

[1] 黄发有：《中国当代文学传媒研究》，北京：人民文学出版社2014年版，第21页。

到了正常的文学轨道上来了[1]，并成为引领新时期初期文学发展的风向标。《收获》于1979年复刊，巴金先生继续担任主编，在80年代的文学空间中，发出了强有力的变革新声，积极地推动了80年代中期上海及整个文坛的文学新气象的生成。当时复刊或重新改版的还有50年代创刊的《上海文学》《北京文学》等杂志，它们依靠自己积累的文学资源加上积极拓展的力量，在推动80年代新潮小说上做出了积极贡献。在新创的期刊中，也快速涌现出了影响力很强的刊物。比如，1978年创刊的《十月》，这是"文革"结束以后创办的第一本大型文学刊物，在新时期中篇小说的兴起上起了重要作用。同年创刊的还有《钟山》，加上1979年创刊的《花城》《当代》，都迅速成为80年代影响力极大的大型文学期刊。其他一些行业机构或地方文联主办的刊物，如《芙蓉》（1980年）、《莽原》（1981年）、《昆仑》（1982年）、《啄木鸟》（1984年）、《黄河》（1985年）、《中国作家》（1985年）、《文学四季》（1988年）等，也如雨后春笋般增长起来，成为80年代文学快速成长的土壤。就在1980年、1981年，像《人民文学》《收获》这些著名文学期刊发行量动辄突破百万册，如《人民文学》达150万册，《收获》达120万册。不得不提的是，这些文学期刊在80年代的

---

[1] 崔道怡如此描述复刊时期的《人民文学》："从历史发展进程的角度来看，如果说1976年的初秋是'文革'前暗夜的尽头，那么当年十月政治局面的巨变，可以说是新时期的黎明了。《人民文学》复刊于黎明前，'四人帮'只控制了它九个月。而因复刊之初是两个月出一期，这九个月里只出版了四期刊物。1977年初，文艺理论家、诗人张光年出任主编，《人民文学》这才真正回到自己的位置上，随着思想领域的解冻、艺术园地的复苏，迎来了历史新时期的春天"。崔道怡：《早春的记忆——复刊时期的〈人民文学〉》，靳大成：《生机：新时期著名人文期刊素描》，北京：中国文联出版社2003年版，第6页。

发展和在 90 年代的转型及衰落，也昭示了市场经济和意识形态对中国文学发展的指向，成为我们剖析当代文学流变的重要资料。

诸多文学期刊在文坛上的呈现姿态，从整体上呈现出了期刊在"金字塔式"排列原则下的多元发展、追求特色化办刊方针、评论与小说发表并行等主要特征。

一是自新中国成立以来，中国的文学期刊便呈现出了"金字塔式"排列结构特点，即中国文学期刊的审批及创办有强烈的行政级别限制，其归属主要由其所依托单位的行政级别决定。从文化管理的角度来说，这种区分度更是十分鲜明，而且这种级别也很大程度上决定了该刊的地位及影响力。洪子诚说过："各级文学期刊之间，构成一种'等级'的体制，各种文学杂志并不是独立、平行的关系，而是构成等级。一般说来，'中央'一级的（中国文联、作协的刊物）具有较高的权威性，次一级的是省和直辖市的刊物，依次类推。"[1]从国家级、省级至地市级，按照行政级别的划分构成的文化秩序，决定了期刊在结构中的地位以及影响力。那么按照这种区分，诸如《人民文学》《收获》这样的期刊自然处于金字塔结构顶尖的位置，能否在这类期刊上发表文章，也成为作家是否已经真正走向文坛显要位置的标志。因此，从这个意义上来说，中国文学期刊承载的不仅是发表作品的功能，更承载了一个作家或作品在文学史上如何被定位的功能。80 年代以来，几乎所有重要的文学作品以及作家的出场，都与文学期刊有关系，而且随着作品发表的期刊级别越来越高，作家的名声呈现出

---

[1] 洪子诚：《问题与方法——中国当代文学研究史讲稿》，北京：三联书店 2002 年版，第 208 页。

了越来越大的走向。以马原为例,1984年他在《西藏》上发表了《拉萨河女神》《叠纸鹤的三种方法》,展示了其在叙事技巧上的探索。不过,直到年底"杭州会议"上传阅他的《冈底斯的诱惑》,并于第二年在《上海文学》上发表,马原才引起文坛的广泛关注。随后他在《收获》上发表了作品,才被命名为"先锋文学"的代表性作家。他成名的过程,就是一个从边缘走向中心的过程,其间的载体便是从地方性的文学期刊到权威文学期刊。

然而,虽然"金字塔式"的结构依然坚固,但是如果细看整个80年代文学期刊的繁荣情况,我们会发现它们的发展并没有受限于这一结构,有时"金字塔"其他层面的期刊也能跳出限制成为潮头兵。比如,80年代前期,《人民文学》对文学潮流的影响力特别大,可以说在"伤痕"、"反思"、"改革"文学中成为风向标,而且在1985年左右也发表了一些追求艺术创新的作品,但是到了80年代中后期,引领"寻根"、"先锋"、"新写实"文学浪潮的力量主要集中于《上海文学》《收获》《钟山》这些地方性的文学期刊上,即《人民文学》没有成为唯一被"看齐"的刊物。尽管我们必须承认像《收获》这样的期刊,其地位不亚于《人民文学》,但实际上也说明了80年代引领文学潮流的可能性的多元化,是真正的"百花齐放"。

二是期刊的特色化。如果将这里的"特色化"理解为办刊方针中对自身形象的刻意打造的话,确切地说,期刊走向特色化是80年代中期以后的事情。因为在1978年至1985年这段时间,我们的文学期刊似乎并没有面临岌岌变革的危机。即在一个刚刚解禁的、全民阅读热情高涨的时代,我们的文学期刊似乎并不需要展示自己的特色、招牌来招揽"顾客",他们做的无非就是将刊物的理念作为一种文学想象的逻辑参与到文学现场中,加之其巨大的影响力,几乎恰到好处地促进了文学生产的循环。正如有评论者所阐述的"新时期文学初期是文学期刊的黄金时代,当时的文学期刊动辄发行数十万甚至上百万份,期刊在文学传播中占据绝对的优势地位……当时的文学期刊稳坐钓鱼台,不管杂志变得如何,都不用操心有没有读者……在当时的文学格局中,文学的潮涌方向明确,在迫切的责任感与忧患意识的驱策下,文学主体在价值趋向和审美选择方面,惊人地一致,达成了共识。"[1]到了80年代中期,情况发生了改变。1984年12月29日,国务院就下发了《关于对期刊出版实行自负盈亏的通知》,《通知》中规定:"为了繁荣社会主义文艺创作,中央一级各文学、艺术门类可各有一个作为创作园地的期刊,中国作家协会可有两个大型文学期刊,各省、自治区、直辖市可有一、两个作为文艺创作园地的期刊,这些期刊也应做到保本经营,在未做到之前,仍可由主办单位给予定额补贴。省、自治区、直辖市以下的行署、市、县办的文艺期刊,一律不准用行政事业费给予补贴。"[2]此后,文学期刊受市场化制约的处境进一步明朗,同时前些年过度膨胀的种类增设,导致了行业内的供需不平衡。有评论者说道:"1978年到1985年的7年间,中国期刊总印数增长了5倍多,这种增长速度已经远远超过了读者市场的需求,导致期刊总印

---

[1] 黄发有:《文学传媒与文学传播研究》,南京:南京大学出版社2013年版,第7—8页。

[2] 国务院法规(1984):《关于对期刊出版实行自负盈亏的通知》,1984年12月29日。《人民日报(网络版)法律法规文库》:http://www.people.com.cn/item/flfgk/gwyfg/1984/112704198402.html。

数在1985年突破25亿册（25.6亿册）后，始终上下徘徊，1998年的总印数甚至低于1985年（25.23亿册），直到1999年才跨过人均2册关口，达到28.46亿册。"[1]

在日趋显现的市场竞争的压力下，既保持自己的优势特色又亮出新的招牌成为诸多文学期刊的发展策略。比如，1985年《上海文学》第五、六期，反复出现了启示——《本刊将刷新面貌》，宣扬从七月号开始"本刊将每期推出反映当代文学新潮流的中篇小说一至二篇"[2]"为了让广大读者及时了解作家对生活与艺术的新探求，本刊从七月号起将坚持组发作家作品小辑"[3]"本刊将集中精力从来稿中发现新人新作"[4]等一系列力捧新潮小说、新潮小说家的举动。事实上，也是在此之后，《上海文学》成了"寻根文学"、"先锋小说"的重要推动力量。而像后来《收获》集体推出的"先锋小说"作品、《钟山》杂志推出"新写实小说"专栏等，既体现出了刊物的特色，也着实推动了文学潮流的形成。特别是像《收获》《上海文学》以及《人民文学》等大牌杂志在80年代中期在艺术形式上的探索，以及对文学新人的推崇，引导了当时很多文学期刊自觉地转向了"回到文学自身"，建构起了1983年、1984年"清除精神污染"运动后文学突围现实主义叙述限制的新潮，也推动了新时期以来艺术探索走向高潮。也有一些文学期刊，经过数年的发展，坚守自己的特色，渐成代

---

[1] 邵燕君：《倾斜的文学场——当代文学生产机制的市场化转型》，南京：江苏人民出版社2003年版，第28页。
[2] 编辑部：《本刊将刷新面貌》，《上海文学》1985年第5期。
[3] 同上。
[4] 同上。

表性刊物。比如,《十月》《当代》《花城》《收获》成为当时最有影响的双月刊,并称"四大名旦"。"《当代》为正旦,《收获》系老旦,《花城》是花旦,《十月》乃刀马旦。这一调侃的说法与这几家刊物的个性似乎也还相近,《当代》刊风比较稳健;《收获》是老牌,功底深厚;《花城》具有南国海派风格,比较开放;《十月》这个刀马旦则比较泼辣尖锐,用北京话说内容挺'冲'。"[1]换言之,期刊的特色化也恰是文学期刊繁荣发展的重要标志之一。正如有评论家所说:"除了《人民文学》因其官方色彩和悠久的办刊历史而享有独特地位外,《当代》、《十月》在新时期初年就奠定了其坚持现实主义的底色,而更多的代表性文学期刊却在80年代中期的文化过渡期显示出自己的特色,像《北京文学》对汪曾祺、邓友梅、林斤澜的风情小说的激赏,《上海文学》对寻根文学的推举,《收获》对先锋文学的集中展示,《钟山》为新写实小说鸣锣开道的'大联展',都成为其办刊史上辉煌的一页,也在林立的文学期刊中为自己赢得了文化尊重与象征资本。"[2]

我们还需进一步明确的是,虽然文学期刊的变革继续推动了文学浪潮的形成,引发了文学评论界的热议,然而,80年代中期这些特色作品的发表并没有引发读者对杂志的积极追捧。有研究者注意到:"但由于追求文学的纯粹性、实验性和前卫性,超出了普通读者的欣赏水准和阅读期待,《收获》的订数从1981年的120万册直跌至80年代中

---

[1] 章仲锷:《大型文学期刊与我——我与〈十月〉、〈当代〉、〈文学四季〉和〈中国作家〉》,靳大成:《生机:新时期著名人文期刊素描》,北京:中国文联出版社2003年版,第26页。

[2] 黄发有:《文学传媒与文学传播研究》,南京:南京大学出版社2013年版,第8页。

期的10万册左右。而一向坚持'直面人生、贴近现实',推重现实主义风格作品的《当代》,在这一时期发表的重要作品是一些'现实主义力作',如张炜的《秋天的愤怒》(1985/4)、《古船》(1986/5),柯云路的《夜与昼》(1986/1),以及在读者中产生广泛影响的报告文学作品,如胡平的《世界大串联》(1988/1)、赵瑜的《强国梦》(1988/2)、霍达的《国殇》(1988/3),等等。《当代》的发行纪录是1981年时创下的55万册,1986年时订户近24万,1987年近29万。虽然也跌了近一半,但比起《收获》来,跌幅要小得多。这一时期和《收获》一起作为'先锋文学'主要阵地的几家刊物,如《人民文学》《北京文学》《钟山》《上海文学》,无一例外地印数惨跌,它们有的凭借刊物'树大根深'和及时推出重新吸引读者的栏目或文学潮流,使订数有所回稳,有的则从此元气大伤,长时间难以复原。"[1]当然,期刊发行量的减少,还存在着政治、经济、读者的价值取向等多种原因。比如,国务院于1987年将隶属于文化部的出版局独立出来,设置为国务院的新闻出版署,负责全国新闻出版事业的管理工作。3月29日,中共中央发布了《关于坚决妥善地做好报纸刊物整顿工作的通知》,加强了对期刊的意识形态管理,同年,《人民文学》就受到了处分。还有80年代后期的出国热,使得大量的知识分子更热衷于考托福而不是阅读文学作品,加上,人们的生活越来越丰富,娱乐的选择方式越来越多,也影响了文学期刊的发行量,等等。

从市场的销售来看,从80年代初期销量的大增至80年代中期销

---

[1] 邵燕君:《倾斜的文学场:当代文学生产机制的市场化转型》,南京:江苏人民出版社2003年版,第30—31页。

量的减少，文学期刊经历了一次自身的生存危机，但是如果从编辑们奉行的"文学标准"来看，无论在不在封面上登商业广告，我们依然得承认，那个时候的文学期刊大部分还是保有纯文学的热情和期待的，这直接影响到了80年代后期"寻根""先锋""新写实"文学浪潮涌动中，期刊得以发挥决定性的作用。

三是评论文章的助力。80年代以来，《人民文学》《上海文学》等重要文学期刊都设置了谈作品栏目，对新作进行推介。比如，《上海文学》的"理论""读者评论""批评家俱乐部"等栏目，通过作家、评论家的讨论，在当时构成了一个强大的文学场，不仅对当下的文学创作作出了及时的回应，而且几乎主导了文学流派的形成。另外，1989年第3到6期，《钟山》杂志则以推出"新写实小说大联展"的方式推动了一次文学潮流。编辑们不仅通过描述文类特征和宣言，从概念上去界定一种文学现象，而且通过组织全国范围内的评论家的讨论，来对这一现象进行辨析，推动其成为焦点。现在看来，纳入"大联展"的小说虽然风格各异，甚至有些并非是他们所宣告的、定义的那样的作品，然而对于一股文学潮流的形成来说，显然达到了效果。在我看来，《钟山》推出"新写实小说"固然与主编贾梦玮一贯主张的现实主义原则有关，但她的这种做法不得不说受到了《人民文学》《收获》《上海文学》等杂志在推动形成"伤痕""反思""改革""寻根""先锋"文学潮流中产生的效益的影响。这也说明了，在80年代，文学作品的推出与文学评论的跟进是一件配合默契的事情。

总体上看，金字塔结构的位序方式、期刊对自己特色的展示以及注重文学评论的导引，构成了80年代文学期刊发展的底色。在80年代的文学期刊发展历程中，诸多文学期刊熠熠生辉。而且，尽管面临着前后期销量的变化，但从根本上讲，文学期刊体现出的作家、编辑家们的审美趣味，有效地为文学潮流的涌动提供了范本。如果说在新时期之初，文学刚刚解禁，各大文学期刊纷纷以自己的大踏步前行体现了自身的时代责任感和知识分子使命意识的话，那么80年代中期，文学潮流呈现出多水分流的趋向，不管是出于市场的考虑还是文学审美选择，文学期刊对作品的选择以及在文坛热点话题的制造上，都发挥了积极的作用。

此外，在谈论文学期刊的影响力时，不得不谈的便是期刊主编、编辑的影响力。近些年在学界"重回八十年代"的研究热情中，一些当时热门刊物的编辑也纷纷撰文来展示当时的图景，这让我们从资料中看到了当时编辑与作家们的亲密关系，以及良好的互动与交流。比如，曾任《人民文学》主编的朱伟在说到编辑王朝垠对韩少功的发掘时，说道："王朝垠确实是为他付出了心血的，每个优秀作家背后一定有一个优秀的编辑——从《七月洪峰》直到《爸爸爸》、《女女女》，他早期'三级跳'的作品，都是经王朝垠的手，发表在《人民文学》上。"[1] 又如，曾任《收获》杂志编辑的程永新在《一个人的文学史》一书中，呈现了大量作家与编辑交往的信件等资料。从中我们清晰地看到了两者的紧密关系，甚至编辑在作家创作方向上的指导性。可以说，在80年代的文坛上，作家的成名与文学期刊的助力间构成了鲜明的关系图景。比如，刘心武、莫言与《人民文学》；马原、陈村与

---

[1] 朱伟：《重读八十年代》，北京：中信出版集团2018年版，第52页。

《上海文学》；余华与《北京文学》《收获》等，这些作家在编辑们的赏识中迅速走向文坛。在一个几乎人人热爱文学的年代中，写作者通过文学期刊走向文学创作之路是一种常态。

当时很多文学期刊的编辑本身就是知名的作家或文学评论家，他们的写作或批评在文坛上能产生很大的影响力。比如，《人民文学》自新时期复刊到80年代末共有四位主编：张光年、李季、王蒙、刘心武，他们本来就是《人民文学》的主力创作家，王蒙和刘心武的作品在当时的影响力非常大，已具有引领文学潮流的效能。《北京文学》的主编李陀在文学圈子中影响力很大，他对郑万隆、阿城、马原、残雪、余华等人作品的发表的推动，明显看出其对八十年代文学走向的导航性作用。《上海文学》的主编李子云，不仅在政治气氛紧张的时刻大胆地发表了讨论"现代派"的文章，而且她的眼力、判断力对"寻根文学""先锋小说"浪潮的崛起至关重要，成为80年代中后期上海文学创新风气的引领者。同时，在80年代文学舞台上，期刊编辑们的"自我意识"能够较有效地转换为期刊的办刊意识，与作家建立了一种良好的互动关系。余华曾回忆："我十分怀念那个时代，在八十年代的初期，几乎所有的编辑都在认真地读着自由来稿，一旦发现了一部好作品，编辑们就会互相传阅，整个编辑部都会兴奋起来。而且当时寄稿件不用花钱，只要在信封上剪去一个角，就让刊物去邮资总付了。"[1]因此，文学期刊编辑们的审美力和视野，构成了80年代文艺发展图景的重要部分了，在文学潮流的涌动中发挥了重要作用。

---

[1] 余华：《回忆十七年前》，《北京文学》2000年第9期。

第二节 《人民文学》：风向标意义

作为与共和国同时诞生的国家级文学期刊，《人民文学》处于金字塔的顶端，它与文艺政策的同步以及文学审美视线的变化有着 80 年代文学风向标的意义。从历时性的角度来看，1976 年复刊后，因其独特的地位以及对时势的敏感力，在"伤痕""反思""改革"文学潮流的形成中起了巨大的引领作用。而且，它最先在全国文艺期刊中发起优秀作品选评活动、积极地发表具有创新写作手法的小说，引领了文坛对新潮小说的接纳热情。同时，在文艺政策调整及思想运动整改中，它所受的影响首当其冲，特别是 1987 年第 3 期因发表《亮出你的舌苔或空空荡荡》而导致主编受处分后，杂志便鲜有新潮小说发表，直到 1989 年才推出"先锋小说"专栏。在这股潮流的营造上，体现出了某种"滞后性"，但也通过它的确证，进一步说明了文坛对潮流的命名力量。无论如何，《人民文学》的风向标意义不容忽视。

70 年代末期《人民文学》便开始打破沉闷的文学局面、开启 80 年代思想解放潮流，使其在新时期初期，充分发挥了"潮头"刊物的作用。当时发表《班主任》的历程就是一个典型的例子。曾任新时期《人民文学》编辑的崔道怡在回忆中称其发表的《班主任》为"第一朵报春花"："就在我国文坛乍暖还寒的时刻，《人民文学》的主编张光年，为精神饥渴的人们奉献出了第一朵报春花——青年作家刘心武的

《班主任》。"[1]《班主任》的发表并非一帆风顺。据编辑回忆,看了稿子后被它所抒发的情绪感动,"仅用'耳目一新'来表述还不够,可以说用得上'催人泪下'了"[2]。但这样一篇题材切中当时社会问题的小说,却面临过很多顾虑,"当时负责终审的副主编十分为难,不敢拍板。他把这篇小说交给一些编辑传阅,引发出了两种意见。一种认为:所写太尖锐了,属于暴露文学,恐怕不宜发表;一种认为:作品主要塑造张老师这正面形象,作为揭批'四人帮'的小说,应该发表。遭遇两种相反意见,终审仍'没有把握',只好提请主编张光年裁决。"[3]最终,作品得到了张光年的肯定,虽作了修改,但终得发表。

1977年11月,《人民文学》头条推出了《班主任》,一石激起千层浪,不仅引发了读者的巨大共鸣,而且直接带动了"伤痕小说"浪潮的涌动。据编辑回忆:"《班主任》出世当月,张光年主持了'四人帮'垮台后的第一次短篇小说座谈会。紧接着,12月,他主持召开了百多位文学界人士参加的全国性会议,批判'文艺黑线专政'论。1978年1月,《人民文学》发表徐迟的报告文学《哥德巴赫猜想》。这是又一振聋发聩之作,为3月召开的全国科学大会提供了文学的报告。此后,刊物陆续推出一系列以批判'四人帮'罪行及其思想体系为主旨的小说。当年8月11日,《文汇报》发表卢新华的小说《伤

---

[1] 崔道怡:《早春的记忆——复刊时期的〈人民文学〉》,靳大成:《生机:新时期著名人文期刊素描》,北京:中国文联出版社2003年版,第26页。

[2] 同上,第7页。

[3] 同上,第9页。

痕》，也引起了广泛反响。后因《伤痕》题目切合题旨，遂被引为这类作品的代称。事实上，开'伤痕文学'先河之作，应该说是早于《伤痕》十个月出世的《班主任》。"[1]实际上，《人民文学》以独到的眼光和魄力不失时机地推出《班主任》，一方面适时地表达了经历了十年"文革"的人民大众的情感，在文学作品数量尚少的70年代末、80年代初大面积的引发了共鸣的情绪。例如刘心武在作品发表后收到的来自全国各地的信件，人们纷纷借由作品抒发自己的情感，并积极探讨社会问题、人生问题。另一方面，《班主任》是一个标杆，提示出了《人民文学》以及当时文坛对"伤痕""反思"叙事的关注。"早在刘心武的《班主任》发表之前，《人民文学》上就开始自觉地发表了一些反映'文革'灾难的作品，如萧育轩的《心声》（刊于1977年第4期）、叶文玲的《雪飘除夕》（刊于1977年第5期）和萧育轩的《希望》（刊于1977年第6期）。"[2]在《班主任》之后，借着读者们的良好反应，《人民文学》又推出了茹志鹃的《剪辑错了的故事》（1979年第2期）、张弦的《记忆》（1979年第3期）、徐怀中的《西线轶事》（1980年第1期）、李国文的《月食》（1980年第3期）、莫应丰的《竹叶子》（1980年第9期）、韩少功的《西望茅草地》（1980年第10期）、茹志鹃的《三榜之前》（1980年第12期）、张斌的《柳叶桃》（1981年第11期）、谌容的《杨月月与萨特之研究》（1983年第3

---

[1] 崔道怡：《早春的记忆——复刊时期的〈人民文学〉》，靳大成：《生机：新时期著名人文期刊素描》，北京：中国文联出版社2003年版，第13页。

[2] 郑纳新：《伤痕—反思文学与当代历史书写——以〈人民文学〉为中心的考察》，《渤海大学学报（哲学社会科学版）》2010年第3期。

期)、石言的《秋雪湖之恋》(1983年第10期)等一系列反映时代创伤、书写个人历史遭遇的作品,推动形成了"伤痕—反思文学"浪潮。

随后,紧跟政策脚步和时代风云,《人民文学》还推出了一系列的"改革文学"作品,包括:蒋子龙的《乔厂长上任记》(1979年第7期)、《乔厂长后传》(1980年第2期)、《拜年》(1982年第3期),《燕赵悲歌》(1984年第7期)、柯云路的《三千万》(1980年第11期)等。不仅是工业战线上的改革,而且反映农村改革的文学作品也相继问世,高晓声的《陈奂生上城》(1980年第2期)、《陈奂生包产》(1982年第3期)、张一弓的《挂匾》(1984年第10期)、何士光的《乡场上》(1980年第8期)、《种包谷的老人》(1982年第6期)、《赶场即事》(1981年第2期)、《庄稼人轶事》(1983年第2期)、《又是桃李花开时》(1984年第10期)、《远行》(1985年第8期)、《苦寒行》(1987年第4期)、《日子》(1989年第1期)、陈忠实的《苦恼》(1981年第1期)、王润滋的《内当家》(1981年第3期)等,推动形成了"改革文学"浪潮。

可见,从"文革"刚结束的乍暖还寒时节发表《班主任》,到1979年闻讯而动地发表了《乔厂长上任记》,《人民文学》敏锐地把握了政策动向、反映了时代气息、繁荣了社会主义文艺。恰如研究者吴俊所说:"《人民文学》获得的是国家权力予以充分保障的政治资源、社会资源和经济资源等等的全面支持。《人民文学》也不能不被赋予应当而且必须代表或承担新中国新文艺的最高政治文化使命。"[1]这种使命的意识构成了《人民文学》的内在精神气质,也推动了它在80年代初期文坛上的

---

[1] 吴俊:《〈人民文学〉与"国家文学"——关于中国当代文学的制度设计》,《扬子江评论》2007年第1期。

形象的建构和作用的发挥，承担了成为文学作品走向的"阵地"职能。

到了80年代中期，《人民文学》作为一个重量级的刊物，自然地融入文坛对新的艺术形式的探索热情中，于1985年第3期"编者的话"中就这样表决心："刊物办久了有时也和人上了年纪一样，在打开了局面、走出了路子、积累了经验的同时，却也不免有形无形地造就了自己固定的模式——套子，也造就了读者对这种刊物的固定看法，造就了读者、作者、编者你影响我、我影响你、老车熟路、难得破格发展的既成观念和事实。鉴于此，本刊有志于突破自己的无形框子久矣：青春的锐气，活泼的生命，正是我们的向往。"[1]此时，主编王蒙锐意改革，积极地尝试推出各类具有特色的新人、新作，发表了刘索拉的《你别无选择》（1985年第3期）、徐星的《无主题变奏》（1985年第7期）、残雪的《山上的小屋》（1985年第8期）、莫言的《爆炸》（1985年第12期）、《红高粱》（1986年第2期）等作品。1986年中期，刘心武接手主编工作后，继续推进艺术形式的探索，于1987年第1、2期合刊上，集中刊发了马原的《大元和他的寓言》、莫言的《欢乐》、北村的《谐振》、孙甘露的《我是少年酒坛子》、叶曙明的《环食·空城》、乐陵的《扳网》、杨争光的《土声》等对传统小说叙事方式构成挑战的作品。同期刊载的编辑部文章《更自由地扇动文学的翅膀》中写道："文学也要改革。这不仅意味着有一部分作家将保持着他们对中国大地上所进行的，不仅关系着全民族命运，甚至也关系着全人类命运的伟大改革的关注与热情，将向人数最庞大的读者群提

---

[1]　《编者的话》，《人民文学》1985年第3期。

供从他们心中流出的切近现实、感时抚事的佳作,也意味着文学的多元化趋势必将进一步发展,并得到社会的进一步容纳,包括那些远离政治和经济,远离社会和大多数读者,可以大体上被称为追求唯美,或被称为'前锋文学'的'小圈子'里的精心或漫不经心的结撰。"[1]"你可以坚守你所倾心的那一元,也可以不断改变你所投向的那一元,也可以同你所不喜欢不赞同的那一元进行平等的争鸣,但不可以用'卧榻之侧,岂容他人酣睡'的态度和手段,来对待你那一元之外的其他各元。在多元化中大家应遵循'在文学面前人人平等'的原则。鉴于此,本刊重申:作为中国作家协会主办的一份刊物,我们是为老、中、青所有作家服务的,是既为专业也为业余、既为名家也为新人服务的,是对各种品类、各种风格、各种流派的作品敞开园地的。"[2]同时,因为此期发表的《亮出你的舌苔或空空荡荡》被有关人士认为违反了民族政策而遭到强烈批评,期刊做出检讨[3],主编刘心武被停职检查。这个事件本身说明了《人民文学》比一般的文学期刊更易受到政治意识形态的影响。此后,《人民文学》一直倾向于发表现实主义的作品,直到1989年第3期,以"小说专号"的形式集中刊发了格非的《风琴》、苏童的《仪式的完成》、余华的《鲜血梅花》等小说。"编者的话"中这样写道:"余华、格非、苏童是近两年

---

[1] 编辑部:《更自由地扇动文学的翅膀》,《人民文学》1987年第1、2期合刊。
[2] 同上。
[3] 1987年《人民文学》第3期,本刊编辑部发表文章《严重的错误 沉重的教训》中提道:"主要的,是因为一个时期以来社会上资产阶级自由化思潮泛滥,造成我们编辑部相当严重的思想混乱。面对所谓的'文学新潮',一些编辑人员片面追求艺术探索,不仅缺乏起码的民族政策、宗教政策观念,而且也淡薄了文艺为人民服务、为社会主义服务应有的责任感。"

锐意创新的新生代作家，各以他们奇诡的追求引人瞩目，而今头一回在本刊'亮相'，各自显露独家招数。"[1]此时，在《收获》《上海文学》等期刊上亮相的这三个人，已经成了评论界眼中"先锋文学"的代表，《人民文学》此时发表他们的作品，当然不具备推送新人的意义，然而发表这三位作家充满实验风格的小说，再次表明《人民文学》对自身文坛风向标意义的确认。

在对文学潮流的影响力上，还值得一提的是《人民文学》与"寻根文学"浪潮的关系。现在看来，此潮流的形成离不开《上海文学》推动召开的"杭州会议"，而就发表作品的规模来讲，离不开《人民文学》于1984年和1985年发表的一系列与"寻根"相关的作品。比如：李杭育的《土地与神》（1984年第6期）、阿城的《树桩》（1984年第10期）、乌热尔图的《堕着露珠的清晨》（1984年第10期）、阿城的《孩子王》（1985年第2期）、张承志的《九座宫殿》（1985年第4期）、韩少功的《爸爸爸》（1985年第6期）、叶蔚林的《五个女子和一根绳子》（1985年第6期）、李杭育的《草坡上那只风筝》（1985年第9期）、贾平凹的《黑氏》（1985年第10期）等等，这些作品的发表实际上提示了文学创作的新讯息，为后来评论者的命名提供了依据，因此《人民文学》的作品导向意义很大。

有评论家曾说："在时代政治的阶段性固化规约与文学的恒常维度的守护之间、在时世的变迁与艺术的刷新之间，《人民文学》一直试图寻找到刊物整体上应该生出的精神对接点，即脉搏的跳动点，在这个

---

[1] 《编者的话》：《人民文学》1989年第3期。

点上我们可以把捉到世道与人心、历史与艺术的综合脉动。"[1]比起其他文学期刊,《人民文学》的确有着更高的社会使命感和现实主义意识,在80年代这个文学创作蓬勃兴起的年代,他通过推动"伤痕—反思"、"改革"文学作品,率先打开了现实主义创作的新思路,在反映时代风云变化主题的把握上成为重要的阵地,而它在艺术探索新作上的跟进及遇到的打击也说明了80年代文坛在文艺方针政策与创作实践上的矛盾性和复杂性。

第三节 《上海文学》《收获》: 新潮小说丰饶的沃土

《上海文学》《收获》地处上海,在80年代的中国期刊界影响巨大。从刊物归属上来看,1977年10月复刊的《上海文学》属于上海作协,复刊后的编辑部主任是钟望阳,直到1985年第6期,才有主编、副主编的提法,巴金为主编,副主编则是茹志鹃、李子云,巴金接任主编直至1989年,1987年第10期开始,周介人加入任执行副主编。1979年复刊的《收获》属于"收获编辑委员会",1988年5月之前副主编是萧岱[2]和李小林,萧岱去世后,主要由李小林负责,而一直

---

[1] 施战军:《〈人民文学〉六十年:编者的文心和史心》,《文艺争鸣》2009年第5期。

[2] 萧岱于1988年5月14日逝世,1988年第4期《收获》发表王元化的《向萧岱告别》一文。

以来主编都是巴金。这两个刊物在复刊更名和隶属关系上有着千丝万缕的联系，董国和在梳理《上海文学》的历史沿革中指出《上海文学》是由原来的《收获》演变来的，而后《收获》又复刊，实际上是创办了一个新的《收获》，他说："甩下前刊，也就埋下了总期号混乱的祸根，也让它在与前两个《收获》关系上成了一笔糊涂账。由中国作家协会主办的《收获》应姓'中'，由《上海文学》更名改版的《收获》应姓'上'。那1979年'复刊'的《收获》呢？按道理它也应姓'上'，它总期数为十五期，就表明与姓'上'《收获》是一家。但就因它晚出世两年，'户口'已被《上海文学》鹊巢鸠占，只好落在了'收获编辑委员会'家里改姓为'收'。"[1]历史更迭、风云变幻，不管其在复刊前有着怎样的纠缠，在80年代的文坛上，这一入驻于上海这个独特的文化空间中的刊物，在文学作品的艺术创新上都发挥了重要的作用。一些在《人民文学》上不能发表的作品在此得以发表，一些新潮的理论在这里被阐发，它为新作和新评提供了沃土，并借助读者对文学期刊的热情最终推动了80年代中期以后中国小说界新浪潮的形成。可以说，这两个刊物在80年代作用力的形成，一方面得益于地处上海。相对于《人民文学》所在地北京来讲，新时期上海的文学空气相对自由，这给文学创新提供了更大胆及更持续的支持力；另一方面得益于巴金、夏衍等老一辈文学家在文学观念冲突时刻的庇护，以及沪上一大批青年批评家的意气冲天。此时，两个刊物都有一个核心人物巴金，巴老对年轻的文学力量的形成起了重要作用，正如"先

---

[1] 董国和：《〈上海文学〉的历史沿革》，《出版史料》2010年第2期。

锋小说"代表作家余华说过的:"就是因为巴金的长寿,才能让像我这样的作家有足够的时间自由成长,《活着》就是这样。"[1]

首先,关于《上海文学》的影响力。其锐意创新的姿态十分鲜明,虽然不及《人民文学》和《收获》那样通过大规模地发表某类作品带动出文坛对作品潮流的命名,但却展现出了自由、大胆、灵动的气质。1979年第4期发表《为文艺正名》一文,在乍暖还寒的日子里,较早地为文学艺术发展摆脱政治束缚发出了呼声。1982年第8期推出了冯骥才、李陀、刘心武三人就高行健的《现代小说技巧初探》互相交流的三封书信,突围了当时压抑、紧张地政治氛围,引发了对现代派技巧的运用热情。当时发表这样的作品可谓大胆,显示了上海相对自由的文学风气。又如,对1984年底召开"杭州会议"一事,《上海文学》起了很大的推动作用,此次会议酝酿了"寻根文学"宣言。据参会者蔡翔回忆到:"在整个的八十年代中,《上海文学》无疑占据着一个非常抢眼的重要位置……会议结束以后,次年四月,韩少功在《作家》杂志发表《文学的根》一文,方明确有了'寻根'一词。稍后,阿城、郑义等人在《文艺报》撰文展开文化讨论,标志着'寻根'文学真正开始兴起。而《上海文学》则连续发表了韩少功《归去来》、郑万隆《老棒子酒馆》等作品,推动着'寻根文学'的进一步发展。而这些应该说与'杭州会议'有着种种内在瓜葛"。[2]当

---

[1] 《余华清华开讲谈〈活着〉:它是我的一本"幸运之书"》,新浪读书,http://www.chinawriter.com.cn/n1/2016/0927/c405058-28744236.html,2016年9月27日。

[2] 蔡翔:《有关"杭州会议"的前后》,《当代作家评论》2000年第6期。

时的"杭州会议"实际上是《上海文学》推动开展的，至1985年，《上海文学》更是大力支持浪潮的推进，发表了郑万隆、阿城、韩少功等人的"寻根文学"作品。同年，她还发表了马原的作品《冈底斯的诱惑》、《海的印象》等，这不仅使马原式的写作在文坛产生了轰动效应，而且使马原成了"先锋作家们"的作家，直接带动了当时"先锋文学"浪潮的产生。1987年发表的池莉的《烦恼人生》、林白的《左边是墙，右边是墙》等作品，成为"新写实小说"和"新生代小说"的代表，1988年、1989年又发表了诸如余华、苏童、孙甘露等"先锋作家"的作品。总体而言，80年代的《上海文学》对年轻的作家们在文学观念以及写作手法上的创新做出了充分的肯定，对80年代中后期乃至90年代小说潮流的变动有着敏锐的把握力。

特别值得一提的是，1985年开始，《上海文学》的"理论"栏目持续推出了新作的评论以及创新性文艺理论的推介，1986年还推出了吴亮、陈思和、朱立元、杨文虎、殷国明、方克强等年轻评论家们的"评论小辑"。这些评论紧扣时代脉搏，对文坛的新作、新现象做出积极的反馈，并且以敏锐的才智大胆引入西方的各种文艺理论及评论方法，推动了评论与文本创作的互动。比如，吴亮在《城市人：他的生态与心态》（1986年第1期）中引用菲利普·潘什梅尔的话，表现了他对城市中"无背景""角色更替""隐名状态""孤岛状态""领域权威"等生态情况的深刻思考。陈思和在《中国新文学发展中的忏悔意识——关于人对自身认识的一个侧面》（1986年第2期）中指出中国新文学发展中的忏悔意识一开始更多地是来自西方，并与西方文化有着密切的血缘联系。论者围绕"忏悔的人"和"人的忏悔"，指出现代中国关于人在自身认识方面经历了曲折的历程。朱立元在《关于接受美学的断想：文艺鉴赏的主体性》（1986 年第 5 期）中推出了读者接受的批评视角。诸如这些理论文章，不仅直接推动了文学批评的发展，而且，与文学创作形成了紧密的互文性。

在《上海文学》的发展史上，周介人是一个重要的人物。雷达认为周介人"创造了一个类型，或者把一个类型完善化了，那就是，编辑家型的评论家，或评论家型的编辑家。他的学识，他的理论，他的编辑实践，他主持刊物的行为模式，本身就构成了一种文化存在方式和文化精神。全国类似于周介人式的生活方式的人，也就是文学书刊编辑，不知有多少。在他之前，很多，在他之后，更多，而周介人在历史语境剧变之际，把他们的生存与精神，提到了一个新的精神高度……对周介人来说，最核心的还是他那鞠躬尽瘁的献身精神。"[1]周介人的文章中，既有大量关于创作观念、创作手法、技巧的理论建构，也有对新作的评介和与作者探讨文本的文章，还有自己对编辑工作的感悟总结。这些文学观点和批评实践，充分说明了作为编辑的周介人的"职业素养"，更重要的是，他对青年批评家及作家在文坛的发光发热起了很大的作用。如毛时安、程德培、许子东、吴亮、陈思和、王晓明、南帆、蔡翔等人在 80 年代的崛起都离不开周介人的呕心沥血。当时的青年批评家李劼认为："周介人确实是有一定的眼光，虽然其感觉并不十分敏锐。不过，他挑剔起来，也让人吃不消。他仗着一些作家和评论家是《上海文学》周围的朋友，对他

---

[1] 雷达：《周介人的人格与文格》，《当代作家评论》1999 年第 1 期。

们的作品特别挑剔。人家拿了最好的作品和文章给他，他还要从鸡蛋里挑骨头。"[1] "周介人对评论有一定的评判眼光。相比于他在小说诗歌上的眼光，他在评论文章上的鉴赏力，可能是更为出色。虽然他有他的口味，虽然他把我的许多文章都看作是随便伸在外面的胳膊，虽然他死活不肯发表陈晓明的文章，但我还是得说，他懂评论。"[2] 当然，李劼还谈到了周介人"小人"、"不公"的一面，"周介人对我们三人的新潮小说评论有意无意的漠视，造成的后果便是，这段历史如今成了空白。"[3] 事隔多年，我们来看李劼的这些评语，可见周介人的影响力，而李劼的这种直言不讳，也带着 80 年代的批评界的直率劲。

其次，关于《收获》的影响力。在其 80 年代历程中，被文学史反复提及的应属 1987 年推出的"先锋小说"专栏。当时第五、六期集中推出了《极地之侧》（第 5 期）、《信使之函》（第 5 期）、《四月三日事件》（第 5 期）、《1934 年的逃亡》（第 5 期）、《上下都很平坦》（第 5 期）、《一九八六年》（第 6 期）、《迷舟》（第 6 期）等作品，这使马原、洪峰、余华、苏童、格非、孙甘露、叶兆言等年轻作家迅速走向文坛的中心，也使这些作家在文学史上有了一席之地。然而，如果跳出文学史的"先锋小说"命名这一字眼，进入《收获》文本的细部分析，我们则可以看到：《收获》的先锋意识并不仅仅在推出了后来被文学史命名的"先锋小说"，而在它在新作发表方面一直保持着新锐感。

---

[1] 李劼：《中国八十年代文学历史备忘》，未公开发表。
[2] 同上。
[3] 同上。

像 1986 年、1987 年、1988 年的第 5、6 期,都对新潮小说进行了集中的展示,而当时的新锐作家除了上述的"先锋小说家",还包括王朔、林白等这些在文学史上被归为 90 年代产生影响力的作家。从作品发表的实际情况来看,《收获》已经注意到了他们的新潮性。当时,还包括一些非大陆的作家以及读者特别陌生的作家、作品。比如,"先锋小说"之后,《收获》于 1988 年 1 至 6 期以及 1989 年 1 至 6 期开设的"朝花夕拾"栏目持续推出各种新锐作品,并设"主持人的话"来进行导读。例如 1988 年第 6 期,李子云写道:"上期在本栏目中推荐了张系国的科幻小说《超人列传》,在这期,我们介绍一篇融科幻、荒诞、寓言于一体的小说,即叶言都所作的《高卡档案》。"[1]这些作者以及作品相对文坛来讲都是新鲜的,在主持人的话中,往往既有对作者的介绍,也有对作品的解读,其共同点则在作品的写作手法基本都出离于传统的现实主义。像 1988 年第 4 期推出的王湘琦的两部作品,作者是新人,又刚刚获得了台湾 1987 年年度小说新人奖,其作品《没卵头的家伙》充满了荒诞、滑稽感,是中国作家笔下比较少见的风格。

　　《收获》对新作的支持也包含着对新人的重视。有研究者在谈到《收获》与"先锋文学"的关系时,提到在 1979 年复刊之后,"《收获》一直重视扶持文学新人,并在年轻作家遇到困难时作为坚强后盾,给予帮助和保护。从维熙的《大墙下的红玉兰》发表后,被质疑为苏修'解冻文学'的中国版,并有监狱管理部门的人员'称其恶攻

---

[1] 李子云:《主持人的话》,《收获》1988 年第 6 期。

了'无产阶级专政'",《收获》在接到揭发的匿名信后承受了压力，但萧岱在处理时勇于承担，坚持认为没有错误。"[1]当然，就复刊后的《收获》大规模地扶植文学新秀而言，还是从先锋作家群开始。"《收获》在八十年代后期对这批青年作家的扶持，是对期刊形象的重新塑造，在某种意义上收获了一种未来。"[2]"不容忽视的是，一九八五年正是《收获》从上海文艺出版社收回出版发行权的年份，该刊应时而动，通过对先锋作家的集中扶持，增强他们的自信心，也以一种远见，收获了一种文学的未来。"[3]

《收获》杂志社的编辑与作者（特别是年轻的作者）间保持互动及相互扶持的良好关系。主编李小林对各种作品的判断力很好，有着敏锐的艺术直觉，她在作家圈子中有着良好的口碑，与一些名作家之间的交往也很深，比如谌容、张辛欣都是她的朋友。李小林与余秋雨是大学同学，她鼓励余秋雨把每个地方考察后的心得写成文章记录下来，于是《文化苦旅》《山居笔记》成了《收获》杂志的名牌栏目。换言之，李小林在一定程度上对余秋雨成为散文大师起了促进作用。"先锋小说家"代表余华，在许多场合都曾谈及李小林是中国最好的编辑。可以说，《收获》的编辑与作家们保持着亲密性，编辑程永新于2007年整理出版、2018年又修订再版的《一个人的文学史》中呈现的材料就能证明这一点。我们从一些年轻作者于80年代写给编辑的信，即可见出彼此在探讨文学作品写作、作品发表情况上的坦诚

---

[1] 黄发有：《〈收获〉与先锋文学》，《当代作家评论》2014年第5期。
[2] 同上。
[3] 同上。

和亲密。比如，扎西达娃于 1986 年 8 月 8 日写给程永新的信中谈及《西藏文学》6 月号，"《西藏文学》6 月号能得到贵刊好评，我感到很高兴，其他作者都收到了你的来信，我们谈了一下，对下一步创作都有信心。"[1] "6 月号在西藏引起了反响，上面领导对此大为不满。……归根结底又谈到什么'为谁服务'的问题，然后表示，今后西藏不发这类作品。我很无所谓，遗憾的是，西藏的评论界死气沉沉，他们根本还没有形成新的思维观念。"[2]这实际上也表明了内地刊物对上海这个刊物的向往之情。这种 80 年代建立的友情，也一直延续至今，余华在给程永新最新出版的小说集写序时，不禁追忆起彼此亲密无间的青春岁月："不知道有多少个夜晚我们在一起下军棋下围棋还要打扑克，熬到天亮熬得头晕眼花，然后将巨鹿路 675 号四周的小餐馆通通吃遍。"[3]苏童把程永新视为多年好友，并动情地写道："二十多年过去以后，文学创作仍然把我们紧紧地拴在一起。"[4]而程永新对他们从青年一直交往到中年的友谊满怀信心，"不出意外的话，这种友情还会往前延伸，这是因为苏童的宽厚，因为苏童的重情重义。"[5]总之，编辑与作者之间的亲密关系是《收获》这个品牌经

---

[1] 程永新编著：《一个人的文学史（上）》，上海：上海文艺出版社 2018 年版，第 11 页。

[2] 同上，第 11 — 12 页。

[3] 余华：《一切都是八十年代式的》，程永新编著：《一个人的文学史（下）》，上海：上海文艺出版社 2018 年版，第 7 页。

[4] 苏童：《提前和推后的文学宴会》，程永新编著：《一个人的文学史（下）》，上海：上海文艺出版社 2018 年版，第 25 页。

[5] 程永新：《我与文学有个约会》，程永新编著：《一个人的文学史（下）》，上海：上海文艺出版社 2018 年版，第 325 页。

久不散的魅力,程永新曾回忆到:"在《收获》最困难的时候,作家们会说,我们不要稿费,也照样支持你们刊物。"[1]这是80年代末期市场经济占据引导性地位后,《收获》在文学上保持的姿态。

可见,从80年代初期大胆突围、开启文学创新气氛,到80年代中后期一次又一次地带动新的文学浪潮,培育创作新人,《上海文学》《收获》等文学刊物,在上海这个借助改革开放之势而勇于探索的日新月异的现代大都市,形成了自己独特的创作、批评小生态,推动了80年代文学的更新。

第四节 《钟山》:适市场而动的成功策划

《钟山》杂志的扬名离不开1989年那场轰轰烈烈的"新写实小说大联展",以及那些年不断以发文的形式聚集到它旗下的重要文学评论家和作家。换言之,在1988年以后,整个文坛的文学杂志因抵不住经济大潮冲击而出现了生存危机的情况下,《钟山》脱颖而出自有其独特之处。

80年代中后期,市场经济改革进一步推行,新闻出版署也出台了报刊、期刊社、出版社开展有偿经营活动的办法,其在5月6日发表意见指出:"在发展社会主义有计划的商品经济的条件下,出版社必须

---

[1] 程永新:《我与文学有个约会》,程永新编著:《一个人的文学史(下)》,上海:上海文艺出版社2018年版,第337页。

由生产型向生产经营型转变，使出版社既是图书的出版者，又是图书的经营者。为适应这种转变，就需要积极而又稳妥地对出版社原来的体制，包括领导体制、经营体制、管理体制、人事体制、分配体制等进行改革，以提高出版的应变能力、竞争能力和自我发展能力。"[1]实际上，出版社、期刊社等部门必须置于市场经济环境中的生存方式，已成为必然，意见的出台只是从政策上肯定了出版机构的商业行为，这也促进了各个文学期刊走向特色化发展道路，找到市场竞争中的有效策略。1988年《钟山》杂志对"自我形象"的鲜明展示，显然是一种体现。

1988年的最后一期，《钟山》杂志刊登了将于第二年举办"新写实小说大联展"的文讯启示。虽然，真正的作品直到第二年的第三期才开始推出，但是这则文讯显然以一种绝对优先的姿态，在文坛上宣布了《钟山》杂志对近年来出现的现实主义风格的作品的关注，加上与它同步推出的各类评论文章，甚至给人一种《钟山》杂志决定了"新写实小说"作品出场的感觉。不得不说，在1988年这个文坛空间中，在大多数文学编辑还在追随西方现代艺术写作手法的时候，《钟山》杂志却转向了对现实主义写作手法的关注，这显示出了它独特的市场敏感性。

当然，有意思的是，市场似乎不是文学杂志所热烈拥抱的一个词汇，80年代末期的文学期刊依然保持着自己在纯文学之路上展现梦想

---

[1] 中共中央宣传部、新闻出版署：《关于当前出版社改革的若干意见》，中国出版工作者协会、中国出版科学研究所编：《中国出版年鉴1989》，北京：中国书籍出版社1991年版，第36页。

的姿态。早在 1988 年 10 月,《钟山》杂志联合《文学评论》在太湖之滨召开了名为"现实主义与先锋文学"的研讨会,这次会议上研究者们对文坛出现的现实主义文本的关注,应该对《钟山》杂志的行动产生了重要的影响。此外,参与过"新写实小说大联展策划"的王干在采访中说到,《钟山》的举措为的是分享文坛的话语权而非经济利益,他说:"当时《钟山》还是希望在全国文学期刊当中,能够领风气之先,能够推动文学思潮的发展,能够发现一批好的作家,尤其是能够把江苏的一些作家推到全国。所以你看'新写实大联展'当中江苏作家占的数量很大。最初的'新写实'的策划和创意,没有太多的市场意识,主要还是带有思潮前瞻性和对'文学话语权'的争夺的意思。当时还没有'话语权'这个概念,现在回过头来看,是想要掌控或者说参与'话语权'的分享。因为当时'文学话语权'主要在北京和上海,南京是一个中间地带,所以《钟山》不像《收获》,也不像《人民文学》《当代》《十月》。"[1] "当时《钟山》策划'新写实',主要是想参与话语权的分享,这个是主要的意图。"[2] 从杂志的意图上来讲,王干的此番话很真实,因为在 80 年代,对于大多数文学期刊,特别是那些大型文学期刊而言,它介入 80 年代文学现象、实践文学理想的姿态还是十分鲜明的。不过,若在今天来看当时已经日见凸显的经济场的氛围,《钟山》杂志的市场意识是很强烈的,而且,如果说它的"新写实小说大联展"是一次成功的出场的话,一定意义上,对市场

---

[1] 王干、赵天成:《80、90 年代间的"新写实"》,《文艺争鸣》2015 年第 6 期。
[2] 同上。

的敏锐地把握本身展示了它的"话语权"。

更重要的是,话语权背后是经济实力的支撑,《钟山》就具有这样的经济实力。作家马原曾说过:"1984 年的时候《钟山》杂志决定改版,他们在 1984、1985 年之交,做过一件很有意思的事情。他们要当经纪人,要签一大批作家:你只要和我们签约了,你拿的稿费就比别人高。《钟山》一口气签了四十多个人。……《钟山》一下子签了四十三个,没排上我。我没签上的结果就是我损失很大,假如我要给《钟山》写稿,别的刊物一千字是十元的话,《钟山》就有可能给十五元。我每写一千字我就要损失五元钱。那时候这可是不得了的事。"[1]也有研究者也曾说过:"在接受笔者的采访的过程中,王干先生没有透露组稿过程中的一些细节,但是据有关作家对《钟山》组稿历史的回忆,我们可以推断出《钟山》实则是以重金作为作家的酬劳的,商品经济中的运行机制已经介入到《钟山》的运作过程中来。"[2]同时,《钟山》还进行文学奖的评选活动,1988 年底就举办"创刊十周年纪念"及"第二届《钟山》文学奖评奖活动",并且举办了具有强烈商业气息的颁奖仪式和文艺演出,邀请著名歌星来表演。在 1989 年第 3 期至 1990 年第 3 期开展"新写实小说大联展"的过程中,也选出获奖作品,给予奖金。不管怎么说,《钟山》都有着以高稿酬、高奖金吸纳作品的运作方式。

---

[1] 马原:《我与先锋文学——在第二届上海大学周的演讲》,《上海文学》2007 年第 9 期。

[2] 张小刚:《传媒与"新写实小说"的兴起》,北京:中国社会科学出版社 2016 年版,第 90 页。

换言之,《钟山》在 80 年代末期介入文学史事件的成功,离不开它的改革以及较强的经济实力。有研究者评论:"南京市从 1985 年开始在综合体制改革中推行目标管理,1986 年初见成效,1987 年进入深化阶段。城市目标管理是在国家大量消减指令性计划、扩大指导性和市场调节范围的情况下进行的。与这种城市治理相应的是出版系统的改革也在全面推进。早在 1984 年 1 月,中共江苏省委做出决定,将作协从文联机构中分出,按厅局级单位建制,与文联平行,以发展繁荣社会主义文学事业,开创江苏文学新局面。"[1]相对于其他省份,江苏省的经济体制改革走在前列,也直接促动了《钟山》杂志较自觉地形成了市场调节意识。进一步说,江苏省文学事业的繁荣盛况,与 80 年代以来,江苏省的经济、文化发展相关。创办于 1978 年的《钟山》杂志,是江苏省的一个地方性刊物,它走上文坛的这个时期,正遇江苏文学迅速崛起之时,江苏的作家和评论家纷纷在文坛崭露头角。90 年代初作家苏童如此感慨:"江苏的作家群是文学领域的劳动模范群,多年来不管世界风云多变幻,他们的作品总是像一只打开的蜂箱飞出嘤嘤嗡嗡的声音,从不停歇,这种现象曾令外地的同行瞠目结舌,但我作为江苏作家群的一员,始终觉得一切都是自然而然,迷恋写作是我们许多人的通病,著作等身是我们许多人的生活目标。"[2]当然,并不是说其他地方没有作家群的增长,只是作为一个地方性的刊物,《钟山》的发展与地方的文学实力尤其密不可分,这是一种相互促动的

---

[1] 张小刚:《传媒与"新写实小说"的兴起》,北京:中国社会科学出版社 2016 年版,第 61 页。
[2] 苏童:《文学和它所处的时代》,《上海文学》1993 年第 10 期。

关系。作为改革开放的先行者，80年代以来，江苏省的经济增长处于各省前列，经济的增长也带动了文化事业的发展，像前面马原所说的，诸如稿费的增加和投入，使得杂志在市场经济的环境中更好地运作起来。

当时，《钟山》杂志编辑部也聚集了新生力量，王干说："《钟山》有一个很好的团队，当时我们编辑部年轻人特别多，现在像我这样都很老了，当时我们编辑部平均年龄可能是全国最低的。当时除了刘坪和徐兆准，刘坪和徐兆准五十多岁。像我和苏童都是二十几岁。《钟山》编辑部人员的配置都是比较强的。"[1]这些新生力量的工作热情加上强大的经济实力的支持，最终使《钟山》杂志从一个地方性的杂志成为一个在全国影响力巨大的杂志。它于1989年至1993年间推出的"新写实小说大联展"专栏，尽管在作品类别的统一性、持续性方面都有不足之处，但是它最终对一种文学现象的文学史命名起到了重要作用。就拿池莉来说，1987年第8期《上海文学》发表她的代表作《烦恼人生》后，也受到了《小说选刊》的转载，并且在武汉的工人群体中引起了强烈的反响。然而，她在文学史上地位的确立，以及90年代作品频频被改编成影视剧，还是得益于"新写实小说"的命名。《钟山》杂志对"新写实小说"的发现并非原创，然而，在文学史浪潮的推动中，它制造了巨大的声势，发挥了其独特的作用。

《钟山》杂志除了占先机地发表"文讯"以及推出系列作品之外，

---

[1] 转引自张小刚的《传媒与"新写实小说"的兴起》，北京：中国社会科学出版社2016年版，第76页。此文注释中写道："笔者2010年3月24日就本书所涉及的问题对王干先生进行了采访，文中所引为采访时王干先生所言。"

更重要的在于它在批评话语上的命名。在1989年第3期联展的卷首语中,就对"新写实小说"进行了概念的解释,这一概念成为日后文学史命名"新写实小说"时无法绕开的表述。实际上,被纳入作品展的作品也并非如其命名所言,甚至是风格迥异,正如编辑所说:"作为编辑部来说,新写实小说的框子还是宽泛点为好。我们搞这个大联展,不提新写实主义,而提新写实小说,就是并没有什么定论,未作理论界定,是个大笼统,目的是让有志于此的作家们集中在我们《钟山》上来发,将来写成什么样子,还要看评论家与读者,还要让实践来说话。总之,有别于传统现实主义。有别于新潮小说,我们就容纳进来。"[1]推动《钟山》走向全国文坛的那股强效力量还属一篇篇的评论文章。自1989年第3期开始,分别在第4期第5期,1990年的第1期、第3期,1991年第1期、第2期推出新写实小说。主要包括高晓声的中篇小说《触雷》(1989年第3期),王朔的长篇小说《千万别把我当人》(1989年第4期),范小青的中篇小说《顾氏传人》(1989年第4期),梁晓声的长篇小说《龙年:一九八八》(1990年第1期),程乃珊的中篇小说《供春变色壶》(1990年第1期),史铁生的短篇小说《钟声》(1990年第3期),刘震云的长篇小说《故乡天下黄花》(1991年第1期),苏童的短篇小说《狂奔》(1991年第1期),皮皮的中篇小说《危险的日常生活》(1991年第2期)。这当然与80年代便在文坛产生影响力的江苏的评论家有关,这股力量的涌现增强了批评的声音。同时,《钟山》杂志对批评的声音的传播是做了有意识的策划

---

[1] 吴秀坤:《新写实小说漫谈》,《文学自由谈》1990年第1期。

的,像它与《文学自由谈》举办的研讨会就是扩大话题影响力的重要举措。通过作品和评论文章的发表,"新写实小说"迅速成为一个公众话题。从作品及评论文章中,我们可以看出,新写实小说的标准是否统一并不重要,重要的是让文界意识到《钟山》进行命名的气势。

所以,一定意义上说,作为一个地方性的文学刊物,虽然没有北京的《人民文学》等刊物那样得政治权利之优势,也没有上海的《收获》等刊物那样有"大牌"支撑,却能在80年代末期文学刊物面临生存危机的时刻在文学史上分享话语权,这与适市场而动的悉心运作是分不开的。

纵观整个80年代文学杂志的发展历程,从新时期初始以《人民文学》为代表发表"伤痕文学"类作品,引领文坛主题,到中期沪上刊物在新的艺术形式方面大胆地探索和造势,到80年代后期,《钟山》类杂志的市场敏感性,文学期刊被置于经济体制改革的大环境中。换言之,以经济建设为中心的局面已经全面打开,市场对文学的影响力已经十分强大,这是新时期文学开始追求摆脱政治话语束缚后的新环境,也是"纯文学"理想面临的新困境。不管怎么说,文学期刊在80年代的文坛上发挥了重要的作用,也面临着新的发展机遇和挑战。

下篇：批评的"介入"与小说潮流的"出场"

第五章 "伤痕—反思"文学潮流与新旧文学的断裂性想象

1976年10月党中央开始揭批"四人帮"反革命集团,1977年8月召开中国共产党第十一次全国代表大会,华国锋在报告中宣布:"第一次无产阶级文化大革命的胜利结束,使我国社会主义革命和社会主义建设进入新的发展时期。"[1]1978年5月5日《人民日报》第2版在"新时期总任务"专栏发表了谢立的文章《我们进入了一个新时期》。以此,从官宣的角度正式确立了"新时期"的说法。新时期的到来,伴随着对知识分子的拨乱反正,更伴随着知识分子们对一个新的时代的期冀。面对过往岁月的种种磨难,他们在终于可以诉说的时刻,情不自禁地流露出内心的痛苦和伤痕,而面对一个新时代的未来美好生活的想象,他们又理智地去和过去进行告别,这个告别充满了反思精神和自我价值的重新寻找。一时间,"伤痕文学""反思文学"成为文坛的浪潮。

---

[1] 华国锋:《在中国共产党第十一次全国代表大会上的政治报告》,《人民日报》1977年8月23日第1版。

第一节 "新时期"的到来与文学的诉求

自从政治话语层面宣告了新时期到来之后,"新时期"这一概念很快被文学史所吸纳。在 1980 年人民文学出版社出版的《中国当代文学史初稿》中,就明确借用这个概念:"粉碎'四人帮'以后,以一九七七年党的第十一次代表大会为标志,宣布了'文化大革命'的结束和新时期的开始。"[1]"新时期"这一个政治文化上的命名很快影响到了文学史的命名,文艺界很快就有了"新时期文艺"、"新时期文学"的说法。旷新年曾提出:"'新时期'首先是一个政治概念,然后移用到文学分期上来。1978 年 6 月 5 日通过的《中国文学艺术界联合会第三届全国委员会第三次扩大会议的决议》最早使用了'新时期文艺'这一概念。据蒋守谦《"新时期文学"话语溯源》一文的考据,'新时期文学'这一说法的形成是在中国作协第三次代表大会上刘白羽的开幕词中:'在我们的大会上,要继续学习邓小平同志的《祝辞》,……明确社会主义新时期文学工作的新任务'。真正明确、完整地使用'新时期文学'这一概念是《文艺报》1980 年第 2 期发表的张炯的《新时期文学的又一可喜收获》一文。"[2]

---

[1] 冯刚等编写:《中国当代文学史初稿(上册)》,北京:人民文学出版社 1980 年版,第 15 页。

[2] 旷新年:《1976:"伤痕文学"的发生》,《文艺争鸣》2016 年第 3 期。此段话中提到的《决议》发表于《人民日报》1978 年 6 月 8 日第 5 版,蒋守谦的《"新时期文学"话语溯源》发表于《作家报》1995 年 5 月 20 日。

值得特别指出的是，无论是作为政治术语还是文学术语，"新时期"内涵本身包含着强烈地批判过往、告别过去、期盼未来的意味，文学叙事维度的展开跟整个中国政治、经济形势的变化密不可分。1978年12月18日至22日召开的十一届三中全会，是中国社会、政治、经济发展的重要转折点，是中国新时期的真正启幕者。这次会议开启了改革开放的序幕，经济建设和改革的工作从此展开来，使整个中国的经济和政治形势发生了根本性的变化。同时，党掌握了拨乱反正的主动权，有步骤地解决了新中国成立以来的许多历史遗留问题和实际生活中出现的新问题，为重新确立知识分子的身份发挥了重要作用。至今为止，中国政治、经济形势都受到它的影响，而新时期中国社会发生的变化，也必将成为中国文学话语的重要资源。

1979年10月第四次全国文代会召开，这成为推动"新时期文学""新时期文艺"概念普泛化的重要转折点。这是长时期文化禁锢后文艺界首次召开的会议，复出的老作家们纷纷来到会场，对进入新时代的文艺政策充满着期待。邓小平在开幕式上的发言——《在中国文学艺术工作者第四次代表大会上的祝辞》，可被视作是这一时期文学规约的纲领。在《祝辞》中明确指出："我们的文艺，应当在描写和培养社会主义新人方面，付出更大的努力，取得更丰硕的成果……要通过这些新人的形象，来激发广大群众的社会主义积极性，推动他们从事四个现代化建设的历史性创造活动。"[1] 在会上，周扬作了报告《继往开来，繁荣社会主义新时期的文艺》。报告否定了长期以来占据文坛

---

[1] 邓小平：《在中国文学艺术工作者第四次代表大会上的祝辞》，《邓小平论文艺》，北京：人民文学出版社1989年版，第6页。

的"文艺从属于政治"的提法,并将文艺服务项目的范围由"政治"扩展到"人民"。表面上看,这只是对过去文艺与政治关系的问题作了妥协式的处理,但"新时期的文艺"这一概念背后有着一股强烈地打倒或抛弃旧有一切,迎接社会主义新时代(新时期)到来的时代情绪,也是在这次会议上,肯定了"文革"结束后出现的一些书写伤痕、暴露历史伤害的文学作品的价值,推动了"伤痕"文学、"反思文学"的进程,使得它们在全国范围内形成潮流。至1980年2月召开的剧本创作座谈会上,当时的中共中央秘书长、中央宣传部部长胡耀邦,对大多数"伤痕文学"作品做了肯定性评价,并提出了这样的定义:"所谓'伤痕文学',依我看,就是在新时期文学发展进程中,率先以勇敢的、不妥协的姿态彻底地否定'文化大革命'的文学,是遵奉党和人民之命,积极地投身思想解放运动,实现拨乱反正的时代任务的文学。"[1]以此,"伤痕文学""反思文学"作为重要的文学潮流进入文学史。

1987年出版的朱寨主编的《中国当代文学思潮史》较早地给予"伤痕文学"以完整的定义,认为:"'伤痕文学'的提法,始于一九七八年八月十一日《文汇报》发表短篇小说《伤痕》后引起的讨论中。之后,人们通常习惯地把以揭露林彪、'四人帮'罪行及其给人民带来的严重内外创伤的文学作品,称之为'伤痕文学'。有人把'伤痕文学'又称为'暴露文学'、'感伤文学'、'批判现实主义文学'等,蕴含着明显的贬斥、不满之意……也有人给'伤痕文学'以极高的评

---

[1] 胡耀邦:《在剧本创作座谈会上的讲话》,《中国新文艺大系1976—1982(理论一集)(上卷)》,北京:中国文联出版社1988年版,第79页。

价。尽管'伤痕文学'的概念是否科学还值得研究,但关于如何评价'伤痕文学'的论争,却激烈展开,波及甚广,一直延续到一九七九年十月第四次全国文代会的召开。"[1] 从这段话中,我们也可以看到,第四次文代会之前,人们对"伤痕文学"的争论还是很激烈的,文代会后才基本上完成了共识,肯定了其存在的价值。在此之前,于1985年出版的《新时期文学六年:1976.10—1982.9》,作为新时期文学的第一部文学史,将六年来的文学分为了"初步复苏阶段"、"欣欣向荣阶段",认为:"粉碎'四人帮'后,最早活跃在文坛上的是诗歌。……一九七七年岁末,文学的轻骑兵——短篇小说和报告文学,也以骁勇的新姿驰骋于文坛。刘心武的《班主任》标志着短篇小说创作走向一个新的起点,为正确处理歌颂光明和暴露黑暗的关系,创造了可贵的经验。从一定意义上说,它还与卢新华的《伤痕》一起,开了后来被人们称为'伤痕文学'的先河。"[2]

这两部出版于新时期的文学史,无疑都已将"伤痕文学"视作此时期重要的文学现象,而当下众多的文学史也自然地将"伤痕文学"视作新时期文学的开端。一般认为,以 1977 年 11 月刘心武的小说《班主任》为发端,以 1978 年卢新华的《伤痕》而得名。两部作品都以现实主义的写作手法,揭露和控诉了极左政治给人带来的肉体和精神上的伤害,在控诉中也带着强烈的政治化色彩和情绪化倾向,明确

---

[1] 朱寨主编:《中国当代文学思潮史》,北京:人民文学出版社 1987 年版,第 540 页。

[2] 中国社会科学院文学研究所当代文学研究室编:《新时期文学六年(1976.10—1982.9)》,北京:社会科学出版社 1985 年版,第 11 页。

将历史的创伤归责于"四人帮"的毒害,这与当时政治、历史的评判相切合。《班主任》以班主任的视角讲述了宋宝琦、谢惠敏为代表的两类孩子受伤害的故事,前者是看得见的伤害,后者是更隐蔽的、思想被僵化了的伤害。叙事者更是在文末发出了救救孩子的呼声,这从形式上与五四新文化运动时期鲁迅《狂人日记》中"救救孩子"的声音相呼应。《伤痕》则通过受害者晓华的视角,讲述了她与母亲之间不幸的人生经历。晓华通过讲述离开母亲、与母亲决裂,乃至母亲死时也未能在其身边的故事,表明了"四人帮"横行的这些年,她们母女之间发生的悲剧。当然,故事最终在晓华的生活有了新的希望的情节中,最终化解了这种人生的不幸,并为人生的悲哀找到了责任的主体。这实际上是为人生找到了新的出口。然而,如果细读两个文本,两者的内在叙事逻辑还是有很大的区别的。张法曾说:"《班主任》用了'文革'的叙事模式讲出了一个反'文革'的故事,启动了以伤痕文学开始的新时期的文学与文化变革,这反'文革'的故事用'文革'的模式讲出,有一个光明的主调,因此,《班主任》只是启动而没有自身成为伤痕文学。只有当卢新华《伤痕》(1978年)将光明主调变为忧伤主调,伤痕文学的主体才正式确立,并很快形成为一个时代的巨流。"[1]他还认为:"《班主任》是以民族的大故事去叙述伤痕,叙述者从在历史的新陈代谢长河中国家的未来这一发展逻辑去讲谢慧敏,一个不自知受害而已受害很深的孩子的故事,解救这颗错认父母的心其实是很容易的。《伤痕》却是在民族大故事的背景中讲的一个个

---

[1] 张法:《伤痕文学:兴起、演进、结构及其意义》,《江汉论坛》1998年第9期。

人的小故事,王晓华母女的苦难和二人永远难以弥合的创伤。它暗中地把历史——文化的大故事转为了个人命运的小故事:独特的唯一的个人的具体存在的故事。当然,这一在80年代才慢慢明晰和高扬起来的文化上的人的主题和艺术上的个人故事,在伤痕中只是被包蕴着,还未被理性地和逻辑地认识和阅读。"[1]不管是"大故事"还是"个人的小故事",这两个具有标志性的文本都成为符合当时政治、社会、文化心理诉求的重要文本,它们表现出来的对过往政治迫害的控诉和对未来人生的期待,迅速成为当时文学的共同话语。因为长达十年时间的"文革"给民族、国家、个人带来了巨大的伤痛,分别在"复出"作家、"知青"作家、年轻作家等几代人身上留下了痕迹,在"文革"刚刚结束的70年代末80年代初这一时代转折点上,书写"伤痕"成了这几代人所面临着的一个共同话题,而如何面对这些历史的伤痛,意味着民族或个人如何面向过去和未来。

可见,"伤痕文学"的出现不仅是一个事关文学艺术演变的问题,更是一个事关社会历史现象的问题。从政治、社会、文化的诉求来说,"伤痕文学"作品的发表恰切地宣告了新时期到来的主题。当然,期间所产生的关于能否暴露黑暗、作品是否是"暴露文学"等讨论,曾给作者和编辑带来种种困境,但是,一旦这些作品被纳入政治话语的合法性中,它所产生的能量是巨大的。更关键的是,"伤痕文学"的表述方式和内容,符合一代受害者的倾诉心理。所以,作品一发表,就引发了大范围的关注。比如,刘心武的《班主任》发表之后就收到

---

[1] 张法:《伤痕文学:兴起、演进、结构及其意义》,《江汉论坛》1998年第9期。

了来自全国各地的信件,他曾回忆道:"刚刚开始发行的第二天就马上有读者来信——他是寄到《人民文学》然后转给我的。然后沿着铁路线下去,来信非常准确,《人民文学》到了无锡,无锡就有人来信,到了常州、苏州、上海……就有来信。"[1]这种波浪式的涌动,表明了全国范围内的关注热度。

一时间,包括刘心武的《班主任》(1977年)、《醒来吧,弟弟》(1978年)、卢新华的《伤痕》(1978年)、王亚平的《神圣的使命》(1978年)、吴强的《灵魂的搏斗》(1978年)、张洁的《从森林里来的孩子》(1978年)、张弦的《记忆》(1979年)、冯骥才的《铺花的歧路》(1979年)、从维熙的《大墙下的红玉兰》(1979年)、鲁彦周的《天云山传奇》(1979年)、周克芹的《许茂和他的女儿们》(1979年)、遇罗锦的《一个冬天的童话》(1980年)等作品,出现于中国的文坛,它们以揭露和控诉"文革"期间的"伤痕"为中心,充满了感伤的基调。几乎就在同时,随着控诉的展开、文学作品表现力的增强,文学作品表现的题材有所扩大,涉及的历史事件的时间也从"文革"延伸至了反右或更早的时期。在表现的手法上,也渐渐地丰富起来。于是,文学界又出现了新的命名——"反思文学"。

洪子诚在《中国当代文学史》(修订版)中认为:"暴露'文革'的创作潮流,在经过了感伤书写阶段之后,加强了有关历史责任的探究成分,并将'文革'的灾难,上溯到'当代'五六十年代的某些重要的历史段落。对这种变化的描述,导致了'反思文学(小说)'概念

---

[1] 刘心武:《刘心武谈中国的新写实文学》,《刘心武研究专辑》,贵阳:贵州人民出版社1988年版,第32页。

的普遍使用。'伤痕'、'反思'的概念出现既有先后,各自指称的作品大致也可以分列。但是两者的界限并非很清晰。有关它们的关系,当时的一种说法是,伤痕文学是反思文学的源头,反思文学是伤痕文学的深化。"[1]在现有的大多数文学史中,"反思文学"这一概念被认为是对那些出现于"伤痕文学"之后的、具有一定"深化"意义的书写历史错误的文学作品的命名。"反思文学"在题材上将"伤痕"叙事从"文革"扩展至了1957年的反右派斗争、1958年的"大跃进"、1959年的"反右倾"、1960年的困难时期等。发表于1979年《人民文学》第2期的小说《剪辑错了的故事》,因为较早触及了"文革"极左思潮之外的大跃进时期并采取了新的结构方式,而受到了关注,也因此在文学史中被视为"反思文学"的发轫之作。[2]随后在文坛上产生影响力的作品,如高晓声的《李顺大造屋》(1979年),方之的《内奸》(1979年),张洁的小说《爱,是不能忘记的》(1979年),张弦的《被爱情遗忘的角落》(1980年),张一弓的《犯人李铜钟的故事》

---

[1] 洪子诚:《中国当代文学史(修订版)》,北京:北京大学出版社2007年版,第258—259页。

[2] 比如,《新时期文学六年》中写道:党的十一届三中全会以后,"文学创作在题材和主题目上出现了新的开拓","把对林彪、'四人帮'煽动和利用极左思潮批判同对'文化大革命'前十七年乃至更长远的历史生活的'反思'联系起来,从而产生了许多优秀作品。""一九七九年初,以揭露一九五八年'大跃进'运动中左倾错误危害为主题的《剪辑错了的故事》(茹志鹃)和《黑旗》(刘真)率先问世,立即引起读者和评论界的广泛注意。"(中国社会科学院文学研究所当代文学研究室编,中国社会科学出版社1985年版,第157页)。又如,陈思和主编的《中国当代文学史》中写道:"1979年《人民文学》第二期刊登了茹志鹃的短篇小说《剪辑错了的故事》,作家不再像'伤痕文学'作家那样直接表现痛苦的历史和私人情感,而是表现出一种痛定思痛的努力,对'文革'这场历史灾难的认识有了明显的深入……以这篇目作品为标志,中国文学领域在1979年至1981年间形成了一股以小说为主体的'反思文学'思潮,而'归来者'们的创作是其中最主要、最瞩目的。"(上海:复旦大学出版社1999年版,第206页)

(1980年)、谌容的《人到中年》(1980年)、戴厚英的《人啊,人》(1980年)、陆文夫的《小贩世家》(1980年)、王蒙的《布礼》(1979年)、《蝴蝶》(1980年)、古华的《芙蓉镇》(1981年)、张贤亮的《土牢情话》(1981年)、《绿化树》(1984年)、《男人的一半是女人》(1985年),李存葆的《山中,那十九座坟茔》(1984年)等作品,被称为"反思文学"的代表作。

可以说,"反思文学"这一概念本身就是因"伤痕文学"而起的,两者有着紧密的联系,它是"伤痕文学"的叙事功能的延续,甚至许多作品很难绝对地划归至"反思文学"还是"伤痕文学"。同时,"反思文学"同"伤痕文学"一样,作为建构"新时期文学"内容的一部分,完成着反思错误政治路线和书写社会变革的合法性的功能。不过,若将"反思文学"的代表作与"伤痕文学"的代表作相比,"反思文学"在创作手法上更成熟些、主体意识更鲜明些、在历史问题反思上对主流意识形态观念的认同及罅隙表现得更明显,对主人公的内心进行叙述时更直接地展现出了一代人感性体验的独特性等等。当然,也有人将"伤痕文学"与之后出现的"反思文学"进行区别,以明确其出现时表述内涵的丰富性。比如,刘再复认为:"在我看来,八十年代初之前的'伤痕文学'包含了更多的暧昧性和丰富性因素,潜藏着多重的可能性的空间,反倒是后来的'反思文学'和'改革文学'丧失了这种充满活力的异质性和革命性,从'乌托邦'正式过渡到了'意识形态',正式成为改革开放时代的新型主流意识形态的文学表达。"[1]

---

[1] 刘复生:《"伤痕文学":被压抑的可能性》,《文艺争鸣》2016年第3期。

这样的论述实际上给我们呈现了历史的现场感，也提示我们注意到了文学作品潮流演变过程中的各种限制和"塑形"。

实际上，"伤痕—反思"文学的呈现，正是一个与社会历史发生着互动的过程，也是不断地受到意识形态的规约并实现话语表述的合法化的过程，同时，也是文学表述力度的深化与政治话语的规约性相互博弈的过程。

第二节 争鸣与规约

对"文革"结束后的中国文学来说，它的发展始终与意识形态保持着紧密的关系，1980年前后期涌现于文坛的大量的"伤痕—反思"文学作品，以及其被文坛接纳的过程，亦是带着鲜明政治与文艺主潮互动的特征。

《班主任》和《伤痕》的发表都经历了曲折的过程。《班主任》在《人民文学》上的发表经历了反复的讨论过程，最终才由主编张光年肯定后发表[1]。《伤痕》最初投给《人民文学》并没有被发表，最后由《文汇报》发表。这两部作品发表以后，除了大众读者的反映，在文坛上也引发了对此类文学作品及话题的热烈讨论，像北京的《文艺报》、上海的《上海文学》都成为参与讨论且表达了支持态度的重要媒

---

[1] 崔道怡在《早春的记忆——复刊时期的〈人民文学〉》一文中讲述了自己作为编辑发表《班主任》的过程。靳大成：《生机：新时期著名人文期刊素描》，北京：中国文联出版社2003年版。

介。1978年9月2日,《文艺报》召开座谈会,讨论《班主任》和《伤痕》,涉及是否是"暴露文学",是否给人压抑感,能否写此类题材的问题等,由此各种文章纷纷发表。有研究者曾指出:"最瞩目的当属荒煤的《〈伤痕〉也触动了文艺创作的伤痕!》(《文汇报》1978年9月19日)、陈恭敏的《"伤痕"文学小议》(《上海文学》1978年第12期)和王振铎的《的确出现了一个新流派——从"歌德"与"缺德"谈到"伤痕文学"》(《河南大学学报》1979年第5期)三篇论文,文章均明确以'伤痕文学'指以《伤痕》为代表的反映'四人帮'流毒造成'内伤'的作品。此后,学界对此类作品的评论逐渐由'伤痕文学'取而代之'暴露文学'。"[1]实际上,种种的论争事关如何将揭批"四人帮"与对特殊历史时期的判断进行区分,以及如何使表述达到对社会政治意识形态的认同等问题。就如前文所言,第四次文代会是确立"伤痕文学"存在合法性的重要会议。其中,周扬的《报告》中明确地说:"许多长期以来文艺界不敢触碰的问题,现在敢于突破,敢于议论,敢于探讨了……中短篇小说《班主任》、《神圣的使命》、《窗口》、《我们的军长》、《伤痕》、《乔厂长上任记》……受到了人们的欢迎。……这些作品反映了林彪、'四人帮'给人民生活上和心灵上所造成的巨大创伤,暴露了他们的滔天罪恶。决不能随便地指责它们是什么'伤痕文学'、'暴露文学'。"[2]这种对"四人帮"而不是对"文革"或其他历史事件的明确指向,鲜明地提示了文学叙述与政治

---

[1] 张婧磊:《〈文艺报〉与"伤痕文学"论争》,《学术交流》2017年第6期。
[2] 周扬:《继往开来,繁荣社会主义新时期的文艺——在中国文学艺术工作者第四次代表大会上的报告》,《文艺报》1979年第11—12期合刊。

话语间的密切性。面对那道巨大而又幽暗的历史伤口，人们充满了呈现、安抚甚至缝合的欲望，而叙述的方式与维度已不仅仅是文学艺术的问题，更重要的是政治话语的问题，后者甚至远远高于前者的诉求。正如刘再复所说："'伤痕文学'根本就没有'纯文学'的抱负，它追求的是与正在进行的社会历史发生互动，不管作者还是读者，判断文学的尺度都是它介入历史实践的强度与深度。不可否认，它所秉承的同样是一种古老的文学传统，这也是八十年代特有的一种文学气质。"[1]

这里，我们也有必要回看一下作品发表以后，读者的接受过程。《班主任》的作者刘心武和《伤痕》的作者卢新华，在发表这些作品时都是文坛年轻的创作者甚至是无名者，当他们将作品呈现出来的时候，都带着某种不安和渴望，而最终作品被认同的结果也是超出了他们的想象。作品被认同的原因，与当时大多数作品一样，更多地并不是出于艺术表现水准，更多地在于作品所讲述的事件在读者群中引发的共鸣感。刘心武曾说过《班主任》所引起的几个问题之一就是："人们对这篇作品，以及整个'伤痕文学'的阅读兴趣，主要还不是出于文学性关注，而是政治性，或者说是社会性关注使然；"[2]同样，这两部作品被发表以后，被很多读者误认为是作者自己亲身的经历，特别是卢新华的《伤痕》，作品中主人公的悲惨经历被一些读者套用到作者的身上，当年卢新华还发表了一篇答读者问的文章来专门澄清这个

---

[1] 刘复生：《"伤痕文学"：被压抑的可能性》，《文艺争鸣》2016年第3期。
[2] 刘心武：《〈班主任〉的前前后后》，《天涯》2008年第3期。

问题。文章中写道:"你的信一开头就说,你和你的同志们都认为《伤痕》里所描述的事件是我的亲身经历,我不是王晓华,就是苏小林,否则,是绝写不出这篇作品的。你的这些话不由使我想起另外几位同志的来信,他们在信的开头竟称呼我这样一个男青年为'晓华大姐'或'新华大姐',这真使我啼笑皆非……这里,我明白地对你说,我的的确确不是王晓华,也不是苏小林;《伤痕》里所描述的事件既非我的经历也非我的某个同学或者朋友的遭遇。"[1]刘心武的文章中,也多次出现专门介绍自己怎么创作的文字:"《班主任》的构思成熟与开笔大约在1977年夏天。那时我是北京人民出版社文艺编辑室的编辑。《班主任》的素材当然来源于我在北京十三中的生活体验,但写作它时我已不在中学。出版社为我提供了比中学开阔得多的政治与社会视野,而且能更'近水楼台'地摸清当时文学复苏的可能性与征兆,也就是说,可以更及时、有利地抓住命运给个体生命提供的机遇。"[2]今天,我们再来看待当事人的种种解释,引发我们思考的不仅是作品的写作方式的问题,而是,作品故事情节是否就是作者亲历事件。这一个现在看来很常识化,在当初为什么引发那么大的轰动?这显然与刘心武所说的政治性、社会性有关。这两部皆以"文革"故事为题材的小说,采纳了"文革"中"日常事件",这些事件是众多读者所看到甚至经历过的,作品所带来的这种真实感,深深地触动了读者的内心,以此引发在读者群中的接受浪潮便可以理解了。这也从另一个层

---

[1] 卢新华:《关于〈伤痕〉创作的一些情况——答读者问》,《语文学习》1978年第7期。

[2] 刘心武:《〈班主任〉的前前后后》,《天涯》2008年第3期。

面,让我们看到当时众多读者的处境和心理。也就是说,尽管现在看来,作品中主人公的经历或叙述者对待事件的处理方式,显得有点不近人情。比如,晓华接到母亲的信后迟迟不归,等。但是,作品有种直击现实的真实力,这是那些事件经历者们的真实人生。进一步说,在新时期初期,一部文学作品在读者群中能够引发的轰动效应,是我们今天这个时代不可企及的。

然而,正如前文所谈及的,《班主任》的发表过程并不顺利,《伤痕》在正式发表之时,编辑部也让作者对结果作了修改,两位作者在作品发表之后,也曾因为批评的声音惶惶不安。《班主任》发表于1977年的11月,《伤痕》发表于1978年8月。两部作品均发表于1978年12月召开的十一届三中全会之前,这段时期,正是新时期的转折期,关于刚刚过去的历史的评判以及未来的新制度并不明确,特别是关于作品所涉及的"文化大革命"事件的评判并没有定论,以至于作品发表以后,有人指责其"暴露文学"。而事实上,从两篇小说所讲述的故事情节来看,他们很谨慎地停留于批判"四人帮"、书写个人所受的伤害的层面。刘心武说过的话,能让我们更好地理解当时作家们的处境:"1981年,党的十一届六中全会通过了《关于建国以来若干历史问题的决议》,正式彻底否定了文化大革命,它被指认为是一场浩劫(现在一些年轻人总以为'四人帮'一被捕,就可以说'文革''坏话'了,实际上在那以后仍有人因为'恶毒攻击文革'而被判刑甚至枪毙,1981年中央的这个决议才算正式否定了'文革',但从那以后,这个《决议》还常被人有意无意地淡忘);紧跟着,改革开放的势头风起云涌,呈难以逆转之势;说实话,这时候我才觉得悬在《班主任》

上面的政治性利剑被彻底地取走了——但《班主任》作为特殊历史时期里,以小说这种形式,承载民间诉求的功能,也便完结。"[1]从这段话中,我们强烈地感受到了在那个乍暖还寒的季节里,政治性之于文学作品的重要性。

如果我们将《晚霞消失的时候》和《班主任》、《伤痕》的叙述模式和作品命运进行比较,就能更清晰地看到政治性立场及价值观选择之于文本的重要性,以及70年代末期至80年代中期,作家争鸣声音及处境的变化。礼平的《晚霞消失的时候》首刊于《十月》的1981年第1期,当年3月,中国青年出版社便出版了小说的单行本。小说发表以后,就引发了批评,而且,这个批评时间几乎是从1981年持续到了1985年,《青年文学》编辑部在1982年为小说召开"读者·作者·编者"座谈会,并将发言稿刊于第3期。这个作品所产生的热度与当时大多数作品因读者的情感共鸣产生的热度基本一致,也必将被纳入意识形态评断的范畴。据礼平自己回忆,小说发表第二天,冯牧就打电话到编辑部,认为这部小说"才华横溢,思想混乱",同时还预见到这部小说发表后,会引起思想界的强烈反响[2]。当时,郭志刚的《作品的境界与作家的责任——谈〈立体交叉桥〉等中篇小说》[3]、于建的《人生价值的思索——读〈晚霞消失的时候〉》[4]、叶楂的《谈〈晚霞消失的

---

[1] 刘心武:《〈班主任〉的前前后后》,《天涯》2008年第3期。
[2] 礼平:《写给我的年代——追忆〈晚霞消失的时候〉》,《青年文学》2002年第1期。
[3] 郭志刚:《作品的境界与作家的责任——谈〈立体交叉桥〉等中篇小说》,《北京师范大学学报》1981年第6期。
[4] 于建:《人生价值的思索——读〈晚霞消失的时候〉》,《读书》1981年第8期。

时候〉创作上的得失》[1]等文章影响力较大。这些文章虽然肯定了作品的艺术性，但普遍指责作品的思想情调、精神指向，如于建认为其有"淡淡的宗教迷雾"与"薄薄的宿命色彩"[2]。在这些批评的声音中，若水的声音是最重的。1983 年 9 月 27 日和 28 日的《文汇报》连载了他的长篇批评文章《南珊的哲学》，站在马克思主义思想的高度指责作品在是非善恶、人性表达、人物思想等方面的背离。文中认为："南珊的错误在于：她企图用一个固定不变的抽象的道德尺子去衡量历史，而一旦发现这是行不通的时候，她就觉得要根本抛弃'好'和'坏'，'是'和'非'这样的概念"[3]、"把一切战争都视为野蛮而加以谴责，不区别正义战争和非正义战争，不区别革命的暴力和反革命的暴力"[4]等等。面对这些批评，礼平自己也一直在作着回应，1982 年便发表了《我写〈晚霞消失的时候〉所思所想》[5]，特别是针对若水的批评，以《谈谈南珊》作出激烈地反驳，认为"在这里，宗教被看成是一个陷阱，一个深渊，南珊由于生活的不幸要走进去，李淮平则发出了痛心的呼喊。这不是一个宣传宗教的意思，即使你不把它看成一个批判宗教的意思。"[6]即南珊并没有最终陷入宗教的情结。

---

[1] 叶橹：《谈〈晚霞消失的时候〉创作上的得失》，《文艺报》1981 年第 23 期。
[2] 于建：《人生价值的思索——读〈晚霞消失的时候〉》，《读书》1981 年第 8 期。
[3] 若水：《南珊的哲学》，《文汇报》1983 年 9 月 27 日。
[4] 同上。
[5] 礼平：《我写〈晚霞消失的时候〉所思所想》，《青年文学》1982 年第 3 期。
[6] 礼平：《谈谈南珊》，《丑小鸭》1985 年第 5 期。

如果说，《班主任》和《伤痕》最终以获得全国优秀短篇小说奖，而化解了发表过程及发表之后的忐忑不安，那么，《晚霞消失的时候》却因持续的争鸣而被文学史定格为争议作品。这些描述了"文革"的作品，情感都是真诚而动人的。《班主任》中班主任从一名有责任的启蒙者立场发出拯救的呼声，《伤痕》则为晓华和母亲的悲惨遭遇而书写，并最终给晓华以光明的未来，《晚霞消失的时候》中南珊的经历和对人生的思考都真实而又生动。而且，如果从艺术性的角度来看，南珊对人生问题的思考在主题立意上要更深刻、更真实，但是，作品受批评的恰是这一点。原因在于，时代并不需要作品展开对人生及受伤害的人生的追问，而是需要对伤害的抚平，而抚平的方式，更不能是个性化的，需要的是切合政治意识引导的认知。其中《班主任》敏锐地感受到了"四人帮"迫害下，知识分子所应该承担的培育祖国年轻一代的责任，《伤痕》中晓华的母亲以信件的方式，完成了对晓华的伤痛的平抚以及未来树立生活信心的可能性，因为她将其受害以及母女间的受害归结为"四人帮"的罪恶，这大大化解了作为女儿身份的晓华在亲情上的缺失。《晚霞消失的时候》中的南珊却将平抚心灵伤痛的力量交给了内在的力量，或者说，一定意义上的宗教救赎。显然，在那个强调政治立场的鲜明性，相信政策能够化解一切伤痕的时代，作品表达的宗教感与这种意识形态是有距离的。

有意思的是，在作品争鸣的过程中，相对于刘心武和卢新华的不安和谦逊，礼平似乎更具有上阵争辩的气场。这不得不让我们看到其争鸣的时间段是 80 年代初期甚至是 1985 年，虽然有 1983 年的"清污"运动，但总体上看，这个时候的文坛各种艺术争辩的声音更多，艺术的观点也更多元了,就如同礼平后来曾谈到的:"好在这时的政治空气已经相当地自由和宽松了,别人可以严厉地指责你,但却不再会因此而加害于你。相反,在政治上受到指责,已经成了一件颇为荣耀的事情。"[1]

　　"伤痕—反思"文学潮流的涌动正是新旧交替时期,作家们借助文学作品表达过往经历及情绪的时期,其间,历史运动给知识分子带来的巨大的伤痛和新时期给知识分子提供的希望交织并行,而如何表达以及表达的界限在哪里,不仅是文学界也是整个中国社会所面临的共同话题。一方面,介入历史实践的文学给刚刚经历了那个阶段的人们以极大的表述期盼,每一部引起读者巨大关注度的作品背后,都包含着深刻的心理诉求。不仅如《班主任》《伤痕》这样的作品收到了众多读者来信,像张洁的小说《爱,是不能忘记的》、张贤亮的《绿化树》《男人的一半是女人》、电影《天云山传奇》(小说作者鲁彦周)等也引发了关于爱情、人性的巨大讨论。比如,对遇罗锦的《一个冬天的童话》(1980年)的热议和批评,就体现了人们对婚姻问题和作者身份的关注。作品最初发表在《当代》的1980年第3期,《新华月报》第9期进行了转载,加上作者自己的离婚事件以及遇罗克妹妹的身份,作品迅速引发了热议。《新观察》还从1980年第6期开辟专栏探讨作者是否应该离婚的问题。作品发表时,编者还专门作了导引:"我们认为,这部作品所反映的决不只是他们个人的偶然不幸,而是林彪、'四人帮'的法西斯统治和多年来封建主义的形而上学的血统论所

---

[1] 礼平:《写给我的年代——追忆〈晚霞消失的时候〉》,《青年文学》2002年第1期。

必然造成的相当深广的社会历史现象。"[1]显然,编者在这里试图突出作品反映"四人帮"的罪行的解读导向,这种导向极易将其纳入已被认可的"伤痕—反思"文学潮流,不过,随后出现的大量批评文章,却并不太感兴趣于女主人公受到的"伤痕",而导向爱情观、婚恋观的批判。比如,有评论者肯定作品中的爱情观、婚姻观,认为:"作家还把这种对爱情和婚姻问题的勇敢探索,与国家、民族的忧患存亡联系在一起。"[2]有评论者则持批评态度,认为:"造成她爱情悲剧的,固然有种种外界原因,但她本身缺少更高尚的爱情观,不能不说也是个原因。"[3]。由此可见,不仅是"伤痕""反思"的主题,还包括其他各种人生经历,成为现实人生的真实表述,也成为评论话语中的丰富存在。

另一方面,所表述的伤痛的界限使作品面临着种种话语限制,这种限制也最终规定了作品在评论界的定位。如《晚霞消失的时候》就被列入了有争议的作品之列。又如,对《苦恋》(1979年)的批评也较典型地体现了政治话语对文学作品的批评。白桦的电影剧本《苦恋》发表在《十月》1979年的第3期上,1980年将其拍摄为电影,改名为《太阳和人》。作品讲述的是画家凌晨光一生的遭遇,电影并没有公开放映,却因为主人公表达了自己在爱国情感上的困惑而受到批评。1981年4月《解放军报》连续发表读者来信和批评性评论对

---

[1] 本刊记者:《关于〈一个冬天的童话〉》,《当代杂志》1999年第3期。
[2] 谢望新:《在对生活思考中的探求》,《文艺报》1981年第7期。
[3] 易水:《令人同情,却不高尚——读〈一个冬天的童话〉随感》,《作品与争鸣》1981年第4期。

作品展开批评，批评点主要集中于批判其"个人主义"、"自由化"、"否定四项基本原则的错误浪潮"、"散布了一种悖离社会主义祖国的情绪"[1]等。

1987年7月，邓小平同志在《关于思想战线上的问题的谈话》中，也表达了对《苦恋》以及对《苦恋》的批评的看法。《谈话》中邓小平肯定了党对思想战线和文艺战线的领导的显著成效，但提出了更需要注意的问题："我认为是存在着涣散软弱的状态，对错误倾向不敢批评，而一批评有人就说是打棍子。"[2]《谈话》中对《苦恋》的基本看法是："《太阳和人》，就是根据剧本《苦恋》拍摄的电影，我看了一下。无论作者的动机如何，看过以后，只能使人得出这样的印象：共产党不好，社会主义制度不好。"[3]同时，对批评的方法，《谈话》中邓小平一再强调了不能再搞什么政治运动，他说："对各种人的情况需要作具体分析。但是当前的主要问题不在于有这些现象，而在于我们对待这些现象处理无力，存在着涣散软弱的状态。当然，对待当前出现的问题，要接受过去的教训，不能搞运动。对于这些犯错误的人，每个人错误的性质如何，程度如何，如何认识，如何处理，都要有所区别，恰如其分。"[4]"从团结的愿望出发，经过批评和自我批评，达到新的团结，这就是正确处理人民内部矛盾的

---

[1] 参见《解放军报》1981年4月17日发表的部队读者批评《苦恋》的三封来信，4月20日"本报特约评论员"的文章《四项基本原则不容违反——评电影文学剧本〈苦恋〉》。

[2] 邓小平：《关于思想战线上的问题的谈话》，中共中央文献资料室编：《三中全会以来重要文献选编》（下），北京：人民出版社1982年版，第877页。

[3] 同上，第879页。

[4] 同上，第878—879页。

主要方法。"[1]就《苦恋》的批评,他还做出了具体的指示:"关于《苦恋》,《解放军报》进行了批评,是应该的。首先要肯定应该批评。缺点是,评论文章说理不够完满,有些方法和提法考虑得不够周到。"[2]又说:"关于对《苦恋》的批评,《解放军报》现在可以不必再批了,《文艺报》要写出质量高的好文章,对《苦恋》进行批评。你们写好了,在《文艺报》上发表,并且由《人民日报》转载。"[3]从邓小平谈话中,我们明显地感受到了文艺问题中的思想问题的重要性,以及在新时期背景下,批评环境的变化。

海登·怀特说:"对于历史学家来说,历史事件只是故事的因素。事件通过压制和贬低一些因素,以及抬高和重视别的因素,通过个性塑造、主题的重复、声音和观点的变化、可供选择的描写策略,等等——总而言之,通过所有我们一般在小说和戏剧中的情节编织的技巧——才变成了故事。"[4]80年代初期,当我们的"伤痕—反思"文学作品去触碰我们的历史话题时,同样无法回避历史的选择。历史也就是在这样的"编织"中,完成了"新时期"文学的想象,完成了对"伤痕—反思文学"潮流的推波助澜。命名的过程本身充满着争议和规约,就像刘锡诚在讲述时所说的:"'伤痕文学'因一篇作品而得名,最初是用来否定这类作品的贬义词,后来竟然被文艺评论界反其

---

[1] 邓小平:《关于思想战线上的问题的谈话》,中共中央文献资料室编:《三中全会以来重要文献选编》(下),北京:人民出版社1982年版,第881页。
[2] 同上,第879页。
[3] 同上,第881页。
[4] [美]海登·怀特:《作为文学虚构的历史文本》,张京媛主编:《新历史主义与文学批评》,北京:北京大学出版社1993年版,第163页。

义而用之，成了新时期文学中反映十年'文革'题材的文学创作和文学思潮的专用名词。这是在特殊年代中特殊情况下出现的一种特殊的文学现象。"[1]他还说："《班主任》发表之后，就有了所谓'暴露文学'之说，《伤痕》发表后，便又添了'伤痕文学'之论。"[2]无论是从贬义中的突围，还是在争论之中的正名，在历史故事的编织中，"伤痕—反思"文学在评论话语的空间中，完成着自己的时代使命。

第三节　文本的话语延伸

这一股活跃于1977—1978年的文学浪潮，反映了"文化大革命"结束之后中国社会的一种集体诉求，更代表了新时代到来之后，人们与过往岁月的告别，对新的时代和生活的向往。尽管在叙述的方法乃至文本的内在逻辑上，留有种种"十七年"文学甚至"文革"文学的痕迹。但是，作为文学遭受长期禁锢后的一次集体式喷发，从整体上来看，这些作品从思想意识上突破了"文化大革命"以来的种种思想禁锢。它们以关注人性和关怀人生苦难的方式，承接了"五四"新文化运动以来直面人生、大胆暴露社会弊端，以人道主义的精神为底蕴重新建立知识分子为社会代言的勇气和使命感，以及确立自身的主体

---

[1] 刘锡诚：《在文坛边缘上——编辑手记》，开封：河南大学出版社2004年版，第108—109页。

[2] 同上，第239页。

性的精神。换言之，虽然作品笔下的"伤痕"依然未曾脱离政治话语的束缚和规约，作品缺乏了历史的厚重感和思想的深度，但不管怎么说，这是"文化大革命"结束之后的一缕春风，表达了数以万计的知识分子委屈和受伤的心声，使他们重新找到自我存在的希望和自信，也使他们在面对过去与面向未来的生活维度中，以文学的方式进行着告别与期待的想象。"新时期"这个被特定命名的称谓，有着强烈的政治文化、思想解放运动背景，一方面它对传统的体制及相应的意识形态做出强烈的反抗姿态，另一方面，又延续着新中国成立以来的诸多文化思想及思维方式。对于知识分子而言，有着强烈地回归启蒙者姿态的认同感，他们期待在新时代的文化、政治话语中确立自己的身份。在某种意义上，这也显示了一代精英知识分子的姿态。

"伤痕文学"的代表作《班主任》和《伤痕》，表达了迫切地言说"迫害"的需要。《班主任》以一种启蒙的口吻，以关怀下一代为主题，站在一个政治合法化的立场宣告了一场灾难结束后，带给青少年的伤害，并高扬出知识分子的责任。就像文中所写的"请抱着解决实际问题、治疗我们祖国健壮躯体上的局部痈疽的态度，同我们的张老师一起，来考虑考虑如何教育、转变宋宝琦这类青少年吧！"[1]这样的叙述话语，一方面正好符合了控诉"四人帮"罪行的政治需要，另一方面，班主任张俊石身上体现的知识分子启蒙者和拯救者角色，恰好扭转了长期以来知识分子受迫害的地位。一定意义上，它体现了

---

[1] 刘心武：《班主任》，《人民文学》1977年第11期。

"文革"后知识分子重新确立自己身份的内在心理。刘心武曾谈及80年代作为一个启蒙时代，自我的参与和反思，他说："'新时期'以来的整个启蒙的进程，我本人也是一个参与者，等于说我是自己来反思这个进程本身。我甚至还在一个特定的阶段，是比较中心的，一度还是相当中心的。70年代末，'文化大革命'的结束，形成了一个很巨大的社会心理空间。1976年从政治上解决问题是一个起点，由这个起点开始，很多问题就可以逐步解决了。"[1]刘心武所说的巨大的社会心理空间，不仅是给写作者的一种期盼，也是整个社会的一种期盼。

同样，因为这个强大的社会空间的存在，使80年代初期的作品一出场便面临着反映社会现实、历史问题，以及表述作家的人生价值、立场等功能。比如，《人啊，人！》自1980年11月出版以来，评论纷至沓来，有评论者在1986年曾写道："戴厚英的长篇小说《人啊，人！》在一九八〇年十一月出版以来，评论文章接连不断，至今已有六、七十篇之多，有些报纸还专门组织讨论，甚为热闹。总的看来，是肯定性的评论少，否定性的评论多，有的文章，还写得相当尖刻，说得非常严重，把它作为一种错误思潮的代表来批判。但读者却有自己的看法，他们争相传阅，颇为赞赏，并为作者鸣不平。这本书一再重印，发行量已近四十万册之多，香港还有翻版书，外国已有几种语种的译本。"[2]对其批评中，存在着大量的评论都是从现实主义的表

---

[1] 刘心武、张颐武：《知识分子：位置的再寻求——对八十年代的回首》，《艺术广角》1996年第3期。

[2] 吴中杰：《重评〈人啊，人〉》，《上海大学学报（社会科学版）》1986年第Z1期。

现出发来谈的。如张炯的《评〈人啊，人〉的思想和艺术倾向——兼论"自我表现"与反映时代》一文中，着重从作品的"自我表现"出发，批评了作品宣扬的人道主义、人物的真实性等，并将其上升到对整个文坛的引导性："近年来，'自我表现'的主张在我国重新抬头，有着作家重视艺术个性，反对创作中的概念化公式化弊病的积极考虑的一面。但如果把'自我表现'作为创作的目的，而拒绝时代的智慧，不能反映历史生活前进中的广大人民的战斗情绪和革命理想，沾沾自得于个人所谓的'独特感受和见解'，那恐怕很难使自己的作品成为一个时代的镜子。如果作者的'独特感受和见解'，有着明显的偏颇和错误，就难以帮助读者正确地认识现实，并从作品中得到真正的教益了。"[1]诸如此类的评论方式，在新时期文坛上并不少见，从中我们可以清晰地感受到批评家在关注作品的艺术品格之时，对作品与时代的链接性的关注。一定程度上，关注社会现实的批评在当时形成了一个巨大的话语场，深深地影响着作家、读者们对文本的解决现实问题能力的兴趣。

进一步而言，"伤痕—反思"文学作品中，所包含着的表述历史伤痕的需求和反思，强烈地交织着知识分子启蒙姿态的重新确立的诉求，这也是80年代初期，中国文坛重新链接启蒙时代的重要标志。"伤痕—反思"小说中出现的众多的历史伤痕和知识分子的自我书写，充满了深切的反省，这种反省不仅是对自我身份确立的思考，更是对于一个民族、一个国家的过去、现在与未来的思想，充满了知识分子

---

[1] 张炯：《评〈人啊，人〉的思想和艺术倾向——兼论"自我表现"与反映时代》，《学习与探索》1983年第4期。

的责任感和价值取向表达。比如，茹志鹃的《剪辑错了的故事》（1979年）、王蒙的《蝴蝶》（1980年）都通过不同时空的跳跃，展示同一人物在不同时期的不同身份，既表达了主人公身份的变化，又完成了同一人物在不同时期的身份链接。《剪辑错了的故事》直接营造了不同时空："大跃进"时期、解放战争时期、未来的反侵略战争时期。通过回到历史以及对未来的幻想，尖锐地批评了极"左"思想给个人、国家、社会造成的危害，并通过"老甘""甘书记"的身份变动，来展示同一人物不同的思想变化，这实际上也是一种时代思想的变化。王蒙的《蝴蝶》通过人物意识的流动，来追寻自我的身份。主人公张思远从被改造对象的老张头，到如今坐在吉普车上的张副部长，身份发生了巨大变动。从个人经历来说，这种分裂必须找到统一点，而小说正是通过张副部长对过去老张头的身份的拥抱和接纳完成的，这种接纳代表了一代知识分子对个人历史伤痛的接纳，对一个国家的沉痛的历史的接纳，其背后隐含的对国家和时代的热爱是异常深切的。同样，在戴厚英的《人啊，人》（1980年）中，各个人物以独白的方式进入自己的内心世界，在过去与现在的心灵对话中试图找到心理平衡，并使自己的人生得到慰藉。张贤亮的《灵与肉》（1980年）中的许灵均，面对着穿着考究的、住在豪华的宾馆中的父亲时，内心想着大西北黄土地上的妻子和农民们，并最终以回归黄土地来宣告了自我的身份。

我们可以看出，80年代初期这些作品，作者在进行身份建构时，希望在主流意识形态认可的规范中找到认同感。因而，在描述"拨乱反正"后的正名及心灵震动中，在对历史困境的反思中，作品中依然保留着主流意识形态所号召和呼吁的知识分子形象。这一形象明显地倾向对"劳动者""革命者"身份的认同,而其间所表达的"思想改造"历程并未脱离新中国成立以来国家意识形态所持的对知识分子进行"改造"的观念。比如,王蒙在第四次文代会上说:"我们与党的血肉联系是割不断的!我们属于党!党的形象永远照耀着我们!"[1]张贤亮也说:"我就面临着我生命史上的一个重大的转折关头,必须要严肃地思考自己的命运了。所谓严肃,当然就是把个人的命运和祖国的命运、和社会主义的发展联系起来考虑。于是,我极其自然地得出这样的一条结论:党的三中全会制订的政治路线和思想路线,用'四人帮'时风行的语言来说,就是我的生命线!"[2]这些言语都表明了作家向政治权利靠近或渴望被认同。所以,80年代中国知识分子既保留了传统"载道"的人格特征,同时,在自我形象的建构中,对主流意识形态和国家所规约的身份保持着高度的认同性,并在这种认同中,他们表达了参与国家建设的积极热情。因而,对历史的"反思",是一种来自主流意识形态的反思。个人的命运始终保持在一种政治意识倾向的宏大性中。一定意义上,这样的"反思"与"十七年"乃至"文革"文学的表述方式有着蛛丝马迹的联系。可以说,80年代初期的文学并没有脱离这种思维,无论诉说"伤痕"还是"反思"历史或个人经历,在叙述方式上都深受数十年极左思维影响下形成的创作模式的影响,知识分子的自我建构被纳入在新时期政治、经济的话语结构中。

---

[1] 王蒙:《我们的责任》,《文艺报》1979年第11、12期合刊。
[2] 张贤亮:《满纸荒唐言》,《张贤亮选集》,天津:百花文艺出版社1995年版,第192—193页。

第六章 "改革文学"与现代化憧憬

"文革"结束后,深刻影响了中国社会发展的重大事件当属改革开放,自 1978 年召开十一届三中全会以来,中国进入了一个新的改革时期。此时,以现实主义精神和方法为主力的文学创作自然地关注到了这一重大历史事件。1979 年《人民文学》第七期推出蒋子龙的短篇小说《乔厂长上任记》,引起文坛关注,以此为标志,"改革文学"潮流被文学史所命名。然而,中国的"改革文学"一开始便陷入紧跟国家的改革开放政策及精神的紧迫中,其所书写的"改革"既包含着对国家政策及精神的响应,又充满着文学化的想象的"改革图景"。其时,各种创作与批评的争鸣共同建构了中国社会对改革开放所面临的种种社会问题、人物命运和生活变革的想象,以及人们在改革进程中进行的现代化的价值重建。

第一节 《乔厂长上任记》的发表

1988 年,张贤亮在《中国大陆的改革文学》一文中就说道:"中国大陆的所谓改革文学,是蒋子龙在 1979 年发表《乔厂长上任记》肇始的。改革文学实际上是先于社会的改革腾飞起来的。当社会的改革尚在泥淖中艰难地爬行时,改革文学因它投合了读者强烈要求社会改革的愿望而在一片泥淖的上空翱翔。"[1]现有文学史也基本形成共识,视蒋子龙为"改革文学"作品的领率者。

《乔厂长上任记》的发表具有重要的代表意义,文本自身的审美性以及由此带动的文学界的价值认同体现了文学叙事与80年代改革开放这一重大事件间的关系。作品借助机电厂在新时代中发生的改革事件,塑造了一位积极推进改革运动的英雄人物——乔光朴。他以胆识和魄力,突破重重阻隔,锐意改革,提高了机电厂的生产力,同时,在个人的爱情生活上也追求到了心上人。小说发表以后引发了热议,至《新时期文学六年》这一部文学史中,便作了如此结论式评论:"一九七九年七月,也就是三中全会闭幕后仅半年时间,蒋子龙的《乔厂长上任记》以其震撼人心的思想和艺术力量脱颖而出。作品的主人公乔光朴,作为四化建设的一员闯将,其典型性是十分深刻的。人们从他那刚直、果断性格中不仅看到了社会主义新人那种思想解放、眼界开阔、通晓经济规律和专门技术,怀着刻不容缓的时代紧迫感,知难而上,锐意改革,具有管理社会主义现代化大企业的气魄和才干的崭新的精神风貌,同时,也看到了他是如何面对粉碎'四人帮'之初我国工业战线上那种制度混乱、纪律废弛、关系复杂、人心涣散的艰难局面的。"[2]在这里,我们从评述中,感受到了文学史将乔光朴与社

---

[1] 张贤亮:《中国大陆的改革文学》,《文艺报》1988年第3期。
[2] 中国社会科学院文学研究所当代文学研究室编:《新时期文学六年(1976.10—1982.9)》,北京:中国社会科学出版社1985年版,第169页。

会主义现代化建设、社会主义新人紧密相连的判断，充满了改革英雄出世的兴奋感。

从另一角度说明，乔光朴式的改革人物以及小说所描述的改革图景，正是对十一届三中全会后中央将工作重点转移到社会主义现代化建设轨道上来的决定的呼应，也是对控诉"文革"的叙事主题的延续。小说所写的1978年6月，正是"文革"结束、百废待兴的时刻，乔厂长所面临的问题正是"文革"作风、观念的遗留问题。在写作思路上，按照蒋子龙自己的说法："首先到我脑子里来报到的是冀申。"[1]这是从"文革"时期进入新时期的干部的典型代表，而这一形象则源自现实生活，如："某厂一位革委会主任，在一九七七年底搞了一场大会战，突击完成了任务，事迹登了报，工人得到很多奖金，他也高升了。可是，一九七八年这个厂可苦了！整个第一季度，他们干的就是把去年突击完成的产品全部拆开，重新装配，有的还要重新加工，整个季度他们没有生产出一台新产品。"[2]"某位十九级干部，在干校时当'鬼'队队长，对一位老干部额外照顾了一下，以后这个老干部复职时，立刻提拔他当了一个千人以上大厂的党委书记。"[3]"还有种种现象：某些老干部想上哪去就能去得成……他们办公事老是说研究研究，办私事却敢拍板，敢作主。""这就是冀申。我认为要实现国家经济建设的现代化，绝不可低估'只会做官，不会做事'的冀申们的阻

---

[1] 蒋子龙：《〈乔厂长上任记〉的生活账》，《不惑文谈》，上海：上海文艺出版社1984年版，第53页。

[2] 同上。

[3] 同上。

力。'四人帮'倒台了,冀申们打着反'四人帮'的旗号,而搞的还是'四人帮'那一套。他们在新的时期对党和国家必然有更大的危害。"[1]冀申这一人物的存在,正体现了作者对改革的现实的认识,以及对"文革"的"伤痕"的认识。作为新时期文学的代表作,《乔厂长上任记》依然延续了对"文革"的伤痕进行叙述的传统,这也是乔光朴改革的现实处境和行为的逻辑起点。据作者交代,乔光朴形象是有现实依据的,是作者"调用"了自己脑海里的干部档案,一位"会生活、会工作、会处理关系"的厂长构成了乔光朴的基本性格[2]。然而,这样一位干部作为改革者是不完美的,作为改革者的乔光朴更应该是敢作敢为的,要承载着作者或者说时代的未来和希望的,正如蒋子龙所说:"乔光朴在这篇小说里要唱重头戏。我对社会主义现代化的信心,对未来的信心很大一部分要在他身上体现。"[3]

现在看来,作品建构的对社会主义现代化的信心与新时期官方话语之间有着某种切合性,然而,在那个争论着"伤痕文学"是否是暴露文学的年代,其中涉及的现实问题依然面临着种种叙事困境,也体

---

[1] 蒋子龙:《〈乔厂长上任记〉的生活账》,《不惑文谈》,上海:上海文艺出版社1984年版,第53页。

[2] 蒋子龙说:"我在脑子里像放电影一样把这些人都过了一遍,然后,又把这些人放在一块儿进行比较。比来比去,有这么一个厂长引起了我的兴趣。他也是一个大企业的厂长,身上总是穿得干干净净,谈吐诙谐多智,干什么事都不着急,不上火,脑瓜聪明,搞生产也有办法,太邪门歪道的事自己不干,别人干他见了也不生气,很有点玩世不恭看破红尘的味道。他把工厂搞得也还不错,他是那种会生活、会工作、会处理关系的领导。这时我想就以他的特征作为乔光朴的基本性格特征。"见《〈乔厂长上任记〉的生活账》,《不惑文谈》,上海:上海文艺出版社1984年版,第54页。

[3] 蒋子龙:《〈乔厂长上任记〉的生活账》,《不惑文谈》,上海:上海文艺出版社1984年版,第55页。

现了当时文学环境的复杂性。据蒋子龙回忆:"一九七九年初夏,我割痔疮住院。《人民文学》的编辑王扶顶着大雨,被浇得通身湿透到病房向我组稿。我已经有四年多没有摸笔杆,并向家人和朋友们多次表白此生不再写小说。但身上的文学虫子还没有完全死光,被编辑的诚意一感动,就心活手痒,写出了《乔厂长上任记》。"[1]这次写作的邀约应该与蒋子龙在《人民文学》复刊号上曾发表过的《机电局长的一天》有关,涂光群就说:"他在《人民文学》复刊号上发表了他的力作《机电局长的一天》。那时,'四人帮'还没有倒台,但他没有跟'四人帮'唱同调,而是写了一位大刀阔斧地兴利除害,同'四人帮'破坏生产的极左谬论斗争,为中国工业的现代化而奋发努力的机电局长霍大道,表达了广大人民的心声,因此受到读者的热烈喝彩。"[2]《机电局长的一天》奠定了蒋子龙书写工业改革题材的方向,同时,作品发表以后蒋子龙受到打击,也使得《人民文学》杂志编辑部有了为其复出而约稿的意思。涂光群说:"但在一九七九年春天,许多老作家、中年作家复出,纷纷为读者献出了他们的佳作;还有一批新作家从东南西北、四面八方脱颖而出,发表了为文学添彩的佳作。而就在这个时候,不见蒋子龙的名字、声音,没有哪家报刊向他约稿。最先发表他的轰动作品《机电局长的一天》的《人民文学》杂志编辑部决意改变这一沉闷状况。"[3]也许是时代使然,更重要的是蒋子龙作品

---

[1] 蒋子龙:《大编辑》,《一见集》,北京:中国社会出版社2006年版,第122页。

[2] 涂光群:《五十年文坛亲历记》(上),沈阳:辽宁教育出版社2005年版,第278页。

[3] 同上。

的主题与时代需要的主题的切近性,让写作总是与他的人生命运联系在一起。《机电局长的一天》使作者受到了批判,而发表《乔厂长上任记》之后,作者的生活亦不平静。在作品发表之后的第三十个年头,蒋子龙接受访谈时说道:"乔厂长构成了我的命运,他影响了我的命运,甚至影响我的家庭、我妻子、我子女的命运,甚至影响其他人的命运。看了'乔厂长'被撤职的,看了'乔厂长'没有跳楼的等等。所以这样的作品只有在那个时代能产生出来。"[1]这段话说明的不仅是作品与时代话语之间有着复杂而又微妙的关系,而且表明乔厂长不仅是蒋子龙的乔厂长,更是时代的乔厂长。作品体现出来的与社会问题的紧密关系激荡着人们的内心,同时也与时代间产生了密切的纠葛。

徐庆全在《〈乔厂长上任记〉风波——从两封未刊信说起》中较详细地描述了《乔厂长上任记》出版后被批判和被评为优秀短篇小说奖的过程。据徐介绍,作品发表后,天津方面连续发起了对作品的批评,而在北京方面却表现出对作品的肯定态度,受到了"茅盾、周扬、张光年、冯牧、陈荒煤等'文艺掌门人'的赞誉"[2]。就批评文章出现的时序来看,正是因为有了天津方面的批判,才有了北京方面的力挺,这种对抗性的形成表明当时文艺场内部斗争思想的延续。徐庆全说:"本来,《乔厂长上任记》问世后,尽管在读者中反响强烈,

---

[1] 蒋子龙、孟瑾:《蒋子龙和乔厂长上任记》,见蒋子龙接受天津电视台"当代作家访谈录"节目的采访: http://tjtv.enorth.com.cn/system/2003/06/30/000588300.shtml。

[2] 徐庆全:《〈乔厂长上任记〉风波——从两封未刊信说起》,《南方周末》2007年5月17日。

但北京的评论界并没有大张旗鼓地进行评论，连《文艺报》也只是在'新收获'栏目发表了一篇很短的介绍性评论。在《天津日报》发表了对《乔厂长上任记》的批判和否定文章后，北京方面才动作起来。"[1]正如有评论者分析的："这一方面也表明了北京方面的政治态度，一方面保证了作品的合法性。但在天津方面，天津市委书记刘刚，写信给胡耀邦、周扬等人要求对《乔厂长上任记》进行批判，并且在《天津日报》上刊登了'十四块版的批评文章'。其实天津方面兴师动众地批评，有着其自己的政治原因，就是为了开展其在一九七八年六月开始的'揭批查'的政治运动，北京正是这时展开了大规模的对《乔厂长上任记》的辩护。"[2]"因此在北京和天津之间展开了一场争论，而争论的双方都不断地寻求来自中宣部的支持。在这里我们能够看到，在这种文学生产机制的批评环节，中央的决定成了裁判这场争论的最高决断。"[3]可见，从作品的写作到批评的过程，都鲜明地体现出了政治—文化权利支配的过程。

对《乔厂长上任记》肯定性意见的确认，最终使其成了"改革文学"的代表作，也最大限度地发掘出了其与时代步伐保持一致性的文本内涵。乔厂长的出现也代表新时期文学的"伤痕"叙事终于走出了"过去"的空间，在当下及未来的期冀中找到了时代的自信，这种自信是新时期话语的重要组成部分，也恰恰切合了1979年第四次文代会

---

[1] 徐庆全：《〈乔厂长上任记〉风波——从两封未刊信说起》，《南方周末》2007年5月17日。

[2] 张伟栋：《"改革文学"的"认识性的装置"与"起源"问题——重评〈乔厂长上任记〉兼及与新时期文学的关系》，《当代作家评论》2009年第3期。

[3] 同上。

召开时邓小平同志在《祝辞》中说的:"我们的文艺,应当在描写和培养社会主义新人方面,付出更大的努力,取得更丰硕的成果……要通过这些新人形象,来激发广大群众的社会主义积极性,推动他们从事四个现代化建设的历史性创造活动。"[1]乔厂长式的人物就是从事四个现代化建设的创造性活动的担当者。换言之,乔光朴式的人物不仅来自现实,更是来自改革的现实的需求,因为在那个经济几乎停滞的时代,通过改革开放来解放和发展生产力是国家的一项战略性决策。事实也说明,直至今天,中国社会不断发生的变化改变着中国的政治、经济、社会状况。所以,改革的合法性是建立在对"文化大革命"的批判及社会主义现实发展的认定基础之上的,而且当改革最终以政策的方式存在下来之后,它实际上已经包含着"社会主义"、"新时期"、"四个现代化"这样鲜明的集体话语。那么,当我们的"改革文学"出现的时候,就不仅仅是对政策的一种宣扬或图解,而是有了深入现实和描述生活的重大责任感。

第二节 现实主义写作与经济体制改革的共振

随着蒋子龙的《乔厂长上任记》(1979年)、柯云路的《三千万》(1980年)、《新星》(1984年)、何士光的《乡场上》(1980年)、张洁

---

[1] 邓小平:《在中国文学艺术工作者第四次代表大会上的祝辞》,《邓小平论文艺》,北京:人民文学出版社1989年版,第6页。

的《沉重的翅膀》(1981年)、水运宪的《祸起萧墙》(1981年)、王润滋的《内当家》(1981年)、赵本夫的《卖驴》(1981年)、张一弓的《黑娃照相》(1981年)、李国文的《花园街五号》(1983年)、张贤亮的《男人的风格》(1983年)、蒋子龙的《燕赵悲歌》(1984年)、邓刚的《阵痛》(1983年)、矫健的《老人仓》(1984年)、王兆军的《拂晓前的葬礼》(1984年),以及铁凝的短篇《哦,香雪》(1982年)、贾平凹的《腊月·正月》(1984年)等作品的出现,文坛对"改革文学"的浪潮式涌动充满了热情的评议。至1985年,视"改革文学"为一次浪潮已经基本成定论:"如果借用近来颇为流行的未来学术语,把曾在当代文学运动中发生过重大影响的'伤痕文学'和'反思文学'称为新时期文学的第一、二次浪潮,那么创作潮头已经涌来的'改革文学',就是新时期文学的第三次浪潮。"[1]1986年,有评论者以"改革:文学的大趋势"为题来评述这股浪潮:"从控诉'四人帮'的'伤痕文学',到回顾革命和建设经验教训的'反思文学',到反映当前社会变革的'改革文学'。这是题材的扩大,是主题的深化,也是文学的升华。"[2]显然,"改革文学"的出现已被视为文学创作的一次提升。

"改革文学"之所以能够引起重视,与题材的现实性以及采用的现实主义方法分不开。80年代有评论家曾对"改革文学"的现实主义做出了这样的肯定:"这类改革题材的作品总的说来是充分的现实主义

---

[1] 杨飏:《关于改革文学的思考》,《中州学刊》1985年第2期。
[2] 蔡葵:《改革:文学的大趋势》,《复旦学报(社会科学版)》1986年第4期。

的。它们没有在急剧变化了的中国社会的现实生活面前闭上眼睛,而是以最大的热忱、最快的速度作了追踪式的反映,有的甚至与生活同步调。这就是说,这类作品的纵横交错的艺术触角伸向了我们现实社会生活的各个领域、各个方面。上层建筑的不适应性、经济基础上的缺陷、各类企事业单位所存在的带有共性的弊病、三教九流各类人物在新的历史时期自然地流露出来的精神状态,如此等等,都在'改革文学'中得到了真切的描绘和深刻的反映。……另外,'改革文学'还具有另一种审美价值,这就是:它们在传达当代中国社会的种种信息的同时,又提出了许多顺应时代的发展、社会的进步,与'两个文明'建设相协调相吻合的新观念。"[1] 其实,"文革"结束后,文坛对恢复现实主义写作手法的呼声极高,题材也不断扩大,从关注历史和个人经历的现实,到关注中国社会改革开放的现实,作家们所寻找的不仅是写作题材的变化,更是知识分子介入现实、关怀现实的精神。"改革文学"的叙事无疑让文坛充满了现实主义的期冀,而这种现实题材又常常关涉到政治话语敏感性,其中所反映的社会现实的复杂性和多变性,也使"改革文学"面临着一次又一次的争鸣。

同时,在同一篇评论文章中,有评论家也概括道:"近年来'改革文学'形成了一个大的浪潮,不少作品的思想水平和艺术水平都有了相当程度的深化和提高,但是争论仍在继续。而争论的课题,基本上又是集中在如下几点:怎样看待'改革文学'对'阴暗面'的揭露;怎样认识作为主人翁的改革者的'孤独感'或'悲剧性命运';怎样评

---

[1] 朱文华:《关于"改革文学"的几点思考》,《学习与探索》1985年第3期。

价'改革文学'常有的'政论体'的色彩;怎样分析'改革文学'中各类人物形象,如此等等。"[1]就"改革文学"的不足,如此说道:"说到'改革文学'艺术创造上的不足之处,应当说还是'雷同'这个老问题。这种'雷同',不仅表现在艺术构思上,还大量地涉及了艺术形象的类型的摄取等方面。"[2]可见,对"改革文学"的争议还主要集中于作品的主题、人物等方面。其实,在 80 年代中期这个涌动着艺术变革思潮的时期,批评家们注意到了"改革文学"在创作手法上的不足实属必然。比如,1987 年,王蒙指出:"如果说确有这样的作家,急功近利的考虑或过于紧迫的政治环境使他们搞了一些自以为社会需要的粗糙的、非艺术的东西,搞了一些朝生夕灭、政治上也是随风起落的东西,我们不必讳言这类的事实。如果说一些重要的社会力量乃至主导力量的政治短视与艺术无知导致了对文学的粗暴侵犯,乃至导致了部分作家艺术家对于社会性的厌倦,对于有关作家的社会责任的说教的厌倦,我们也不必讳言这类事实。问题是,第一,这些作品经不住时间的考验,并不是因为它们政治上太强,而是因为它们艺术上太弱,政治上从而也相当浅薄贫乏。第二,所有这一类事实,与其说是由于政治上太强功底太深考虑得太多,不如说是政治上太弱、太幼稚、太无定见远见的结果。真正的社会使命,与政治上的随风逐浪紧跟配合不是同义语。"[3]关于"改革文学"与政治话语的切合性一直是争论的焦点。至 1989 年,也有评论者认为"反思"与"改革"文学

---

[1] 朱文华:《关于"改革文学"的几点思考》,《学习与探索》1985 年第 3 期。
[2] 同上。
[3] 王蒙:《文学的三元》,《文学评论》1987 年第 1 期。

都还没有跳出工具主义和准工具主义的樊篱:"我的用意不在于抹煞'反思'与'改革'文学,而是指出它们普遍存在的缺陷:跟时代、跟政治、跟形势、跟政策跟得太近、太贴,以至这些作品显示不出作为文学自身的独特品格。"[1]换言之,80年代中期批评声音的多元化以及关于艺术手法的探讨,一方面代表"改革文学"与时代话语之间对话的丰富性,另一方面也表明,从80年代初到80年代中期,对"改革文学"批评的侧重点实际是在发生着变化的。

80年代初期,评论界大多关注作品是否符合政治标准,除了上文所述的《乔厂长上任记》发表时引发的批判之外,"改革文学"的另一部典范之作——张洁的《沉重的翅膀》也面临了这样的命运。《沉重的翅膀》最初发表在《十月》杂志1981年第4期、第5期上,人民文学出版社于1981年12月发表了第一版单行本,又于1984年7月发表了第二版单行本。1984年的版本也是获得了茅盾文学奖的版本,此版本对之前的版本进行了较大的修订。有研究者说:"按时间顺序仔细比对三版内容,可以发现从初刊本到初版本之间的改动,主要是对某些与主流意识形态相抵牾的尖锐议论进行了政治方面的回调。"[2]作品发表以后,引发中宣部的关注和批评,张光年等人亲自写信指导修改以及获得茅盾文学奖,这些都充分展现了特定的社会空间结构对创作者的影响。在最初的版本中,作者张洁表达的重心正在于"沉重":历史

---

[1] 万同林:《反思文学、改革文学的再评价》,《文学自由谈》1989年第4期。
[2] 金宏宇、徐文泰:《"改革文学"是如何"炼"成的——以张洁〈沉重的翅膀〉的版本变迁为考察对象》,《天津师范大学学报(社会科学版)》2018年第3期。

际遇、个人性格、旧有观念的束缚等等，成为主人公的重负和人生的"沉重"。而到了修改本中，个人的沉重化解在了改革的实践中，并最终给了改革者一抹生活的亮色。1984年的版本序言中删除了初版本和第一次单行本中作者写在前面的话，增加了张光年的序，明显地将指向个人命运的言说转向了对改革的介入的言说。比如，初版本中写道："人生是什么？有朋友说：'人生是苦中作乐。''不！'我说，'人生是和命运不息止的搏斗'。"[1]张光年的序言中则写道："改革难。写改革也难。不但工业现代化是带着沉重的翅膀起飞的，或者说是在努力摆脱沉重负担的斗争中起飞的；就连描写这种在斗争中起飞的过程，也需要坚强的毅力，为摆脱主客观的沉重负担进行不懈的奋斗。"[2]这里所导向的"沉重"不是个人命运的沉重，而是需要去摆脱的环境的沉重。以此，作品完成了充满积极导向意义的改革英雄形象的塑造。可以说，像《乔厂长上任记》《沉重的翅膀》这两个代表"改革文学"初期成就的作品，产生之初就陷入了作品主题、人物形象是否符合政治话语规范的评判中，前者最终以类似于"改革新人"这样的评价稳定了存在的价值，后者则在版本修正的修订中，找到了鲜明的时代诉求。总体上看，80年代初期，作品受到的评价，更多的是关于意识形态方面的，而到了80年代中期，人们才对艺术形象的真实性、生动性有了更多的关注。

布尔迪厄在《艺术法则》中说："一方面，是完全特定的社会空间

---

[1]　张洁：《沉重的翅膀》，《十月》1981年第4期。
[2]　张洁：《沉重的翅膀》，北京：人民文学出版社1984年版，第1页。

的生成和结构,'创造者'被纳入这个空间而且是被这样构造的,他的'创造计划'本身也是在这个空间中形成的;另一方面,是他带到这个位置中的既普遍又特殊、既一般又独特的配置的生成。"[1]无论是创作还是评论,"改革文学"与中国80年代社会变革的空间紧密相关。总体上看,"改革文学"之于中国的文学史来说,其最大的价值就在于其现实主义书写与政治、经济体制改革之间的共振,以及在这种共振中产生的偏差。在《新时期文学六年》中有如此的描述:"早在粉碎'四人帮'之初和稍后出现的许多揭批林彪、'四人帮'和'反思'建国三十年历史的作品里,作家们就表现了对于历尽磨难之后的祖国必然要出现一个四化建设新局面的热烈憧憬……但是,要说短篇小说广泛地、深入地揭示了历史转变时期生活中的新的矛盾斗争,表现出我国人民踏上四化建设的新征途的时代风貌,那还是在党的十一届三中全会以后。"[2]这些作品指的就是大量出现的"改革文学"作品,它与十一届三中全会以及中国四化建设征途间的内在联系,注定它的现实主义带着强烈的社会使命感,并且在文学的表达方式与历史现实之间不断地产生碰撞与妥协。

"改革文学"作家们充满着介入现实、介入时代变革的激情,作家李国文就热烈地主张:"使自己的心律与时代的脉搏同步,写当代,写当代人,写改革,写四化。"[3]当时,也有评论家是如此评价《花园

---

[1] [法]皮埃尔·布尔迪厄:《艺术的法则——文学场的生成与结构》,刘晖译,北京:中央编译出版社2011年版,第162页。

[2] 中国社会科学院文学研究所当代文学研究室编:《新时期文学六年(1976.10—1982.9)》,北京:中国社会科学出版社1985年版,第168页。

[3] 李国文:《为改革者呐喊》,《十月》1983年第6期。

街五号》的:"《花园》的独特震撼力就在于,不仅从横向展开了改革与反改革惊心动魄的一幕:一方面花园街五号的主人在进行痛苦的抉择;一方面以刘钊与丁晓为代表的新旧两种力量在尖锐角逐,谁来接替这幢楼房主人的位置,事关施不施行改革,能否实现改革的根本问题。其深意更在于,透过严峻的现实生活重现出历史的画幅,从纵向显示出一个新陈代谢的必然历程:五十年来,一幢建筑物从帝国主义代理人康德拉季耶夫开始,四个朝代,换了五位主人,历届主人都没有逆转动历史的车轮,下台,取代,并非个人意志所能决定的。在当今改革的漩流中,谁来接替韩潮的位置,这取决于历史发展的潮流,而历史的总趋势是不可改变的。"[1]暂且不论这样的评述在文坛是否产生了广泛的影响力,但从这样的评述话语中,我们明显地感觉到作品主题与时代号召间的那种紧密性。现在看来,当时引发的对"改革文学"的题材雷同、人物雷同的评价,其根本在于大部分"改革文学"的叙事逻辑努力保持着对政治、经济政策的回应姿态。一定意义上说,"改革文学"的现实主义书写为我们提供了很好的时代范本,正如张洁在一则访谈中提到的:"说句老实话,《沉重的翅膀》的社会意义高于文学意义。"[2]这里的社会意义正是中国当时"改革"的政策和执行的意义。

80年代初期的现实主义创作手法运用的另一层意义则是,现实主义书写开辟了新的写作空间,使改革文学与政治、经济政策产生着共

---

[1] 江少川:《改革的时代呼唤"改革文学"——评三部反映城市改革题材的长篇小说》,《华中师院学报》1985年第2期。
[2] 荒林、张洁:《存在与性别,写作与超越——张洁访谈录》,《文艺争鸣》2005年第5期。

振的空间中,出现了一批更深入的以改革为背景,或者说面向改革引发的现实变化,更深入地写人的变化的作品,并且再次以现实主义的精神展现出了改革引发的中国文化和人的生活方式的变化。像高晓声的"陈奂生系列"(1979—1982年)、张炜的《古船》(1986年)、贾平凹的《浮躁》(1987年)、路遥的《人生》(1982年)、《平凡的世界》(1986—1989年)等就是典型代表。这些作品相比于《乔厂长上任记》、《花园街五号》等作品,主题上并没有直击改革的艰难,所以当时就是否命名为"改革文学"也存在着争议,不过就其发表的时段以及所反映的改革背景来看,将其纳入"改革文学"潮流应该也是可行的。就如当时有评论家如此论述:"从实际情况看,我以为可把'改革文学'作品大致分为两类。一类如张锲的《改革者》、蒋子龙的《开拓者》和张一弓的《火神》等。作家以凌厉的气势,雄浑的笔调,再现了党的十一届三中全会以来,发生在通都大邑、县镇农村、特区口岸、工商企业等处的形式和程度不同的改革,以及围绕着改革展开的错综复杂、尖锐激烈的斗争。另一类如陈国凯的《两情若是久长时》、贾平凹的《正月、腊月》和王润滋的《鲁班的子孙》等。作家以细腻的笔触,舒缓的节奏,在社会变革的广阔背景上,表现了人们的价值观念、道德观念、审美观念等正在发生的变化,以及由此引起人们在气质个性、思想感情、行为方式、心理状态、思维方法等方面的微妙变动。简言之,前者指正面反映我国当前波澜壮阔的改革,后者系侧面表现改革引起社会生活的变化。"[1]在后一类作品中,不乏更优秀

---

[1] 杨飏:《关于改革文学的思考》,《中州学刊》1985年第2期。

的作品。

有文学史曾评价"陈奂生系列小说"写出了中国农民跨入新时期变革时的精神状态,"使我们看到了在改革大潮的轰轰烈烈背后更迟缓、更严峻、也更博大的文化内涵"[1]。从"漏斗户主"(1979年)走来的陈奂生,在十一届三中全会后,因为新政策的到来,可以省下面粉炸成油绳,上县城做一趟小买卖,但却因为在招待所住了一夜,花掉了五元钱。作品生动地展现了花了五元钱后陈奂生的小农民意识以及"精神胜利法",同时也实实在在地反映了农民在经济收入上的变化以及实际的收入状况。1981年发表的《陈奂生转业》进一步讲述了当上队办工厂采购员的陈奂生的经历,从上府城为工厂采购别人采购不到的紧缺原材料的种种细节中,展示了中国经济结构的变化以及中国社会的经济运行环境。到了1982年的《陈奂生包产》,则更进一步地指向中国土地政策发生变化后,中国农民生活方式的变化。"陈奂生系列小说"展现了一代中国农民在历史进程中的经历,以及十一届三中全会后,农村经济政策的变化给中国农民的生活方式带来的巨大改变。高晓声敏锐地觉察到了这种变化,更重要的是看到了中国式农民的弱点以及内在的思维方式,正如作者在《且说陈奂生》中说的:"他们善良而正直,无锋无芒,无所专长,平平淡淡,默默无闻,似乎无有足以称道者。他们是一些善于动手而不善于动口的人,勇于劳动而不善思索的人;他们老实得受了损失不知道追究,单纯得受了欺骗会无所察觉;他们甘于付出高额的代价换取极低的生活条件,能够忍受

---

[1] 陈思和:《中国当代文学史教程》,上海:复旦大学出版社1999年版,第232页。

超人的苦难去争取少有的欢乐；他们很少幻想，他们最善务实。他们活着，始终抱着两个信念；一是在任何艰难困苦的条件下，相信能依靠自己的劳动活下去；二是坚信共产党能使他们生活逐渐好起来。他们的许多优点令人感动。但是，他们的弱点确实是很可怕的，他们的弱点不改变，中国还会出皇帝的。"[1]这样的书写，不可不说是五四新文化运动以来，中国现实主义精神的延承。

像《古船》和《浮躁》这两部作品，都是较早地反映了中国北方城乡交叉地带因改革带来农村生活震荡的优秀作品。小说敏锐地观察到了改革初期，政治经济政策变动下中国大地上发生的文化变动，并将这种变动与中国农村的深层历史、文化气息相结合，把握到了改革带来的真正气息。作品中塑造的隋抱朴、金狗等人物都是改革浪潮涌来之时的弄潮儿，但他们已不是简单的乔光朴式的改革英雄，而被赋予了历史的因袭和文化的承载者的角色，无论是隋抱朴对自我突围的艰难，还是金狗的浮躁，作品出神入化地展现出了有着千年文化固性和历史沧桑的乡土，在改革浪潮来临之际的悸动，人物所面对的改革也不是简单的生产力的变革，而是文化的变革、传统社会结构的变革。1986年雷达就曾激动地评价过《古船》："《古船》（载《当代》一九八六年第五期）的出现是一个奇迹，它几乎是在人们缺乏心理准备和预感的情势下骤然出世的。就像从芦青河中捞出那条伤痕斑驳的古船一样，小说陡然撕开并不久远的历史幕布，挖掘着人们貌似熟悉其实陌生的沉埋的真实——人的真实；同时，又像那个神秘可怕的

---

[1] 高晓生：《且说陈奂生》，《人民文学》1980年第6期。

'铅桶'下落不明一样,小说揭示了隐伏在当代生活中的精神魔障;当然,小说也有自己的理想之光,它要骑上那匹象征人性和人道光辉的大红马,尝试寻求当代人和民族振兴的出路。由于它是一部如此奇异的作品,读者和评论者在片刻的惶惑后无不为之轻轻战栗继而陷入绵长的深思。"[1]从雷达所看到的《古船》在历史反思上的深度来看,在80年代评论界便已经有这样认同:这类"改革文学"作品比80年代初期简单地以改革任务为指向的作品,要更深刻些。

因此,从最初《乔厂长上任记》式的作品到"陈奂生系列"、《古船》《浮躁》等作品,"改革文学"也从简单地呼应政策转向了深入书写中国社会发生的种种变化,换言之,"改革文学"正是应着中国改革开放这一重大历史事件而生发的。尽管现在看来,对中国政治、经济改革政策的贴近以及大部分与其发生共振的作品尚未脱尽现实主义的政治功利性,但是在这一股潮流中,的的确确生动地展示了中国社会因改革开放政策带来种种变化的现实,特别是一些指向文化精神和人性深处的书写,拓宽了新时期以来"伤痕"、"反思"文学的书写题材,即作家们以现实主义的精神去面对中国社会发生的巨变时,推动了现实主义书写的可能性。

第三节 现代化想象中的价值偏向

"改革文学"潮流与十一届三中全会以后中国政治、经济政策、

---

[1] 雷达:《民族心史的一块厚重石碑——论〈古船〉》,《当代》1986年第5期。

人民生活方式的改变有着异常紧密的联系，加之现实主义的写作手法，使其自然地纳入到了中国社会现实的各种变动之中，其中所反映的现实生活、价值观念与中国社会的生活及价值观念密切相关。更重要的是，改革文学所书写的现实以及种种应对改革的价值建构是先于社会现实改革层面的，正如前文张贤亮所述"改革文学实际上是先于社会的改革腾飞起来的"，因此叙事中充满了对新时代到来的新的现代性期待和想象。而在"四个现代化"的诉求中，将中国的现实放诸于世界的现代化进程时，也饱含了世界现代化背景下的焦虑以及中国现代化诉求的价值重构。

回到《乔厂长上任记》这一文本，我们可以清晰地看到作者的现代性诉求。小说开篇的"摘自厂长乔光朴的发言记录"，从时间和数字上将中国机电厂的生长力与发达国家的生产力进行比较，一下子将中国置于发达国家经济现代化程度的背景中，不仅充满了落后的焦虑，也反映出作者所理解的现代性就在于生产力上的追赶，这正是新时期中国社会、民族所面临的现代化主题。而乔厂长所定下的追赶目标和奋斗的决心，也体现出了国家、民族的社会经济发展目标。同样，在其他反映工业改革题材的"改革文学"中，也饱含了提高生产力、发展经济的现代性想象。比如，柯云路的《新星》中的"改革英雄"李向南，以激情和毅力为古陵县做出种种"改革规划"：完善农村生产责任制，发展养猪、养羊、养鹿等"二十养"，整治不正之风，发展各方面建设等等。规划的方方面面充分体现了国家提出的"让一部分人先富起来"、"农村实行生产责任制"、"农林牧副渔同时并举"等改革政策，甚至为了实现对政策的呼应，小说在叙事中忽略了诸如古陵县根本不适合养鹿这样的细节的真实性。

　　事实是,"改革文学"所面对的中国改革开放这一重大历史时刻,无论是写工业还是农村的变革,它所关涉到的社会问题以及政策导向,使其必然纳入政治话语导向的宏大叙事中。同时,改革这一话题本身包含着中国社会建设的方方面面,作家们必然面对着中国现代性的阐释,即作品面临着如何进行现代性想象的问题,这种想象最大程度地表达了十一届三中全会以后,国家所制定的改革开放政策及制度的执行情况,也引发了文本向政治权利的靠近。

　　从 80 年代初期到中期,"改革文学"与政治主题的这种关系使正面临政治与文艺关系调整的文学叙事变得更加敏感,因为自"文革"结束否认了"文艺为政治服务"以后,文艺的政治性就一直是一个敏感而又重要的问题。1982 年周扬在《一要坚持 二要发展》中明确指出:"不再提文艺从属于政治,这并不是说文艺与政治无关,可以脱离政治⋯⋯在今天,文艺为人民服务,就要为社会主义服务,因为社会主义是人民的根本利益所在。三中全会以来,文艺的主流是必须肯定,但是也有错误,也有支流。随着对外开放和对内搞活经济的巨大政策转变而带来的思想战线上的资产阶级自由化倾向,就是不容忽视的支流。强调文艺为社会主义服务,就要反对这种倾向。"[1]新时期初期,"伤痕文学"、"反思文学"和"改革文学"所关涉的政治、经济和社会问题,让作家们不得不保持政治的敏感度。相对于"伤痕"、"反思"文学面对历史问题时结论叙述的相对清晰化,"改革文学"面

---

[1]　周扬:《一要坚持　二要发展》,《人民日报》1982 年 6 月 23 日。

对中国未来的发展以及不断摸索前进的改革进程时，要对社会现实做出判断显然更加复杂。同时，随着文艺自身的发展，如何发展文学的主体性也成为作家如何书写现实问题的一个重要方面。

王尧曾说道："在80年代最初的几年，'现实主义原则'仍然是评价文学创作、推动文学思潮的一个基本原则，'拨乱反正'的结果是回到'社会主义的现实主义传统'（有时也用以前的'社会主义现实主义'这一概念），这种论述在当时的主流文学批评中显而易见。但即使是80年代被称为现实主义的创作，其实也和我们通常所说的'社会主义的现实主义'有很大的不同……显然，在80年代，回到'社会主义的现实主义'显然是不够的，而且不能据此规划和引导整个'80年代文学'。在文学与政治的关系有可能回到常态时，还有一个'回到文学自身'的问题，这一问题贯穿在'80年代文学'始终。"[1]可以说，80年代的"改革文学"迅速地度过了《乔厂长上任记》《沉重的翅膀》等反映工业改革题材作品中所展现的改革英雄者形象时期。确切地说，在"改革文学"中出现的直面改革浪潮的英雄人物形象，自然可以被纳入社会主义新人的形象行列。尽管有时我们总能从他们身上看到这样那样的历史遗留，但他们面对改革趋势的态度是"新式的"，他们的行为亦是"新式的"。

进一步说，"改革文学"在书写中国的改革现实时，已不再是简单地塑造几个能解决改革难题的英雄形象的事情，而必得去正视改革现实中新观念、新事物的变动。比如，1983年王润滋发表的中篇小说

---

[1] 王尧：《冲突、妥协与选择——关于"八十年代文学"复杂性的思考》，《文艺研究》2010年第2期。

《鲁班的子孙》就较早地写到了改革所面临的"观念"困境。老木匠凭着好手艺养活了一双子女，也因自己一直坚守祖训和传统道德，为自己赢得了声誉。然而随着改革时代的到来，木匠铺却现出了萧条之景，他所坚守的方法在新的制作技法下也显得效率太低。接受了新思想的小木匠则一反老木匠的做法，不仅为了提高效率辞退了父亲一直照顾的伙计，而且凡是做工就要收费，当订货的单子多起来时，他也毫不犹豫地根据市场规则提高了价格，使利益最大化。这种种举动势必在父子之间引发巨大的矛盾，也引发了木匠铺的种种变动。这两者的冲突不仅是道德观念的冲突，更是在新的市场条件下，如何转换生存方式的冲突。老木匠的保守以及对变动的抵触代表了传统手艺人重义轻利的生存方式，而小木匠的经营变革和以经济利益为中心的原则代表了新时期市场经济活跃起来的时候，人们的观念及行为的变化。作品最后让我们看到了小木匠"变革"的失败：因为偷工减料导致家具不合格，引发人们纷纷来退货，小木匠也因为受到村民的围攻而被迫远走他乡。此时，老木匠则留下来收拾烂摊子，再次展现了传统艺人勇于承担、重义轻利的品格。显然，在作者的叙述中，流露出了对老木匠的褒扬、对小木匠的抨击，这种观念性的冲突是"改革文学"叙事的普泛现象。

这种新时期出现的新情况以及在价值观念上发生的冲突也引发了人们的讨论，就《鲁班的子孙》中作者的倾向来讲，当时就有评论家提出了质疑，雷达就说："由于作者只看到金钱对灵魂的腐蚀，只看到'传统美德'的某些丧失现象，不能站在历史发展的高度，进行社会的、经济的、政治的、哲学的、道德的历史唯物主义评价，致使他在父子矛盾中,情不自禁地陷入褒父抑子的立场。"[1]他为作品中小木匠形象受到刻意扭曲而鸣不平:"作为适应新时期经济政策的需要的个体户,作为一个精明强干的后起之秀,他的合理性何在? 义愤快要淹没这种合理性了。"[2]可以说,新旧价值观念的冲突成为作家和评论家不得不面对的现实。"改革文学"展示出的现代性追求或价值追求,以及由此引发的评论界对价值的判断,有效地构成了新时期文学图景中复杂又丰富的一面。最集中的一个话题即在于关于现代性的价值建构,而现代性观念中最核心的一点集中于城市与乡村的文明冲突,以及人面对城市与乡村的生活时应该做出怎样的选择。典型文本有路遥的《人生》、铁凝的《哦,香雪》、贾平凹的《小月前本》《鸡窝洼人家》《浮躁》等,这些以现实主义手法创作的文本,真实地反映了80年代这一改革时代,乡土人群的人生追求和价值困境。

比如,《人生》中的高加林在刘巧珍和黄亚萍之间的爱情选择,实际上是对乡村生活与城市生活的选择,而此时的城市和乡村背负着文明和落后的标签,以至于巧珍愿意从这场爱情纠纷中退出,原因是:"她真诚地爱高加林,但她也真诚地不情愿高加林是个农民!"[3]铁凝的《哦,香雪》中,火车在台儿沟停靠的一分钟给姑娘们带来的就是城市文明的讯息——丰盈的物质及美好的人生向往。香雪不惜错过下车时间,终于换回来的铅笔盒寓意深刻。拿到铅笔盒的香雪想道:"她要告诉娘,这是一个宝盒子,谁用上它,就能一切顺心如意,就能

---

[1] 雷达:《〈鲁班的子孙〉的沉思》,《当代文坛》1984年第4期。
[2] 同上。
[3] 路遥:《人生》,《收获》1982年第3期。

上大学、坐上火车到处跑，就能要什么有什么，就再也不会被人盘问她们每天吃几顿饭了……"[1]这里，既有一个农村孩子维护自尊的需求，又有一个希望通过自己的努力学习拥有城市生活的追求。现在看来，无论是高加林舍巧珍而选择黄亚萍，还是香雪内在的"要什么有什么"的追求，主人公在价值选择上，都建立了城市文明高于乡村文明的价值取向，其中，《人生》中暗含的道德和情感悖论、《哦，香雪》中包含的物质悖论都是现代性价值建构中令人担忧的部分。作为读者，我们或许可以想象上了大学、过上城市生活的香雪，她终于享受到了这种独特的快乐，然而我们也有担忧：仅限于物质获取的香雪，是否能够体会到知识的价值和意义。2000年以后，就有一些评论者指出了其中的价值冲撞。如有评论道："香雪的遭遇给我们的启示是，一个社会的文明，首先是生活在其中的人的文明，而不仅仅是物质文明，衡量一个社会文明程度的标准，是生活在其中的人自身的文明程度。原始的未必都是野蛮的，现代的未必都是文明的！小说中被遮蔽的暴力，在某种意义上揭示了人类文明进程中的某种悖论。"[2]然而，在80年代阅读者大多为《哦，香雪》所营造的乡村之美、心灵之美所吸引。如："香雪想要有一只'现代化'的铅笔盒是有道理的，而且想要说明：认为《哦，香雪》离'现代化'太远因而没有多大意思是没有道理的。香雪的苏醒，铅笔盒的故事，不是正在启发我们深思，从而真切地感到建设四个现代化的伟大意义，并且加强了我们创

---

[1]　铁凝：《哦，香雪》，《青年文学》1982年第5期。
[2]　王玉宝：《被宏大叙事遮蔽的温柔暴力——〈哦，香雪〉中的反现代性倾向》，《社会科学论坛（学术研究卷）》2009年第10期。

造新生活的责任感么?哦,香雪,这就是你的灵感的力量!"[1]此处,我们可以看到评论者将香雪对于铅笔盒的追求视作一种觉醒,这种觉醒恰是建设四个现代化的伟大意义。这两段不同时期的不同评论,无疑很好地展示出了不同时期,面对现代化建设内涵的不同态度。不过,在这些代表作中,如果说路遥和铁凝的叙事都包含着城市文明选择取向以及现代性追求的困惑,贾平凹在作品中更多地体现出了对乡土的依恋和两者之间的平衡。比如,《小月前本》和《鸡窝洼人家》中女性选择爱情和婚姻的标准,都离不开对那些充满新鲜感的、来自城市空间的物质认同,然而,作者总在不经意间流露了保留乡土习俗的守则。就像小月(《小月前本》)最终选择嫁给活络的、会到处跑生意的门门后,仍然语重心长地告诉他,生意可以跑,但是土地是不能荒废的。这或许就是作家在城乡价值观冲撞中找到的最理想的状态。同样,在《浮躁》中,金狗经历了出走到回乡的历程,最终依然是故乡的山与水抚慰了这个充满改革冲劲的年轻人。

可见,不管是直面工业界生产力的变革,还是敏锐地感触到中国乡土的变化,"改革文学"浪潮之于中国的改革这一现象,有着强烈的现实主义书写功能,它所面对的中国社会现代化的问题也成为我们回望八十年代、回望我们的生活形态的一个重要维度。而纵观种种现代性价值建构,"改革文学"中反映的价值观,大概都与十一届三中全会以来以"经济建设为中心"和强调物质、经济的合法性有关。也就是说,当我们反过来再看"改革文学"为人们的利益需求提供合法依据

---

[1] 冯键男:《天真无邪和新人成长问题——再谈铁凝的小说创作》,《当代文学》1984年第2期。

以及物质追求的现代性想象内涵时,可以看出,这一偏向与"改革文学"强烈追寻与政策表述的一致性,强调物质、经济的首要地位有关。因此,走过种种关于如何表述历史问题的论争,"改革文学"所包含的现代性价值偏向必将成为一个不断被探讨的话题。

换言之,从《乔厂长上任记》式的反映工业战线变革的小说,到《浮躁》式的反映改革带来人的价值观的变化的小说,"改革文学"作为面向新时期中国社会变革现实的叙事文本,呈现的不仅是社会改革之现实,更包含着价值观念变化之现实,当时的种种评论也自然地参与到了这种呈现中,他们对作品的主题、题材、写作手法的质疑或肯定,共同体现了新时代的现代化价值建构。今天我们去反观这些价值建构时,也看到了权力与物欲渴望中的价值偏向。

第七章 "寻根文学"与文化热忱时代的文学诉求

80年代中期，中国文坛思想活跃，对中国文学的发展充满了变革的激情和世界化的想象。借助文坛轰轰烈烈的"文化热"，面对着西方文学的各种样态，特别是受加西亚·马尔克斯作品获奖的影响，中国的小说艺术也在寻找着一种出离于"伤痕"、"反思"、"改革"文学叙事之外的表达方式。于是，"寻根文学"口号酝酿而出，并成为新的文学浪潮。这是一股充满了理论阐释的潮流，其中包含的关于"文化之根"的概念一开始便陷入各种层面的阐释之中，批评和反批评的声音此起彼伏。因此，回望这股潮流兴起的细节，以及其小说文本和批评话语间的互动和意旨选择，将使我们更清楚地看到80年代中期文坛的风云变幻，以及包含于其中的热情与表述困境。

第一节 "寻根文学"发生的线索

依据现有文学史的叙述，"寻根文学"潮流产生于80年代中期[1]，

---

[1] 参见洪子诚：《中国当代文学史》，北京：北京大学出版社2007年版，第278页。程光炜、孟繁华：《中国当代文学发展史》，北京：中国人民大学出版社2004年版，第257页。陈思和：《批评与想象》，上海：华东师范大学出版社2014年版，第26页。

其明显的标志在于，1985年一批作家、批评家从理论上推出了系列"寻根"宣言，包括：韩少功《文学的"根"》（1985年）、阿城的《文化制约着人类》（1985年）、郑义的《跨越文化断裂带》（1985年）、李杭育的《理一理我们的"根"》（1985年）、郑万隆的《我的根》（1985年）等。从创作上，1985年及以后的这几年，将作品进行"寻根文学"的命名并推出新作，形成了这样一批代表作，包括：李杭育的《最后一个渔佬儿》（1983年）、《沙灶遗风》（1983年），阿城的《棋王》（1984年）、《树王》（1985年）、《孩子王》（1985年），韩少功的《爸爸爸》（1985年）、《女女女》（1986年）、《归去来》（1985年），王安忆的《小鲍庄》（1985年）、《大刘庄》（1985年），杨炼的大型组诗《礼魂》（1982—1984年），贾平凹的散文《商州初录》（1983年）、《商州又录》（1984年）、《商州再录》（1988年）等[1]。在这些作品中，又以小说创作最受关注，被视为"寻根小说"之派别。"寻根文学"浪潮的形成，标志着自"文革"结束便活跃起来的文学求新思想在文学创作上有了鲜明的、集中的体现，有评论家甚至称其为："1985年的'文学寻根思潮'是打碎苏式现实主义理论锁链的最后一个铁锤。"[2]它不仅成为开启80年代文学新征候的重要标志，而且，从它形成浪潮的前因后果中，我们能够看到80年代文学在面对中国文学走向世界和摆脱旧有的文学观念上做出的探索，其间，追溯"寻根文学"命名的来龙去脉便成为一个重要的

---

[1] 这段文字的概述，主要参考了洪子诚：《中国当代文学史》，北京：北京大学出版社2007年版，第278—279页。

[2] 程光炜：《重看"寻根思潮"》，《文艺争鸣》2014年第11期。

问题。

1989年，文学评论家季红真对"寻根文学"的发生与意义进行了总结、阐释，分别从创作实绩和理论论争两个维度追溯其缘起，指向汪曾祺、贾平凹、郑义、张承志、张炜、阿城等作家的创作和《文学的"根"》等理论宣言，以及以后发生的关于文化问题的大讨论和空前发展起来的创作，认为："1985年、1986年、1987年，真是中国文坛充满奇迹、近于神话的时期。这使人们，无论是否情愿，都必须接受这个事实，'文化寻根'是这几年文坛最重要的事件。"[1]如果以1985年为一个重要的时间标志，在此之前，汪曾祺、乌热尔图、邓友梅、冯骥才、贾平凹、张承志、李杭育、阿城等人的书写地方风土人情的作品已经受到了文坛一些新锐批评家、编辑的关注。而且，李杭育和阿城直接成了"寻根文学"运动的积极推动者。特别是，汪曾祺这样的作家成为当时的焦点，现在看来，这里的原因有：一方面在于汪曾祺的乡土书写脱离了"伤痕"、"反思"、"改革"文学的叙事模式；另一方面，作为从40年代走来的、重新现身文坛的作家，他的出场带来了宽广的辐射力，既能引起同代人的关注，亦能引发年轻一代作家们的追随。像《受戒》《大淖纪事》这样的小说，以淡雅闲适之笔法，抹去了当时文学界盛行的控诉历史和感怀人生沧桑的激动心情，在故乡高邮的风土人情中展示人性之美和自然之美。汪曾祺的小说不可模仿，也没有被纳入任何的文学流派，却被"寻根文学"作家们所提倡，显然自有其独特之处。黄子平曾认为他是20世纪40年代新文

---

[1] 季红真：《历史的使命与时代抉择中的艺术嬗变——"寻根文学"的发生与意义》，《当代作家评论》1989年第1期。

学和20世纪80年代"寻根"的中介。[1]当然,汪曾祺与"寻根文学"发生关系,与他那篇《民族传统,回到显示语言》有关。季红真就将此文追溯为"寻根文学"潮讯的源头,认为:"文化寻根"思潮,波及整个文坛,发端于韩少功发表于《作家》一九八五年四月号上的《文学的根》。而最早的潮汛则要追溯到汪曾祺发表于《新疆文学》一九八二年二月号上的理论宣言:《回到民族传统,回到现实主义》。[2]

除了汪曾祺,另外一个常被追溯的源头是李陀与乌热尔图的通信。这次通信是真正的在理论意义上较早进行探索的。信中,李陀对乌热尔图小说中的鄂温克族人群像、鄂温克族文化以及大自然的书写,表现出极大的喜爱与赞赏。乌热尔图也在回信中说道:"任何一个民族的作家的产生,文学的发展,都是和具体的自然和社会环境脱离不开的,这就是人们所说的'文学土壤'"[3]。也是在这个意义层面,乌热尔图这位鄂温克族作家,因为书写了独特的大森林的动物和自然风光、狩猎生活,在作品中表现出了深厚的异域色彩,成了"寻根文学"提倡找寻民族文化之根的有效参照。此外,像贾平凹的《商周初录》(1983年)、张承志的《北方的河》(1984年)等作品,因为展示了独特的地方风景和风俗,其主题和题材被赋予了特殊的乡土或民族情感,所以,在批评家和作家们需要对一个新的文学潮流做出命名的时候,他们成为最好的素材。

---

[1] 黄子平:《汪曾祺的意义》,《北京文学》1981年第1期。
[2] 季红真:《文化"寻根"与当代文学》,《文艺研究》1989年第2期。
[3] 李陀、乌热尔图:《创作通信》,《人民文学》1984年第3期。

第七章 "寻根文学"与文化热忱时代的文学诉求 / 217

李杭育和阿城随即在1985年成为"寻根文学"运动的推动者,在此之前,李杭育已发表了"葛川江"系列小说,阿城已发表了《棋王》。这些作品在文学主题上拥有着某种文化诉求,更重要的是,他们已经从那些不同于主流小说的审美趣味的作品那里,感知到了一种新的讯息,不仅为自己找到一种崭新的表达方式,而且最终将其上升到了要借此推动中国文学变革的高度。当然,从最初发表作品到确定"寻根文学"之思想,这一过程亦充满着波折,体现出当时文学界新旧思想的紧张关系。比如,阿城《棋王》的发表过程就很能说明问题。李陀最先接触到了《棋王》,并且觉得作品写得非常好,但是1984年李陀所在的《北京文学》却不能发表,因为北京当时的政治气氛特别强烈,反对精神污染的影响力还没有消除,于是,李陀等人就将作品推荐给了《上海文学》的主编李子云。"《棋王》原是《北京文学》的退稿,那时候文学刊物禁忌还比较多,退稿原因是此稿写了知青生活中的阴暗面。……《棋王》就是经过李陀、郑万隆而输送给了当时《上海文学》的。"[1]相对来说,上海的文化空气要自由些,而且,当时李子云及其主编的《上海文学》大胆地推动着新作的发表,其"文学性、当代性和探索性的刊貌"[2]十分鲜明。不过,发表的《棋王》与最初的《棋王》的结尾并不一样。据李陀回忆,"这时小说的清样已经出来了,一看结尾和阿城讲的不一样。我说你太可惜了,

---

[1] 朱伟:《1984年的阿城》,《有关品质》,北京:作家出版社2005年版,第66—67页。
[2] 《上海文学》编辑周介人在1987年时候曾说:"《上海文学》应该坚持和发展文学性、当代性、探索性的刊貌"。周介人:《编辑手记·文学性、当代性、探索性》,《新尺度》,杭州:浙江文艺出版社1989年版,第212页。

阿城讲，'我'从陕西回到云南，刚进云南棋院的时候，看王一生一嘴的油，从棋院走出来。'我'就和王一生说，你最近过得怎么样啊？还下棋不下棋？王一生说，下什么棋啊，这儿天天吃肉，走，我带你吃饭去，吃肉。小说故事这么结束的。我回来一看这结局，比原来差远了，后面一个光明的尾巴，问谁让你改的？他说，《上海文学》说那调太低。我说你赶紧给《上海文学》写信，你一定把那结局还原回来。后来阿城告诉我说，《上海文学》说了，最后一段就这么多字，你要改的话，就在这段字数里改，按原来讲故事里那结局，那字数多。我说那也没办法，我就说发吧。"[1]原来的结尾是王一生已经过上了沉迷于有肉吃的生活了；修改后的结尾中，尽管还有一句"可囿在其中，终于还不太像人"[2]，却并没有明确地表述王一生的人生究竟是怎样了，这似乎隐隐地表达了"我"的一种感悟，但显然隐藏了王一生消极的一面。不过，尽管小说是经过修改后才发表的，但是，发表出来的事实应该大大增强了阿城的写作信心，并使他树立了积极号召作家们进行"寻根文学"创作的决心。王安忆曾回忆过阿城积极奔走的细节，她说："他似乎是专程来到上海，为召集我们，上海的作家。"[3]"他很郑重地向我们宣告，目下正酝酿着一场全国性的文学革命，那就是'寻根'。"[4]

如果说，从阿城的身上我们看到了"寻根运动"形成过程中的一

---

[1] 王尧：《1985年前后"小说革命"前后的时空——以"先锋"与"寻根"等文学话语的缠绕为线索》，《当代作家评论》2004年第1期。
[2] 阿城：《棋王》，《上海文学》1984年第7期。
[3] 王安忆：《"寻根"二十年忆》，《上海文学》2006年第8期。
[4] 同上。

个小场域，而在李杭育这里，我们更可以看出作家和评论家们想冲破当时沉闷的文学话题氛围、急切地想要解释文学现象并制造一种话题的冲动。近来，有评论家就李杭育和《上海文学》如何推动产生"寻根"这一议题的"杭州会议"的过程作了阐述，认为："杭州会议最初的动议，和李杭育有着密切的关系。因为在李杭育参加的三个在浙江召开的会议上——1984年7—8月间的'李杭育作品研讨会'；10月在湖州召开的笔会；11月在杭州召开的'徐孝鱼作品研讨会'，他和参会的周介人、蔡翔等，就杭州会议的筹备进行了商讨，并最终确定会议召开的相关细节。"[1]据李杭育回忆，1983年，他的《沙灶遗风》虽然获得了1983年度全国优秀短篇小说奖，但并没有引起权威评论家的关注，他说："到1984年初夏，'葛川江小说'应该说有些气象了，但那些权威评论家似乎都对它们视而不见。"[2]而是，"上海的一位年轻评论家程德培"，"写出了一篇洋洋万言的评论我的文章《病树前头万木春》给了《上海文学》，后来还获了奖。"[3]也正是因为李杭育与程德培、吴亮的相遇，不仅让当事的作家和批评家找到了写作和评论的自信，也最终引发了《上海文学》来牵头召开了一个力图认真、审慎地思考当下文学发展新趋势的会议，这便是"杭州会议"。

关于"杭州会议"与"寻根文学"的关系，因为当时没有完整的会议记录，也没有印发什么会议资料，今天只能依据少数的文章以

---

[1] 谢尚发：《"杭州会议"开会记——"寻根文学起点说"疑议》，《中国现代文学研究丛刊》2017年第2期。
[2] 李杭育：《我的一九八四（之二）》，《上海文学》2013年第11期。
[3] 同上。

及与会者的回忆来理解。根据周介人、蔡翔、韩少功、陈思和等人的文章[1]，可以看出这次以"新时期文学回顾与预测"为主题的会议，议题不固定，大家畅所欲言。虽没有明确围绕着"寻根文学"的主题展开、没有为"寻根文学"作过命名，也没有倡导宣言，但是站在当前中国文学如何发展的思考点上，肯定了这些年对西方现代文学的吸收，并对中国文学传统和文化传统有了思考。蔡翔曾对此作过如此概括："'杭州会议'表现出的是中国作家和评论家当时非常复杂的思想状态，一方面接受了西方现代主义的影响，同时又试图对抗'西方中心论'；一方面强调文化乃至民族、地域文化的重要性，同时又拒绝任何的复古主义和保守主义，作为文学史上的一个重要事件，具有非常重要的研究意义……'杭州会议'的另一重要之处，即是沟通并加深了作家和评论家之间的交流和理解，应该说整个的八十年代，作家和评论家的关系都处于一种良好状态。"[2]换言之，的确因为这次会议上作家、批评家、编辑们的聚会以及对当前文学新问题的讨论，引发了"寻根"的话题，并在其后产生了系列"寻根宣言"。所以，陈思和说："没有杭州会议，郑万隆的'异乡异闻'系列、李杭育的'葛川江'系列、阿城的'遍地风流'系列、张辛欣和桑晔的'北京人'系列，都会陆续写出来发表，张承志大约也会自觉走进哲合忍耶阵营，贾平凹还是会继续经营他的商州故事，但是，杭州会议的自由讨

---

[1] 周介人：《文学探讨的当代意识背景》，《文学自由谈》1986年第1期；蔡翔：《有关"杭州会议"的前后》，《当代作家评论》2000年第6期；韩少功：《杭州会议前后》，《上海文学》2001年第2期；陈思和：《杭州会议和寻根文学》，《文艺争鸣》2014年第11期。

[2] 蔡翔：《有关"杭州会议"的前后》，《当代作家评论》2000年第6期。

论给作家带来了进一步的思想解放,也是事实。至少有两个作家的创作值得关注:一个是韩少功……另一个是王安忆……我注意到这两位作家在杭州会议以后即1985年发表的作品,前后风格明显有了变化。"[1]

可以说,无论是阿城《棋王》发表的过程,还是李杭育最终找到了"另起炉灶"的自信,1985年之前"寻根文学"并不是一个既定的文学术语,甚至不是因为有了明确的文学创作取向以后才出现的。换言之,"寻根文学"这一名称的出现充满了作家、批评家、编辑对话题的"打造感"。借助法国著名社会学家布迪厄的"文学场"理论及文学社会学相关理论,"寻根"话题的出现也并不是几个人想出来的,而是与当时整个文学界的思考相关的。比如,在"杭州会议"上,大家讨论到了中国文学中诠释传统的问题,据陈思和的回忆是:"但是有一点是明显的,大家对现代派文学完全是肯定的,对当前小说创作的形式实验有了信心,对于过去不甚注意的民族传统,尤其是民间文化传统,开始有了关注的意愿。但这种关注,绝不是拒绝西方的现代主义影响倒回到传统里去,而是努力用西方现代意识来重新发现与诠释传统。当时的主流思潮,是把'文革'及'文革'前的政治路线错误都解释为封建余毒未肃清,所以,提倡继续发扬'五四'传统的战斗性,批判文化传统中的封建因素。而这个会议讨论的基调,与主流思潮有一点不一样的。"[2]因此,80年代中国社会开放以后,作家们

---

[1] 陈思和:《杭州会议和寻根文学》,《文艺争鸣》2014年第11期。
[2] 同上。

见识了外面的世界,拥有了面向世界文学的视野和中国文学该如何走向世界的焦虑,而且,这种影响及影响的焦虑不仅是文学界面临的,也是整个中国社会面临的。李陀曾如此描述这种关系:"现在提出重建中国文化的概念,这很复杂。这里中国人面临一个两难困境,一是必须和世界发展同步,中国再也不能封闭起来了,另一个困境是怎样使我们的文学独特而跟人家不一样,换一句话就是民族的。中国作家要做出很困难的抉择,看谁能找出出路来。有很多成功的例子,包括阿城。"[1]

因此,如果要对文学上的"文化"选择的因素进行概括,有两个重要方面:一方面是西方文学的影响力发挥了重要作用,正是因为作家们的国际视野,引发了对本土文化的关注。比如,从众多文章论及美国作家亚历克斯·哈利于1976年发表的小说《根——一个家族的历史》这一事情,我们可以推断80年代中国文坛出现的"根"这一概念的确受到了这个作品的影响,但从创作手法来看,则应该提及马尔克斯的《百年孤独》。因为,在接受各种西方作品却又产生突围焦虑的时刻,《百年孤独》中书写本土文化的样式以及在1982年获得诺贝尔文学奖这一事实,给中国作家带来了巨大的启发。它相当于在世界和民族之间架起一座可以沟通的桥梁。或许真正认真读过此作的作家并不很多,但是,不得不说,获奖本身给中国作家的选择以巨大的信心。特别是《百年孤独》开篇的那句话语表述方式,给中国作家带来了书写世界的新方法。一定意义上,传统文化主题的选择与西方现代文学

---

[1] 李欧梵、李陀、高行健、阿城:《文学:海外与中国》,《文学自由谈》1986年第6期。

的影响构成的不是对立的,而是互文性的关系。

另一方面是受到了当时大环境的影响,走向民族文化传统以及关注地方民间文化的趋向,在当时的艺术界一度盛行,像80年代初期美术界,艺术家们向偏远地区获取题材就特别流行。比如,陈丹青的"西藏组画"在1980年已经蜚声海内外,其原因不仅在于绘画的技法和角度,也在于选材的对象突破了长期教条化的主题。至今,依然不断地有艺术家谈论起当时取向原野、取向边远地区的素材选择。比如,曾参加过1989年现代艺术展的任戬如此谈论自己创作的《天狼星的传说》:"1982年大学三年级,在许勇老师的带领下我与同学去了大西北。……当我在漆黑的夜晚行驶于青藏高原的荒滩之时,不远处晃动的点点绿光(夜里儿狼的眼睛发出的光)勾起我深邃遥远的想象:野性、苍狼、高原、原创——《天狼星的传说》作品产生的契机。……当它在毕业作品展展出后,一下子振动了观看的人。因为当时在全国美术界充塞的都是画牛、羊、老农的画面,而非陌生的野性形象。我通过作品在说:中国需要野性与原创力,而非小白兔和羊群。通过狼,歌颂野性,召唤民族生命力是《天狼星的传说》系列作品的意义。"[1]这种野性、生命力的表达,又与"文化大革命"结束以后提倡人性解放、提倡对生命力的关注有关。

无论是对西方现代主义文学的接受,还是对中国传统文化或地区风土人情的关注,都成为"寻根文学"于1985年出场的重要讯息,而

---

[1] 任戬:《我与七七七、北方艺术群体、新历史小组》,杨卫、李迪主编《八十年代——一个艺术与理想交融的时代》,长沙:湖南美术出版社2015年版,第85—86页。

且,一个新事物的出场总会有天时地利人和之优势,那么,1985年举国上下兴起的"文化热"便是"寻根文学"话语的重要语境,两相融合互促。甘阳说:"那时候整个文化辩论一开始就和'寻根文学'有关"[1]。换言之,"寻根文学"的影响力并不囿于社会知识界,它本身就是与85年的'文化热'思潮并行而来的,在中国的知识界以及社会各个层面,都引起了很大的共鸣。如此说来,"寻根文学"的到来,恰是一个走向开放的时代产生的文化心理需求,"寻根文学"的出现一开始就和那时候的整个文化辩论有关。

第二节 "宣言"与浪潮的涌起

在"寻根文学"浪潮形成的过程中,理论建构发生了重要的作用,它使这样一股潮流有了强烈的被命名化色彩。更有意思的是,这些集体情绪激发下形成的宣言既是对"寻根文学"浪潮形成的推动力和命名,也使文学创作陷入了"命名"的尴尬。宣言体现出的文化阐释的不尽然与限定性也很明显,并成了"寻根文学"浪潮的偏执。也就是说,今天,我们需要再次进入文学现场,研读当时可称之为宣言性的文章和代表作,厘清当年各位作家们在宣言中蕴含的意义,并将其放置于80年代文化热潮中进行对照性解读,以此探讨"寻根文学"之"文化"概念的时代性症候,以及对创作的内在思维方式的影响。

---

[1] 查建英主编:《八十年代访谈录》,北京:三联书店2006年版,第213页。

正如王尧所认为的,"'寻根'的提出实际上使新时期以来关于文化发展路向的思考有了一个聚焦点,('寻根'的分歧)所反映的问题几乎是世纪性的。"[1]

现在看来,1985年发表的韩少功的《文学的"根"》,李杭育的《理一理我们的"根"》,郑万隆的《我的根》,阿城的《文化制约着人类》、郑义的《跨越文化断裂带》产生了很大的影响力,引发了大家对文化寻根的思考,并不断被各种文学史引用,而同时期以及其后,阿城的《一些话》《又是一些话》《阿城:要文化不要武化》,李杭育的《"文化"的尴尬》等文章,一直对"文化"的内涵进行着阐释。

这几位理论倡导者对"文化"主题以及传统文化内涵的理解各有侧重。韩少功的《文学的"根"》,以自己在汨罗江畔插队时的经验为依据,以思考绚丽的楚文化流去了哪里为出发点,提出了:"文学有根,文学之根应深植于民族传统文化的土壤里,根不深,则叶难茂"。[2]同时,文章又以近年来文坛上出现的贾平凹"商州"系列小说的秦汉文化色彩、李杭育"葛川江"系列小说颇得吴越文化的气韵、乌热尔图的作品连接了鄂温克族文化源流的过去和未来为例,论述了文学之"根"找到的可能性,认为:"他们都在寻'根',都开始找到了'根'。这大概不是出于一种廉价的恋旧情绪和地方观念,不是对方言歇后语之类浅薄地爱好;而是一种对民族的重新认识、一种审美意

---

[1] 韩少功:《大题小作——韩少功、王尧对话录》,《进步的回退》,上海:上海文艺出版社2012年版,第147页。

[2] 韩少功:《文学的"根"》,《作家》1985年第4期。

识中潜在历史因素的苏醒,一种追求和把握人世无限感和永恒感的对象化表现。"[1]而这正是作家从原始文化中追求现代艺术的支点。

类似于韩少功这样侧重从寻找文化根源的角度讨论问题的还有李杭育和郑万隆。李杭育也将文化之"根"定位于"规范"之外的文化,说:"我以为我们民族文化之精华,更多地保留在中原规范之外。规范的、传统的'根',大都枯死了……规范之外的,才是我们需要的'根',因为它们分布在广阔的大地,深植于民间的沃土。"[2]同时,李杭育一直将对民族文化的发掘视为一个人成为大作家的必然条件,他说:"世界上那些大作家,中国的也在内,没有哪一个是缺乏他的民族意识和天赋个性的,也没有哪一个对他的民族的文化只是一知半解的。大作家全都是他那个民族的精神上的代表。"[3]

郑万隆在《我的根》一文中,将笔触伸向自己从小长大的地方——黑龙江边上的"一个汉族淘金者和鄂伦春猎人杂居的山村"[4],这是一个远离中原文化传统、充满了荒蛮想象和异域风情的地方。郑万隆在文中也讲到了处理故乡和写作的关系,写道:"黑龙江是我生命的根,也是我小说的根。……那里有独特的生活方式、价值观念和心理意识,蕴藏着丰富的文学资源。但我并不是认真地写实。我小说中的世界,只是我的理想世界和经验世界的投影。……在这个世界中,我企图表现一种生与死、人性和非人性、欲望与机会、爱与性、痛苦和

---

[1] 韩少功:《文学的"根"》,《作家》1985年第4期。
[2] 李杭育:《理一理我们的"根"》,《作家》1985年第9期。
[3] 李杭育:《"文化"的尴尬》,《文学评论》1986年第2期。
[4] 郑万隆:《我的根》,《上海文学》1985年第5期。

期待以及一种来自自然的神秘力量。……在我的小说中体现出一种普遍的关于人的本质的观念。"[1]郑万隆的观点也代表了大多数"寻根文学"创作者在文学想象中是如何借助"根"的素材,来表达他们对人类生存的思考的。

阿城和郑义在论述文化之根时,有意识地延伸到了历史层面,从时间的维度进行了论述。他们都痛心于自"五四"以来动荡的社会环境下,传统文化被"遗忘"的处境,阿城甚至认为民族文化的断裂延续至今。而且,他们将这种断裂的焦虑上升至了影响到了事关中国文学走向世界的高度。阿城说:"中国文学尚没有建立在一个广泛深厚的文化开掘之中。没有一个强大的、独特的文化限制,大约是不好达到文学先进水平这种自由的,同样也是与世界文化对不起话的。"[2]郑义郑重地提出了要"跨越文化断裂带"[3],阿城则开始在世俗文化中寻找文化之根,他说:"以平常心论,所谓中国文化,我想基本是世俗文化吧。"[4]显然,这一点与80年代大多数知识分子寻找"五四"新文化运动的话语资源有所不同。

在1985年的这些理论宣言中,80年代以来的乡土书写明确指向了表述"文化"的意图。比如,阿城《棋王》中的王一生出离于正统儒家文化的人格和行为,李杭育"葛川江系列"的书写对象是即将消失的手工艺人,郑万隆的"异乡异闻"系列书写了中原文化之外的人的

---

[1] 郑万隆:《我的根》,《上海文学》1985年第5期。
[2] 阿城:《文化制约着人类》,《文艺报》1985年7月6日。
[3] 郑义《跨越文化断裂带》,《文艺报》1985年7月13日。
[4] 阿城:《闲话闲说——中国世俗与中国小说》,北京:作家出版社1998年版,第25页。

性情,而韩少功的《爸爸爸》《女女女》《归去来》等作品的文化主题还带上了远离现代文明的神秘色彩。如果将作家们的这些表述放置于1985年的"文化热"现象中进行对照,会发现"文化热"更注重整个中国社会的文化意识和思想策略,其对科学技术主义的提倡、或是"中国文化派"坚守的文化传统、或是中国文化的当代重构,更多的是从理性的、哲学的层面提出要面向中国社会的现代化和政治经济的变革。而"寻根文学"的文化探寻,则主要是一种文学主题规范的突围,比如郑义说:"本来,对时下许多文学缺乏文化因素深感不满,便为自己订下一条:作品是否文学,主要视作品能否进入民族文化。不能进入文化的,再热闹,亦是一时。"[1]这样的创作诉求,往往使作家们陷入了"文化"内涵表述的艰难处境中。可以说,"寻根文学"以"文化"的命题使文学的创作融入了80年代中国社会处理现代化、西方资源和传统资源的社会思潮中。无论是韩少功、郑义、郑万隆对地方文化的关注,还是李杭育对"规范"之外的文化的青睐,或者是阿城对世俗文化的关注,这些文化"宣言"虽然侧重点不同,但都意图与当时主流政治话语提倡的伤痕、反思、改革主题构成背离关系。确切地说,主题的背离更具体地体现在叙述的对象上,这些知青作家们力图回到自己生活过的地方,写出当地的特色或独特的人格特征。然而,宣言的提出,既让这种探索形成了文学浪潮之势,又因"文化"主题的强化,使创作有了主题的过重背负感。由此可见,"寻根文学"的社会使命意识远远高于文学艺术变革的诉求,而这也正是80年代中

---

[1] 郑义:《跨越文化断裂带》,《文艺报》1985年7月13日。

国社会激变期的社会思潮。

第三节 "文化"表述的困境和争论

在"寻根文学"浪潮到来的过程中,我们基本可以看到这样的脉络:80年代初期,中国文坛出现了一些书写乡土文化的小说,中国社会正进入一个既汲汲地吸收西方文化又对中国传统文化进行热烈讨论的时期,这样的一种书写,被一些评论家和作家再次命名,推动了"寻根文学"运动。运动推动者基本都参与了"文化"话题讨论的聚会——1984年12月的杭州会议,成为文学历史建构的重要部分,此后,即1985年、1986年,《文艺报》《上海文学》《作家》《文学自由谈》《文学评论》《当代文艺思潮》等杂志纷纷发表作家、评论家们的理论文章,《光明日报》《人民日报》《文学》等期刊发起话题讨论,这些都迅速成为"寻根文学"浪潮形成的标志。然而,现代与传统问题的交集从来都不是简单的,文化书写的指向并不代表作家们拥有清晰的文化价值判断,特别是面对传统文化的种种面相,作家们不仅面临着价值判断的困境,更面临着表述的困境。而对读者及批评者而言,纠缠于书写了什么样的文化的文本解读,也限制了作品的丰富性。况且,当时涉及的还不仅仅是传统与现代的问题,还涉及世界与本土、主流与边缘、正统文化与边缘文化等诸多问题。

在"寻根文学"的话题范围中,一方面,寻根理论所提出的民族传统文化之根的内涵、评价以及对"五四"新文化运动的评价,立即引起了广泛的争论。另一方面,"寻根文学"作品所表达的"文化"内涵,也引发了不同的意见。文化之"根"的内涵从理论建构之初便陷入了命名的矛盾、语焉不详及言说的顾此失彼中,比如在处理民族传统与世界化(视野)之关系上,韩少功、郑万隆、阿城、郑义的理论皆有涉及,大多数表达了我们自己的文化之根的重要性或可靠性,以及对走向世界的渴望,至于两者之间关系怎样,则并没有找到一个很好的立足点。像阿城既主张将中国文化与世界文化"封闭到一起",又特别强调中国文学将建立在对中国文化的批判继承与发展之中,这样的观点似乎又无视了世界文化的影响力。李杭育的《理一理我们的"根"》中既对出离于中原规范文化之外的少数民族文化大加赞赏,又对西方文明充满了期待,认为"将西方文明的茁壮新芽,嫁接在我们的古老、健康、深植于沃土的活根上"[1]。

同时,理论建构中提出的从哪里寻找传统文化的问题,也在评论界引发了争论。例如,针对阿城的观点,有许多评论文章发表了不同的意见。刘火的《我不敢苟同》一文侧重于五四新文化运动对封建主义传统的批判精神,并阐述了自己的不同观点,认为"汉文化历史曾有过断裂带,但'五四'却是把一个行将就木的古典文学拯救了出来,给予了重新的解释和运用,并以辉煌的业绩跻身于世界文学潮流。"[2]李劼则认为:"'五四'中断的不是传统文化而是对传统文化的批判。"[3]针对郑义的观点,李书磊批评郑义是"国粹思潮",

---

[1] 李杭育:《理一理我们的"根"》,《作家》1985年第9期。
[2] 刘火:《我不敢苟同》,《文艺报》1985年8月10日。
[3] 李劼:《"寻根"的意向和偏向》,《文学自由谈》1986年第1期。

"他干脆就认为要恢复传统文化与传统文明。这种思潮在今天不能不引起我们的警惕。"[1]在反对向传统文化寻找文化之根的大多数论者看来,文学创作要立足于当下的现实。比如,张炯表示:"有些同志的意见,寻'根'应该寻到古代的'楚文化'或'吴越文化'那里去,或者应把被'五四'运动和'文化大革命'所'断裂'了的民族文化传统接续起来。这样,文学的'根'指的就是民族文化传统或加上这种传统深层的民族心理积淀了。对文学的'根'可否作如是解,以及这个'根'曾经'断裂',以至今天特别要去'寻'回来之说,我不免有所怀疑。"[2]周政保认为文学的根应该就在那千姿百态的当代文化形态之中:"作为当代小说,只能以当代小说作为自己的土壤,因为这土壤同样体现着一种独特的民族文化形态。"[3]

可以说,随后加入"寻根文学"浪潮中的各方评论,无论是参与观念的建构还是提出质疑,对"文化"内涵的讨论都不断出现。其中,张炯、刘思谦和陈思和等人的观点可被视为超越"文化之根"概念的受限而转向文学怎样创作的探讨的典范。张炯认为"文艺的真正的'根'是在现实生活之中。民族的文化传统和心理积淀不是僵固的、一成不变的,相反,处在不断的流动、变化中。文化是一种开放系统,属于'耗散结构',必然要新陈代谢,不断更新。"[4]刘思谦说:"任何一种文化传统,无论它有多么的辉煌灿烂,都只能是文学的

---

[1] 李书磊:《以"寻梦"到"寻根"》,《当代文艺思潮》1986年第3期。
[2] 张炯:《文学寻"根"之我见》,《文学自由谈》1986年第1期。
[3] 周政葆:《小说创作的新趋势》,《文艺报》1985年8月10日。
[4] 张炯:《文学寻"根"之我见》,《文学自由谈》1986年第1期。

流而不是源。当代文学的根,无疑应扎在当代生活土壤之中,……离开了当代性的民族化,无异于堵塞了文学的源头活水,即使其文化量达到饱和,满得要溢出来,也不会有新鲜活力。"[1]陈思和认为:"所谓的文化之根,只能是时间的逆向运用的结果——越是原始的,越接近文化之根"[2],"文化之根,反映了文化的精神内核"[3],"从人类精神现象解释文化,寻根者所寻之根,应该是最富有现代感,最有益于现代生活的内核,而不是老庄、孔孟或者易经与诸神。"[4]可见,就"文化之根"之内涵这一话题,就引发了文坛长时间的讨论。

总而言之,关于究竟什么是传统文化,文化之根究竟何在等问题的探讨上,无论是向传统文化去寻找根源,还是立足于现代文明立场进行反驳,文坛并没有给出满意的答案,甚至一定意义上陷入了"中国传统文化优劣"的误区。李洁非就认为,论争双方"都把这种文学现象放在'文化'意义上来解释、检讨、阐发和争鬻。结果一场文学运动并没有引起多少文学上的话题,而主要导向了有关一般人文性质的人文价值取向的辩白。"[5]但不管怎么说,这一话题在80年代中期文坛的出现,有全社会范围内"文化热"的影响力,也有自70年代末以来中国文学如何走向世界的期待和焦虑。"寻根""传统文化"的思考不仅是寻找文学创作资源的问题,更是我们思考中国文学在世界

---

[1] 刘思谦:《文学寻"根"之我见》,《文艺争鸣》1986年第1期。
[2] 陈思和:《当代文学中的文化寻根意识》,《文学评论》1986年第6期。
[3] 同上。
[4] 同上。
[5] 李洁非:《寻根文学:更新开始(1984—1985)》,《当代作家评论》1995年第4期。

中的位置的问题。当时,蔡翔就说:"旧的传统开始崩溃,新的规范尚未形成,传统对个体的压抑逐渐地减退,各种自由思想开始萌发和勃兴。在一片游移不定的现实景象中,人们开始重新思考自己在这个世界中的位置以及存在的价值和意义。"[1]而且,"文化"主题本身包含的复杂性以及内涵不明,使我们的寻根文学在处理文学与现实问题的关系上,有了多义性的解读。当时讨论中不断提出的关注当下文化、当下现实问题的观点,不仅是什么是传统、什么是文化之根,而且涉及了文学应该怎么面对当下、面对社会的变革以及自身的文学性期待。吴俊在对"寻根文学"进行再思考时,说过这样的话:"不管是'五四'新文化还是'寻根文学'、'文化热',都是在既定的且被社会所充分认可的政治框架中展开的,即从一开始(天生)就没有预设明确或强烈的政治诉求、只是希望在政治范畴以外(超越政治)去寻求社会和文学、文化发展(即现代化)的思想和历史资源。"[2]如果从小说创作变化的脉络史来看,80年代"寻根文学"出离于"伤痕""反思""改革"文学主题的选择,的确充满了对这种政治主题的逃离冲动,但又在"文化传统"表述的合理性中,重新找到了与政治话语的平衡点。

"寻根文学"作为一次文学浪潮,评论界对其文学作品产生的争鸣不容忽视。有意思的是,面对文学作品如何表述文化这个博大的命题,评论者和创作者之间也会产生重大的分歧。

---

[1] 蔡翔:《困惑的寻求——当代小说的文化意识研究之一》,《文学自由谈》1986年第1期。

[2] 吴俊:《关于"寻根文学"的再思考》,《文艺研究》2005年第6期。

比如，对韩少功的《爸爸爸》中丙崽所担负的文化价值的判断，就存在着读者解读与作者创作意图的巨大差距。洪子诚曾概述过80年代人们对《爸爸爸》普遍持有的揭露国民劣根性的观点，他说："在80年代，对《爸爸爸》，对丙崽，最主要并得到普遍认可的观点，是在现代性的启蒙语境中，将它概括为对'国民劣根性'，对民族文化弊端的揭发、批判。这样的理解，典型地体现在严文井、刘再复两位先生的文章中；他们的论述，也长时间作为'定论'、'共识'被广泛征引。他们指出，鸡头寨是个保守、停滞社会的象征；村民是自我封闭的，'文明圈'外的'化外之民'。对丙崽这个人物的概括，则使用了'毒不死的废物'、'畸形儿'、'蒙昧原始'，和具有'极其简单，极其粗鄙，极其丑陋的'畸形、病态的思维方式的'白痴'等说法。严文井、刘再复的解读在'文明与愚昧冲突'的新启蒙框架下进行，这是80年代知识界的普遍性视野。"[1]然而，韩少功自己似乎并不太赞成这样的解读，并质疑将作品主旨完全归结为揭露"民族文化弊端"的观点。他说："我在85年以后的写作，大概由于年龄的关系，显得比以前要冷静一些，要心狠一些，但自己觉得还不是心如枯井。《归去来》对一个陌生山村和知青岁月的感怀，比如《爸爸爸》对山民顽强生存力的同情和赞美，包括最后写到老人们的自杀，写到白茫茫的云海中山民们唱着歌谣的迁徙，其实有一种高音美声颂歌的劲头。也许是一种有些哀伤的颂歌。很多评论家认为《爸爸爸》是一幅揭露性的漫画，但有个评论家李庆西写文章，觉得这里面有崇高。还有一

---

[1] 洪子诚：《丙崽生长记——〈爸爸爸〉的阅读和修改》，《中国现代文学研究丛刊》2012年第12期。

个法国批评家,认为我的批判里其实有温暖,并不像有些同行那样阴冷。我为此感到很欣慰。这并不是说我是一个够格的诗意传达者和创造者,只是说我从不把揭露丑恶看成唯一目标。"[1]而且,他也说自己对丙崽这一人物有着复杂的情感:"丙崽这个人物是有生活原型的。……我对他有一种复杂的态度,觉得可叹又可怜。他在村子里是一个永远受人欺辱受人蔑视的孩子,使我一想起就感到同情和绝望。我没有让他去死,可能是出于我的同情,也可能是出于我的绝望。我不知道类似的人类悲剧会不会有结束的一天,不知道丙崽是不是我们永远要背负的一个劫数。你可能注意到了,我写这个小说的时候,尽力抹去了时间与空间的痕迹,因此我的主人公不死是很自然的。他是我们需要时时面对的东西。"[2]可见,韩少功赋予丙崽及其这个村庄的象征生存力的同情和崇高,并没有在启蒙话语环境下的批评视野中得到充分重视。的确,如果结合韩少功在自己的理论文章中所宣称的到偏远的地方寻找民族文化的观点,韩少功绝不至于将小山村写得过于灰暗,然而无论是丙崽还是村庄中人们的迷信行为,在"五四"以来改造国民性的现代性视野下必将成为"批判"的对象。在我看来,更需要澄清的问题倒不在于对丙崽的行为以及他所附带的文化象征意味究竟应不应该赋予同情,而在于丙崽这个人物被赋予民族文化象征意味是否使作品变得过于沉重?且以一个偏远村庄中一群人的生活习性和思维习惯来代表一个民族前进的隐秘历史,是否让一个本来充满

---

[1] 韩少功、张均:《用语言挑战语言——韩少功访谈录》,《小说评论》2004年第6期。

[2] 同上。

趣味的故事变得不生动了？事实是，这些"赋予"恰恰是80年代文化的一种普遍认识，也是大家轰轰烈烈地推动"寻根文学"运动的巨大动力之一。

可以说，在文化热忱时代，无论是创作中选择"文化"主题，还是评论中纠结于文化的价值判断，都会常常因为文化话题本身的庞杂而导致南辕北辙的理解，但是不得不肯定的是，"寻根文学"在文学创作及艺术上的开拓为中国小说的发展提供了新的样式。季红真就说："无论从积极的意义上，还是从消极的意义上，人们都注意到了，'文化寻根'思潮的真正作用，不在文化价值抉取方面的科学与否，而是在文学自身的观念蜕变与风格更新。"[1]像《棋王》充满韵味的语言，《小鲍庄》充满空灵感的开篇，以及李杭育"葛川江系列"中一个个充满着力量感的人物，都成为文学艺术的经典。实际上，若穿越"文化"的重负，我们再从知青文学、乡土小说的角度来看待这批作品，会发现它们拥有强烈的历史感和当下性，在作品中绽放出文学表述人性、直面历史的魅力。比如，李杭育小说中的最后一个渔佬儿、画匠等这些人物充满了精神力量，这种力量与其说来自"吴越文化"，不如说来自多种文化。其中，像《最后一个渔佬儿》中有"宽得一扇橱门似的脊背""熊掌似的大脚""精壮得像一只梆梆硬的老甲鱼"的渔佬，已拥有了北方文化中的好汉形象。作为一种艺术的成功表达，正是因为杂糅才使人物变得更生动、更真实，而如果硬要阐释某种文化主题，反而使文化主题本身变得模糊不清。

---

[1] 季红真：《文化"寻根"与当代文学》，《文艺研究》1989年第5期。

换言之，通过理论建构以及部分的创作实践推动形成的"寻根文学"，既产生了一些优秀的作品又以浪潮的方式在文学史上引发了一场运动。同时，这种运动式的规约加上文化内涵本身的暧昧不明，导致了文学创作的思维限制。这不仅使大量的作品沉迷于偏远地区的文化书写，而且在面对传统与现代的冲撞时，有时因为过于急切地要表达寻找文化之要义，而忽略了现代性主题，似乎文化的批判成了一件很艰难的事实。而且从最终的结果上来说，"寻根文学"浪潮的形成来自80年代普遍的突围现实主义叙事传统的初衷。在这种既不想延续"十七年"文学传统，又不满足于"伤痕""反思""改革"文学那样亲近政治的主题的思想下，转向"文化"来寻求超越政治功利性之外的新的突破点成了相当自然的一件事情。然而，这种集体化的、力图去寻找偏远的、非主流的文化表征，虽然明显地体现出了对政治文化主题的偏离，但是也暴露了这一代人身上存在的荒野处境及文化依托的缺失，这又再次造成了他们在寻找存在的主体性时的暧昧不明，所以无论如何，"根"是难以寻回了。同时，这一场由作家和批评家们共谋发起的运动，在轰轰烈烈的倡议声中很快落下了帷幕。

第八章 "先锋小说"的出场与"形式实验"的炫舞

"先锋小说"在文坛的凸显对中国文学的发展意义重大。洪子诚在文学史中,将其定义为:"80年代后期,一批年轻小说家在形式上所做的实验,出现了被称为'先锋小说'的创作现象。"[1]"在1987年间,'先锋小说'写作成为一股潮流。"[2]这种文学史的共识,最早应该定格于1991年陈晓明在《最后的仪式》中对"先锋小说"作"仪式总结"时的界定:"在我看来,这个称呼的最低限度的意义是指马原以后出现的那些具有明确创新意识,并且初步形成自己的叙事风格的年轻作者。他们主要有:马原、洪峰、残雪、扎西达娃、苏童、余华、格非、叶兆言、孙甘露、北村、叶曙明等人"。[3]有意思的是,当时对这些先锋小说家及作品在文坛的涌现起过重要作用的评论家吴亮,于1994年写的《回顾先锋文学——兼论八十年代的写作环境和文革记忆》一文中,提到的主要先锋作家有:马原、韩少功、张承志、残雪、莫言、刘索拉、余华、格非、苏童、北村、孙甘露、

---

[1] 洪子诚:《中国当代文学史》,北京:北京大学出版社1999年版,第293页。
[2] 同上,第294页。
[3] 陈晓明:《最后的仪式——"先锋派"的历史及其评估》,《文学评论》1991年第5期。

潘军。[1]作为活跃于80年代的重要批评家，吴亮的"回顾"一定意义上是80年代文学语境对"先锋"理解的代表。显然，这两份"先锋小说家"名单有所不同。从吴亮的表述到洪子诚的文学史定义，我们看到，在90年代以来的大多数评论文章及文学史中，"先锋小说家"的称谓明显地给了马原、洪峰、残雪、莫言、叶兆言、余华、苏童、格非、孙甘露等，而80年代前期出现的张承志、韩少功、刘索拉等作家则被归入"寻根"或"现代派"作家之列，从而形成了以马原为中心的"先锋小说家"群体。实际上，这个文学史范畴定格的过程中，正是文学史修剪着80年代流行的"新潮"、"现代派"、"探索"、"后新潮"小说等概念的过程。所以，"先锋小说"潮流在1987年的出场，呈现地与其说是过程，不如说是一个结果——与80年代艺术变革精神追求息息相关的结果，这个结果呈现本身又有着终点总结的意味。

程光炜曾指出："我们所知道的'先锋小说'，某种意义上也可以说是八十年代作家、批评家和编辑家根据当时历史语境需要而推出，经'文学史'共识所定型的那种'先锋小说'。"[2]并认为："是以对'探索小说'、'新潮小说'、'现代派小说'、'新小说'、'试验小说'的丰富存在的彻底剪裁为代价的。"[3]不管是定型还是剪裁，若将"先锋小说"的呈现放置于80年代文学批评的历史中考察，都会引

---

[1] 吴亮：《回顾先锋文学——兼论八十年代的写作环境和文革记忆》，《作家》1994年第3期。

[2] 程光炜：《如何理解"先锋小说"》，《当代作家评论》2009年第2期。

[3] 同上。

发我们对此类问题的思考，即在历史流程的大浪淘沙中，这些年轻的作家及其创作是以怎样的形态浮出历史地表的？他们是遇到了怎样的机遇及承担了怎样的责任而在我们的文学史上被普遍接受为"先锋小说"的？这个考察过程，也无疑将带我们进入文学批评的现场，辨析"先锋小说"出场的细节。

第一节　从期刊看作家在文坛的地位

80年代文学期刊对文学潮流的形成起了十分重要的作用。"先锋小说"的集体式出场离不开《人民文学》于1987年第1、2期合刊上发表的具有实验色彩的小说，以及《收获》于1987年推出的一系列作品。特别是《收获》杂志，在《人民文学》因政治原因发生了转向后，依然鲜明的树起先锋文学专号，为其文学史定格起了关键性的作用。当然，在此之前，《北京文学》《上海文学》等文学期刊已纷纷发表了马原、余华、残雪、莫言等充满实验感的作品，这一举止让这些作品走向了文坛。不过，一定意义上说，《收获》是这些年轻的"先锋小说"家们的亮相文坛的重要阵地，或者说，最终在《收获》这里，80年代的小说创新从"新潮小说""实验小说"转向了"先锋"的命名。

余华曾如此谈到《收获》："1987年的第6期再次推出先锋文学专号，1988年的第5期和第6期还是先锋文学专号。马原、苏童、格非、叶兆言、孙甘露、洪峰等人的作品占据了先锋文学专号的版面，我也在其中。"[1]无论从哪个角度，1987年的《收获》给中国文学史留下了深刻的印象。因为那一年刊载了马原的《错误》（1期）、《上下都很平坦》（5期）、莫言的《红蝗》（3期）、叶兆言的《五月的黄昏》（3期）、余华的《四月三日事件》（5期）、《一九八六》（6期）、苏童的《1934年的逃亡》（5期）、洪峰的《极地之侧》（5期）、孙甘露的《信使之函》（5期）、王朔的《顽主》（6期）等作品。这些"另类"之作的集体亮相，自然给人一种强烈的阅读冲击感。这些作家中，除了王朔之外，其他人后来都被视作了"先锋小说家"的代表，而且，这也成为文学史上总将马原、余华、苏童、格非等人联系在一起进行论述的依据之一。这使得大量的研究者将1987年视作"先锋派"兴起的年份。就像有的评论家所说的："1987年以后，不再是马原一个人孤独奋斗，格非、苏童、余华、孙甘露等'后新潮小说'家们都以其各自独特叙述特色参与了这场小说的叙述革命。"[2]

余华、苏童、格非等年轻作家在《收获》上发表文章并被文坛所熟知，离不开编辑对他们的提携。换言之，在80年代的文学场中，编辑和这些年轻的作家之间保持着良好的、亲密关系。2007年《收获》编辑程永新出版了《一个人的文学史》一书，2018年又修订再版，通过私人信件等材料，为我们认识这些年轻作家集体化的亮相提供了较有效的史料。在程永新所提供的信件资料中，我们清晰地看到，1987

---

[1] 余华：《那时写作不讲规矩》，《北京青年报》2014年3月21日，http://www.bjqx.org.cn/qxweb/n133230c228.aspx。

[2] 秦立德：《叙述的转型——对"后新潮小说"一种写作动机的考察》，《文学评论》1993年第6期。

年前后,作家与编辑之间存在着亲密如友般的关系。比如,马原早在 1985 年的《收获》上便有作品发表,而他和编辑间也就自己的创作不断地交换意见,像 1987 年 7 月他给程永新的信中说:"长篇真那么差吗?李劼来信讲你和李小林都不满意,我沮丧透顶,想不出所以然来。当然你的意见里有相当多的合理成分,我仔细回忆,是存在不少缺陷,例如第二部太实也太弱,通体语言上不太一致……出水才看两脚泥,悔也晚了……5 期发了吗?很关心我的长篇的出生,毕竟是完成的第一个,希望是顺产,就像期待我儿子一样。"[1]又如,苏童在 1986 年 12 月与程永新通信中,说道:"信收到,'老开心咯'。《青石与河流》那么顺利发表,似乎应该说的客套话一直没说,现在也不说……我从九月份开始在搞我的家族史——《一九三四年的逃亡》,要把我的诸多可爱不可爱的亲人写进去……三月以前肯定忙完了,先寄你试试看。《青石与河流》发出后好多人似乎是一下子认识了我,使我面部表情一阵抽搐……最好还是到南京来玩玩吧。"[2]马原、苏童因为在《收获》发表作品时间较早,1987 年之前就与编辑有了这种自然而然的亲密关系。不过,像余华这样在 1987 年才开始在《收获》上发表作品的作家,与程永新建立的关系虽然比马原和苏童他们稍后一些,但也丝毫不影响彼此交流的热烈和真诚。如余华写于 1988 年 4 月的信中说:"去年《收获》第 5 期,我的一些朋友们认为是整个当代文学史上最出色的一期。但还是有很多人骂你的这个作品,尤其对我的

---

[1] 程永新编著:《一个人的文学史(上)》,上海:上海文艺出版社 2018 年版,第 131 页。

[2] 同上,第 18 页。

《四月三日事件》……后来我听说你们的 5 期使《收获》发行数下降了几万……尽管我很难相信这个数字,但我觉得自己以后应该写一篇更可读的小说给你们。"[1]"今年你仍要编一期,这实在振奋人心。而且再次邀请我参加这个盛会,不胜荣幸!《劫数》如何处理,自然听从你的。先发的话也可以,我现在准备进行的是一篇写生态的小说,一种阴暗的文化背景下笼罩的生态。最迟 5 月底可完成。"[2]余华的信不仅关注了自己作品,也关注了《收获》的发行量,我们不难看出作家对杂志的深情厚谊,以及对编辑审美力的信任。

作家与编辑间的这种交流,既说明了 80 年代创作与评论间的良好生态,也从另一个层面说明了当时这批年轻的作家在文坛形成大气候离不开编辑的推动。一定意义上,"先锋小说"就是当时作家、批评家和编辑家共同推出的文学潮流。程永新回忆了集中刊发作品的经过:"在 1985 年的桂林笔会上,我与同时参加会议的马原觉察到文坛正酝酿着一种变化,全国各地分别有一些零星的青年作者写出与此前截然不同的小说,但如何使这些游兵散勇成为一支有冲击力的正规部队,如何使涓涓细流汇聚成河,形成一定的气候,我想到了《收获》,我想把全国的冒尖作者汇集在一起,搞一次文学的大阅兵。"[3]从 1986 年开始,《收获》第 5 和第 6 两期,有意识地刊发青年作家的作品,当时,除了后来被称为"先锋小说"的作品,还有史铁生、王朔、皮

---

[1] 程永新编著:《一个人的文学史(上)》,上海:上海文艺出版社 2018 年版,第 145 页。

[2] 同上。

[3] 程永新:《一个人的文学史 1983 — 2007》,天津:天津人民出版社 2007 年版,第 306 页。

皮、鲁一玮等人的作品。这些作品无疑具有文学时尚界的意味。更重要的是,《收获》的编辑不仅发表"先锋小说",而且,为作品在文学场中的地位大声进行呐喊。比如当 1985 — 1986 年的全国优秀短篇小说作品获奖名单中没有一篇新潮小说时,程永新撰文《全国小说评奖哪儿出了毛病》呼吁:"落选的好作品不是一篇两篇,而是一大批","优秀作品在全国奖中遭淘汰,这实在是令人遗憾的"。[1]

最终,1987 年成为这些年轻的小说家们辉煌的一年,这年算不上是这些作家走向文坛的起点,更像是作家们在这年借助《收获》这个大平台,做了一次集体性的演示。这次演示有种酝酿已久的迫不及待感。作家和编辑在信中的语气足以说明:在作品发表时,这些年轻的作家已经在文坛、起码是编辑的心目中有了较大的影响力。编辑不仅在发表作品上帮助了作家,乃至在具体作品的创作中,都起到了很重要的作用。作家苏童自己也说:"杂志对作家的影响是非常大的。比如说《纽约客》就培养了很多'纽约客作家'。那么在中国,《收获》旗帜下也聚集了一批作家,他们能保持那么旺盛的斗志和创作欲望与《收获》坚定的支持是分不开的,就我来说,还有余华、格非、叶兆言、马原等等同时代的作家,似乎达成一种默契,我们对《收获》的信任同样也是无保留的,1987、1988 年我们的作品经常发在同一期《收获》上,因此每个人的创作都有一个直接的参照物。"[2]

所以,一定意义上,1987 年的《收获》只是通过一次集约式的

---

[1] 程永新:《八三年出发》,昆明:云南出版社 2004 年版,第 171 页。
[2] 苏童、王宏图:《苏童,王宏图对话录:南方的诗学》,桂林:漓江出版社 2014 年版,第 21 — 22 页。

表演，为后来的文坛研究者提供了"先锋小说"兴起的表象，这是一种接近于被策划好了的集体出场。这种出场的方式，既充满了期刊与作家的共同期待，也充满了编辑、批评家们参与的热情。而这种集体化的方式，也更容易使我们在文学史的论述中，凸显出作家间的共同性，而遮蔽其间的差异性。然而，作为以此带来的整体概念，人们至今将这些作家紧紧地联系在一起，无法或者不愿从原有的批评话语中脱离出来。这也反过来成全了以马原、余华、苏童、格非等年轻作家为中心，在中国当代文学史上被描述为"先锋小说家"的地位。

期刊为我们提供的另一种信息是：通过作家们发表作品期刊的级别，我们可以看出当时这批作家在文坛的地位。依据洪子诚所说的从中央一级的较高的权威性期刊到次一级省和直辖市的刊物类推的观点，《人民文学》及《收获》这类属于高级别的期刊对这批年轻作家的关注，向我们提示出了一个重要信息：这批作家在当时文坛的位置并不边缘，甚至很中心。当然，像任何一位成名的作家一样，余华、苏童、格非等作家走向文坛中心是需要一个过程的，不过，我们看到在这些作家身上，这一过程并不算艰难，因为他们的成长充满了编辑及批评家们的积极肯定，成名以后（90年代），他们也一直保持着经常在一级刊物上发表作品的姿态。以余华发表作品为例：1983年《西湖》上发表第一个短篇小说，至1986年，他创作的多是短篇小说，主要发表于《西湖》《青春》《北京文学》《小说天地》《东海》等杂志上。1987年以后，中短篇小说创作并行，作品主要发表在《北京文学》《收获》《钟山》《上海文学》《人民文学》等期刊上，特别是1987

年、1988年这两年发表的作品,明显集中于《北京文学》《收获》《钟山》上。[1]期刊级别的增高与作者在文坛声誉的增长成明显的正比关系。又如苏童,他发表作品的期刊[2],尽管要比余华丰富些,即便1986年成名以后,他发表作品的刊物也并不集中在一级刊物上,但是,《钟山》编辑这一身份,更直接地从"身份"状态上说明了他的地位。

  这无疑也提示我们思考这些作家成名之前的文学场。为此,我们有必要将余华、苏童等成名更早的马原、残雪的情况进行整理对比。从现有的资料来看,他们最初发表被称为形式实验的代表作时,虽然有过阻力,但基本上还是认同的声音占据主导地位。比如,马原在进入上海、北京的文坛中心之前,属于西藏作家群成员。1984年第8期《西藏文学》发表马原的《拉萨河女神》,在这篇小说里,叙述方式的独特性已充分展现,1985年第6期《西藏文学》推出"魔幻现实主义专号",藏族作家扎西达娃也发表了《系在皮带扣上的魂》与《西藏,隐秘的岁月》。然而,这个专号并没有在文坛引起多大的轰动。真正产生大的影响力的却是他们进军北京、上海文坛之后[3]。据韩少功、蔡翔等人回忆,马原、残雪的作品在1984年底召开的杭州会议上被传阅,虽然编辑们对是否发表这样的作品尚存顾虑,但是,作品受

---

[1] 根据"余华作品目录"整理,见洪治纲编《余华研究资料》,天津:天津人民出版社1997年版,第684—695页。

[2] 汪政、何平编:《苏童研究资料》,天津:天津人民出版社1997年版,第671—683页。

[3] 从"先锋作家们"走向文坛的发祥地来看,离不开上海与北京这类大城市,程光炜在《如何理解"先锋小说"》(《当代作家评论》2009年第2期)中论证了"先锋小说"与上海的关系,指出了都市给作家带来的重大影响。

到了文坛知名作家和批评家的普遍认同。据韩少功在《杭州会议前后》一文中描述:"也就是在这次会上,一个陌生的名字马原受到了大家的关注。这位西藏的作家将最早期的小说《冈底斯诱惑》投到了《上海文学》,杂志社负责人茹志鹃和李子云两位大姐觉得小说写得很奇特,至于发还是不发,一时没有拿定主意,于是嘱我和几位作家帮着把握一下。我们看完稿子后都给陌生的马原投了一张很兴奋的赞成票,并在会上就此展开过热烈的讨论。而就是在这次会议之后不久,残雪最早的一个短篇小说《化作肥皂泡的母亲》也经我的推荐,由我在《新创作》杂志的一位朋友予以发表。"[1]最终,马原的《冈底斯诱惑》得以在《上海文学》上发表,这与当时编辑部李子云、周介人思想的前卫和活跃是分不开的。1985年,在桂林笔会上,《收获》杂志的程永新认识了马原和扎西达娃,当年的《收获》就发表了扎西达娃的《巴桑和她的弟妹们》以及马原的《西海无帆船》。同年的《人民文学》也发表了马原的《喜马拉雅古歌》。所以,真正的马原诞生于上海。而残雪的出场也离不开文坛有影响力的编辑们的认同,《人民文学》《收获》推动了作家的一路前行。

有学者认为先锋文学一定程度上能够"被定义为一种具有鲜明特色的'期刊文学'。"[2]在80年代的文学语境中,年轻的作家通过文学期刊发表作品走向文坛是一种常态。在"先锋小说"这里,《北京文学》《上海文学》《人民文学》与《收获》等文学期刊的求新姿态以及

---

[1] 韩少功:《杭州会议前后》,《上海文学》2001年第2期。
[2] 黄发有:《〈收获〉与先锋文学》,《当代作家评论》2014年第9期。

对文学新人的大力支持,进一步为作家的成长提供了良好的环境,并推动酝酿了文学潮流的兴起。

第二节 来自"形式"的话语力量

从文学期刊中,我们看到了80年代一些权威期刊的编辑们思想的前卫和新潮,这给马原、余华、苏童、格非为中心的"先锋小说家"的出场创造了有效的文学场。那么,是什么让他们从整个80年代的众多文学作品中剥离或凸显出来呢?除了来自文学编辑的力量,这股力量当然来自批评家们。像《上海文学》本身就设有创作和理论两大版块,发表文学作品之外,聚集了一些新潮的文学批评家,为80年代文学的创新给予最直接、最迅速的理论探索。而《人民文学》《收获》等也在一定时期内设有新作介绍、解读的栏目。这些评论的及时性,为读者及整个文坛对新作的关注起了积极的引导作用。从文学评论的视角来看,80年代对"先锋小说"的出场有着关键性作用的评论词汇是"形式"、"形式实验"。

事实上,后来的诸多文学史评论中,在总结"先锋小说"的艺术特征时,主要也是抓住了"形式"这一关键特征。比如,洪子诚的《中国当代文学史》中如此写道:"'先锋小说'虽然与'寻根'、'现代派'文学等一同组成80年代文学创新潮流,但它们之间也有重要区别。在'先锋小说'中,个人主体的寻求和历史意识的确立已趋淡薄,它们重视的是'文体的自觉',即小说的'虚构性',和'叙述'

在小说方法上的意义……马原是这一'小说革命'的始作俑者。"[1]又如,2008年陶东风、和磊著的《中国新时期文学30年(1978—2008)》一书中,写道:"我们对先锋小说的界定,还是按照最为普遍的认识,侧重于那些注重形式创新的作品,其代表性作家就是上面提到的马原、洪峰、扎西达娃、苏童、余华、格非、北村、孙甘露等人。而像刘索拉、徐星乃至残雪,我们还是把他们归入现代派一列中,因为他们更多的是注重内容上的表达,而不是形式上的创新。"[2]这两种论述都强调形式的意义,而从后者明确将残雪与刘索拉、徐星并列,并将其归入现代派一列的论述来看,论述者仍偏向于将形式的概念限定为形式技巧及与内容相对的那类概念,而这与80年代中后期倡导艺术形式本体论时的形式概念之间充满了罅隙。这也提示人们去思考"形式"与"先锋小说"之间关系的复杂性。进一步说,"形式"就像一道牢不可破又虚浮无定的墙,护卫着"先锋小说",使其在文学史中找到了存在的可靠力量,而包含其间的"统一性"话语意味也充当着遮蔽作品的繁杂韵味的功能。

从现有的资料来看,自80年代至今,有两条较清晰的线索与这一问题相关:一是,80年代初期至80年代中后期,文艺理论界及批评界就形式问题开展了积极的探讨,并将形式上升到了艺术本体论的高度。二是,大量的批评文章将"先锋小说"的写作与形式实验相连,既因为他们推进了80年代中期小说艺术变革而给予盛赞,同时,又在

---

[1] 洪子诚:《中国当代文学史》,北京:北京大学出版社1999年版,第293页。
[2] 陶东风、和磊:《中国新时期文学30年(1978—2008)》,北京:中国社会科学出版社2008年版,第202页。

整个文坛的形式实验浪潮开始式微、作家们的创作发生改变时，对形式实验的退潮发出感慨和不安。

首先，探讨形式内涵及追求艺术形式的创新是 80 年代中国文坛的热点话题之一。1980 年《文艺报》座谈会上，李陀就说："文学创新的焦点是形式问题。"[1] 80 年代初主要限于与传统意义上的内容相对的技巧、结构等方面的探讨，至 80 年代中后期，逐渐形成了不再一味地强调形式之于文本或之于内容的重要性、不再简单地重复内容与形式相统一的观点，而形成了视形式为艺术本体的观点。

1987 年李劼发表的《试论文学形式的本体意味》中强调了"怎么写"的意义，并以"语言"为中心建构了形式的本体意味，明确地表明："人们习惯于从一种社会学、文化学的角度看待一个新的文学运动。当他们谈及'五四'新文学时，总是先强调新文学的反帝反封建意义、强调新文学所蕴含的新文化、新观念、新道德，然后才仿佛是捎带性地提及白话文代替文言文的进步。而且，即便谈及这种文学形式的革命，也总是努力把它引向通俗化、大众化、平民化之类的社会意义和人道主义立场，很少有人从文学语言本身的更新来思考新文学的性质……结果，人们将许多对语言的探讨和对形式的追求都冠之以'为艺术而艺术'之名，从而粗暴地驱入'象牙之塔'。直至历史缓慢而滞重地碾过了几十年之后，这座人为的'象牙之塔'才吱吱嘎嘎地倒坍下来。人们在倒掉的象牙之塔旁边重新思考起了语言，重新琢磨起了形式。因为正如人是一个自足的自主体一样，文学作品是一个

---

[1] 王尧：《1985 年"小说革命"前后的时空——以"先锋"与"寻根"等文学话语的缠绕为线索》，《当代作家评论》2004 年第 1 期。

自我生成的自足体……形式不仅仅是内容的荷载体，它本身就意味着内容。在写什么和怎么写之间，很难把前者绝对地确定为文学家们的最终创造目的。"[1]在此之前，雷达、吴士余、张德祥等评论家已纷纷撰文探讨形式问题，同时，大量的译著，如俄国的形式主义理论、韦勒克与沃伦合著的《文学理论》等，也都强调了对形式或艺术本体的重视。也是在1987年，殷国明的《艺术形式不仅仅是"形式"》一文，将形式和内容视作认识艺术所借助的思维桥梁[2]，这篇文章一定意义上是对文坛过分强调艺术形式的意义和价值的修正。

今天看来，80年代中后期出现的这股探讨"形式"的热潮，其意义不仅在于作家和批评家们以高调的姿态宣扬了"怎么写"的重要性，更在于表明了对以往长期以来的、以内容为核心的创作观和评论观的反叛，彰显了寻找文学自主性的意味。那么，诸如马原在作品中故意混淆叙述者的写法、残雪小说中的荒诞意象、莫言小说中的色彩、余华小说中的暴力和血腥的展示、格非小说中错位的时空，等等，在叙事中正好突破了故事情节的完整性的追求，而有了强烈的"形式"意味。换言之，1987年在《收获》上集体亮相的余华、苏童、格非等作家的作品正符合了这样的叙事变革。我们也可以这样认为，"先锋小说"的出场与文坛本身对文学的自主性的诉求密不可分，而这种诉求并不始自"先锋小说"。

其次，在这样一种文学诉求中，评论家对"先锋小说"的到来是

---

[1] 李劼：《试论文学形式的本体意味》，《上海文学》1987年第3期。
[2] 殷国明：《艺术形式不仅仅是"形式"》，《上海文学》1986年第7期。

充满期待的,确切地说是对"先锋小说"体现出的艺术创新品格充满期待。不管是当时还是现在,仍有诸多评论家将其与之前或之后的作品进行比较并表达强烈的艺术品格期冀。当艺术变革鲜明而又坚定的时候,评论家们报以热烈的呼唤,而当形式变革的坚定性有所动摇时,特别是到了1988年左右,随着大量的新潮小说家(包括刘索拉、韩少功、张承志等)在创作上突进的缓慢,余华、苏童等年轻作家的崛起更是被寄予厚望,当然,1989年左右,这些年轻作家对故事描述的重视,也不免让热切期待的评论家感到失落。

比如,1988年李劼的《论中国当代新潮小说》一文,以语言形式变革为内在依托,认定形式主义小说的重大意义,他说:"在这样的历史背景下,以马原为主要代表的形式主义小说向传统的文学观念和传统的审美习惯作了无声而又强大的挑战。从这个意义上说,马原式的形式主义小说,乃是新潮文学最具实质性的成果。这种形式主义小说的确立,将意味着中国新潮文学的最后成形和中国当代文学的一个历史性转折的最后完成。"[1]对马原的形式主义意义的发掘正在于艺术形式变革的需求,当时,评论界已有吴亮的《马原的叙述圈套》[2]阐述马原小说中叙述的复杂性。在评论家眼里,马原式的叙述所带来的形式变革意义远远高于故事本身的可读性,当然,评论家本身带有能够解读马原作品的自豪感。同样,在李劼的这篇文章中,已经显露了批评家对"先锋小说"的担忧,或者说对于整个形式实验本身的焦

[1] 李劼:《论中国当代新潮小说》,《钟山》1988年第5期。
[2] 吴亮:《马原的叙述圈套》,《当代作家评论》1987年第3期。

虑及不安，在《论中国当代新潮小说》一文的结尾，李劼如此感慨："我不想在一片悲凉的气氛中结束我的论述。因为对于整个新潮作家来说，他们应该为自己的努力感到自豪。他们在一个没有形式本体意识的文学世界里树立了形式意识，他们在不把文学当文学的国度里推出了自觉的也是自主的文学，他们在一个没有精神的本体结构的文化空间里构造了具有强烈的形而上指向的小说文本。总而言之，他们在用自己的创作开始重新书写中国文学。我把这样的创作归于当代中国文学，而我认为所谓当代中国文学，也必须具备这样的创作精神和这样的审美精神。我想最后与我的讨论对象们同声称：也许我们一无所有，也许我们拥有一切。"[1]写下这些文字的时候，正值1988年5月，在批评与创作保持良好的互动关系的时代里，批评家敏锐地感受到了文坛变化的讯息，字里行间既有盛会将逝的不安，亦有成就永恒的自豪。

又如，陈晓明也是较早地关注先锋小说家的创作走向的评论者，当时发表的文章就有：1989年发表的《后新潮小说的叙事变奏》和1991年发表的《最后的仪式——"先锋派"的历史及其评估》。在《后新潮小说的叙事变奏》一文中，陈晓明对当代新潮小说玩弄技巧的做法忧心忡忡，明确提出这些作品在模拟或复制外来文本和自我中陷入了困境，当然，评论者同时肯定了实验小说叙述革命上的意义。实际上，在我看来，与当时大多数看重形式实验的新锐评论家一样，陈晓明对小说叙事的变化，有着爱之深、忧之切的感情。文章中，他

---

[1] 李劼：《论中国当代新潮小说》，《钟山》1988年第5期。

如此写道:"毫无疑问,后新潮小说的多重变奏表明当代小说叙事所达到的难度和复杂度,小说叙事也逐渐演变为莫测高深的方法论活动。实验性的'开放'面向叙事方法领域,却背向接受大众'封闭'。实验肯定要蒙受冷落的礼遇,先锋们不得不吞食寂寞的苦果。"[1]显然,陈晓明感受了市场经济时代中,大众阅读能力与先锋小说形式实验间存在的巨大问题。至1991年发表的文章中,陈晓明则直接宣称"先锋派"的写作在自以为拯救文学和拯救自我的象征意义上,具有"仪式"意义。并且,将1989年视作了"先锋派"的一个重要转点,认为:"如果把1989年看成'先锋派'偃旗息鼓的年份显然过于武断,但是1989年'先锋派'确实发生某些变化,形式方面的探索的势头明显减弱,故事与古典性意味掩饰不住从叙事中浮现出来。"[2]"仪式"一词在这里便充满了昔日无法重现的迟暮感。而后经历了90年代文学艺术与经济效益紧密结合的年代之后,陈晓明则再次提出了"先锋派"退化的观点,认为:"'先锋派'在90年代前期就出现了明显的退化,尽管他们获得了可观的社会效益和经济效益,但这并不能掩饰他们在艺术上的无所作为。"[3]

在关于先锋小说与形式变革关系的话题热议中,既有热烈的肯定声音,便有质疑和不满。有很多批评文章都指出了形式实验在模仿西方小说技巧方面的不足。比如,有批评家认为:"所谓先锋小说所最表面也是

---

[1] 陈晓明:《后新潮小说的叙事变奏》,《上海文学》1989年第6期。
[2] 陈晓明:《最后的仪式——"先锋派"的历史及其评估》,《文学评论》1991年第5期。
[3] 陈晓明:《表意的焦虑:历史祛魅与当代文学变革》,北京:中央编译出版社2002年版,第110页。

最本质的成份——形式,之于我国的先锋文学,可惜只是一件外衣。我们从外国先锋小说家们身上掠夺来的,事实上怕也只是那一件时髦的外衣了。而真正的形式的构置,其本质并不只是一件外衣。"[1]也有评论家从二十世纪世界新小说的变革出发,论述中国先锋小说对传统叙述模式的突破,指出艺术技巧探索难于被普通读者认同的事实,认为:"相对于价值观念、情感态度、现实生活的观照反应等对表现实体的倾向变革,艺术技巧的探索更难于得到读者的认可。因为一部遵循传统艺术成规的作品并没有给光顾者设下任何障碍,读者可以径入它的大门;当他们接触到某种焕然一新的思想观念和审美倾向时,他们可以持认可态度,也可以与作者抬一抬扛。"[2]同时,批评家也敏感地意识到了80年代末期随着市场经济时代的到来,作品越来越受市场控制,先锋小说家们在市场上面临的尴尬境地:"在这个艺术多元化、选择多种化的世界上,深奥的探索小说面对来势汹汹与其他艺术和通俗小说竞争,难免且战且退,逐渐失去自己的版图。尽管我们可以强调必须保持作为开路先锋的探索小说的领地,但又有几个作家真正耐得住寂寞?特别是当他们因经济上的原因而难于让小说出版面世时,他们亦将失去最基本的竞争乃至生存的动力。也就是说,先锋小说的新的审美观、艺术观、小说观还未搭建之时,就有可能在读者的冷漠中土崩瓦解了。"[3]这些几乎是与"先锋小说"创作同步的评

---

[1] 赵玫:《先锋小说的自足与浮泛——对近年来先锋实验小说的再认识》,《文学评论》1989年第1期。

[2] 何龙:《冲破传统叙述模式之后——探索中的小说叙述艺术》,《文艺理论研究》1989年第2期。

[3] 同上。

论，实际上也较清楚地看到了"先锋小说"形式实验在时代中的困境。当然，其中也不乏针对一些作家作品的创作手法而进行批判的作品，像残雪的作品，就因超越常规逻辑的表述方式，常被视为"先锋小说"的例子受到指责。比如，有评论文章就认为："这无疑是一个怀疑和创新的时代。几年来产生了一批新潮作家，残雪在这批新潮作家中是主要的一员，或者说是最新潮、最'先锋'者之一。然而随着时间的推移，中国的'先锋派'小说中令人怀疑的东西是不是越来越多呢？中国的先锋派小说是否真的存在？存在的现状如何？"[1]这是一篇1990年的评论文章，在这一系列的质疑声中，我们甚至看到了评论者要否认潮流的存在的情绪，若结合当时"先锋小说"发生的转型，则可以更清晰地感受到这些评论者对叙述变革的不满意。

可以说，"形式"及"形式批评"始终伴随着"先锋小说"的出场和转型。一定意义上，1987年"先锋小说"的集约式出场，本身就带有强烈地批评呼唤意味，当时的理论界和批评界都急切地需要这样的文本来持续80年代以来的文学艺术变革，更需要在艺术技巧上有突进的文本来打破一直以来内容上求变的模式，为中国文学的发展寻找到新的突破点。同时，技巧变革带来的种种不足以及"先锋小说"在这方面变革的草草收场，也让诸多批评家心生不满。无论如何，"形式"之与"先锋小说"有着不可磨灭的力量。

---

[1] 邓善洁:《"先锋小说"不再令人兴奋》,《文学自由谈》1990年第5期。

第三节 期待、剪裁与游离的"先锋"

梳理发表"先锋小说"期刊的情况,以及从批评界形成的形式本体论的角度探讨批评对创作的影响,显然是认识"先锋小说"出场情境的必要工作。不过对这两种视角的选择,目的绝不在于篡改现有文学史给予"先锋小说"的普遍认同,而是抛开结论式的论断,对结论形成的过程作一次探讨,在探讨中我们能更清晰地辨别出那些已被普遍认同的知识的可靠性或不可靠性。80年代的话语方式并未离我们远去,它所创建的话语规则影响和制约着我们的思维方式,但当下文学创作的现状以及与80年代文学语境的显著差异,却又已经使我们不得不重新审视当年所建构起来的话语规则。考察"先锋小说"的出场,也就成为我们认识80年代以及当下文学现状的重要视角之一,只有那些支撑"先锋小说"浮出历史地表的因素被发掘的时候,我们似乎才更有能力对"先锋小说"及当下的文学创作进行一次有力度的言说。

从期刊与批评话语的考察中,我们可以看出:"先锋小说"的出场不是某些作家或某部作品横空出世的结果,而是80年代中国文学寻找发展点的一次强大的历史建构。期刊对年轻的苏童、余华、格非等作家及作品的选择,无疑显示了出场时声音的洪亮和姿态的辉煌,评论界高喊的"形式实验"更昭示了这幅历史画面强大的历史动力,而这一历史动力则带有强大的话语诉求功能。对走过新中国成立后"十七年"及"文革"的中国文学而言,急切地要在"新时期"到来之后,摆脱长期以来的政治话语束缚,既然"伤痕文学""反思文学""改革文学"乃至"寻根文学"都无法摆脱受内容或主题决定的创作规约,那么形式,而且是作为艺术本体论意义上的形式,就成为最有效的伸展空间。一定意义上,形式实验的到来以及意义的生成,绝不在于人们是否能够读懂这些形式实验作品,也不在于年轻的作家们是否借助于它走向了文坛的中心并获得了良好的生存条件,而在于其存在本身切合了文学发展的内在需求,适时地宣告出一种变革的姿态及实践的力量。格非描述自己当年创作情况的话语很有代表性,他说:"在那个年代,没有什么比'现实主义'这样一个概念更让我感到厌烦了。种种显而易见的,或稍加变形的权利织成一个令人窒息的网络,它使想象和创造的园地寸草不生。"[1]这种极力突破以往现实主义创作原则的情绪,表达了作家追求新的叙述方式的内在需求,而这又构成了形式实验的基本要素。

因此,这些"先锋小说家"的出场与当时文坛中对西方现代派艺术写作手法的认同密切相关,这种认同显然来自80年代初期以来,文坛那种急切地寻找文学新的发展方向的语境。比如,从借鉴西方现代派作品的写作手法到建构"寻根"理论,并从创作实践上进行文化批判和文学建构,中国的文学在"文革"后有种强烈地要摆脱政治话语束缚并寻找文学发展自主性的想象与呼唤,因而"新潮""探索"等成为当时文坛的关键语。李劼曾作过这样的描述:"按照我在《中国现代文学史(1917—1984)论略》一文中的论述,85年左右兴起的文学新

---

[1] 格非:《十年一日》,《塞壬的歌声》,上海:上海文艺出版社2001年版,第68页。

潮把中国文学推入了一个新的历史空间。我把这一新的历史开端称之为中国当代文学史,而把这之前的文学史划入自'五四'新文学运动以来的中国现代文学史。作为这种划分的重要依据之一,就是我所说的那个世纪性的转折:如果说在 85 年文学新潮发生之前的整个现代文学史基本上是承袭了西方十九世纪的古典文学并且在这一文学的影响和笼罩下发展过来的话,那么在 85 年文学新潮发生之后的中国当代新潮文学则显示了二十世纪世界文学的各种特征。"[1]从这段描述中,我们可以看出批评家怀着无比激动的、期待的心情面对着文坛的"新潮小说",因而我们可以推断,被后来文学史所普遍认同了的以马原、余华、苏童、格非为中心的"先锋小说家群"的出场,完全被这种强烈的对"新潮小说"的赞同姿态所推崇。从众多的资料来看,当时较著名的批评家,如李陀、吴亮、程德培、李劼、王晓明、殷国明、陈思和、南帆等,基本对被纳入"新潮文学"的作品作过肯定的评价,而且像马原、余华、格非等作家,在走进大众视野之前,都曾受在北京的李陀或在上海的程德培、吴亮、李劼等评论家的赞赏或提携。他们的出场被众多批评家给予了极高的欢呼声。批评家李劼曾说:"1985年以后的中国新潮小说作家,既不是思考的一代,也不是迷惘的一代,更不是垮掉的一代。他们是幸福的一代。他们用文学换取了生存需要的一切需求,票子、房子、娘子、儿子,外加如日中天的名声。"[2]这里说的幸福的一代,既有出场时顺风顺水的意味,更有这

---

[1] 李劼:《论中国当代新潮小说》,《钟山》1988 年第 5 期。
[2] 李劼:《中国八十年代文学历史备忘》,未公开发表。

些作家们进入了90年代以后，又受到市场的力捧的意味。从李劼这位当年极力地推动这些年轻作家走向文坛的评论者口中说出，却是不无道理的。

同时，文学批评界在言说形式探索这一话语时，从"新潮小说"到"先锋小说"是体现出了微妙的变化的。自"文革"结束始，文学界便有一种强烈地突破传统的呼声，并从"伤痕""反思""改革"文学过渡到"现代派小说""寻根小说"至"先锋小说"，其中鲜明地体现出了对现实主义创作手法的规避或逃离，一定意义上，这可算作是文学批评界的一个大期待。同时，如何逃离依然成为一个需急切解决的问题。现在看来，80年代初李陀等人提出文学创新的焦点是形式时，实际上，它所面对的不仅是传统的现实主义创作的阻力，还有将创作指向形式创新时，如何进行现实书写的问题。更重要的是，在一次又一次的创新呼声中，我们似乎忽略了现实书写这一问题，至"先锋小说"出场时，背后所支撑的"形式变革"这一批评话语的出场，则鲜明地体现了80年代一代批评家们对形式创新的热烈和对"伤痕—反思—改革文学"所关注的现实主题的忽视，以此导致了对新时期初期种种现实主题书写的中断。1981年，王元化在论述形式问题时，肯定形式探索重要性的同时担心它回避了生活中的尖锐矛盾，这是有一定道理的。面对借鉴西方写作手法的热潮，他质疑："同时，是不是有一种避开生活中的尖锐矛盾，认为还是在形式上进行突破比较保险的心理也在无形之中起着作用？"[1]然而，如果再进一步梳理，我们看

---

[1] 王元化：《和新形式探索者对话》，《文艺报》1981年第1期。

到的是,至1985年前后各种"新小说"呈现时,形式探索作品的丰富性与复杂性,并没有压制"现实关怀"。从王蒙、宗璞等人借助意识流、荒诞派手法表现一代人的反思,到徐星、刘索拉等人急急地借助西方艺术手法表述年轻人的情绪,到阿城、韩少功等人创造"寻根"这一话语来面对一些历史问题,乃至史铁生的真诚、委婉的叙述,张承志的直抒胸臆等等,被冠以"新小说""新潮小说"等称号的小说,并没有纠结于文本中是否呈现了小说的讲述方式,因为作品主题与现实、历史间的联系的自然呈现,是读者十分明了的。但是,当马原等人将小说的技巧呈现于文本的叙述中后,在小说的叙述中明确小说的叙述方式成为一个显要的问题,同时,呈现小说的技法或形式也成为一个取代作品主题的重要事项。在此意义上说,"先锋小说"在文坛呈现的过程,便是80年代以来"现实主义"以及"形式探索"话语被不断剪裁的过程。

有意思的是,当批评家陈晓明从形式实验的意义上将1989年视为"先锋小说家们"转型的一年时,余华也在这一年表达了自己对"真实"及"形式"的理解。余华说:"当我发现以往那种就事论事的态度只能导致表面的真实以后,我就必须去寻找新的表达方式。寻找的结果使我不再忠诚所描绘的事物的形态,我开始用一种虚伪的形式,这种形式背离了现状世界提供的秩序和逻辑,然而却使我自由地接近了真实。"[1]余华的话足以说明形式的改变与艺术观的改变本来就是不可分离的,形式变化本身就是一场巨大的艺术观念变革运动。但对于

---

[1] 余华:《虚伪的作品》,《上海文论》1989年第5期。

当今乃至现在大多数批评者和读者而言，形式的革命似乎只是与实验性的超越常规联系在一起。众多为马原的叙述圈套、余华的"残酷"、格非的"不确定"所困惑的读者及作家，常常被那些读不懂的故事所困扰，搞不清我们形式变革的真正意旨。这或许与形式实验呼声的历史动力的强势有关，因为对形式实验的过分热情，反而使我们忽视了这些"先锋小说"一开始就表现出的"非形式"的另一面，以及隐含在这一面中的虚弱。

　　考察这些年轻的"先锋小说家"的出场细节时，我们看到了他们受外力推动的顺利。要不是来自历史动力本身的"形式"需求，我们很难想象他们能够如此迅速地跨上文坛的中心地位，并且在批评家们认为他们已失去了形式实验的先锋性的时候，却又收获了公众的瞩目。总之，无论是80年代中后期的"出场"，还是90年代以来的"市场"，他们始终拥有不错的运气。但也恰恰是这种运气，使我们不得不对他们的作品再作认真的审视，而且我们有理由抛开赋予他们的"先锋"称谓进行审视。由此，我们看到如此的文学现状：到了90年代，不断地重复故事叙述的复杂性的马原，几乎失去了创作的源泉；曾经将语言游戏推至极限的孙甘露少有作品发表；余华用冷静地"活下去"代替了残酷的死亡叙事，并在温情中试图找到活着的理由；苏童的叙事依然细腻却更多地指向了生活琐事及历史的虚空；格非越来越将偶然与不确定性付诸历史故事。当我们去探究这种变动出现的原因时，我们不得不质疑出场时被众多评论者造就的"形式实验"的光环。

　　无可否认，"先锋小说"的出场，让我们看到了中国小说"文本"

的变革。一定意义上,其形式策略最大的意义就是改变了中国小说固有的现实主义传统,使中国的文学对"真实"的理解走向了一个高度,而其艺术精神的飘移,又说明其形式变革本身包含着追求技术创新的躁进,作家价值建构的游移,以及对生活感悟的缺乏。因此,我们无法就此断定"先锋小说"就是好的小说范本,但是,其"出场"正好昭示了中国文学史上曾经热烈追求的艺术革新,然而,这场革新却因被剪裁和依然不被充分理解的"形式"内涵而远未实现。

第九章 "新写实小说"与"现实主义"的期待与慎行之轨

"新写实小说"作为20世纪80年代末期涌现的一股文学潮流，已经被诸多文学史认同，并在概念内涵、代表作品等方面形成了较为统一的话语规约。它在文学史上的出场，与其他80年代中后期以来的"寻根文学"、"先锋文学"等文学潮流一样，离不开文学批评的巨大推动力，即其出场离不开文学批评界对创作进行的大张旗鼓地命名、概括和推动。如果我们仔细地梳理"新写实小说"这一概念以及代表性作家作品被文学史定格的过程，则可以进一步考察当时文学批评和创作间的复杂关系，并将"新写实"这一概念放置于整个中国当代文学关于"现实"内涵的追求流脉中进行审视，发掘80年代末期批评界的现实主义想象内涵，以及其在90年代"文学场"中独特的存在形态。

第一节 命名的急迫：从研讨会到"大联展"

从现有的文学史资料来看，池莉的小说《烦恼人生》在《上海文学》1987年第8期上以头条的方式发表,此后也在1987年11月的《小说选刊》上转载,但文学评论界并没有对这类文学作品进行热烈关注。至1988年,随着方方的《风景》、刘震云的《新兵连》、刘恒的《狗日的粮食》等作品出现,文坛一些重要评论家才开始注意到这类写作。比如,1988年3月,雷达发表文章《探究生存本相展示原色魅力》,指出新时期文学审美意识中现实主义传统的"回归"(再探索),认为这些作品虽然取材和格调上不统一,"但是,在把握现实的内在精神上,在以肉体直搏民族的生存状态和生存本相上,在正视'恶'、'丑'并将其提升到审美层次上,以及在对美的价值的追求判断上"[1]展现了潮流性的变化。不过,作为一个概念的命名以及对一股文学潮流的认同,"新写实小说"这一名称在80年代文坛上的凸显离不开两次会议,以及《钟山》杂志推出的系列作品展及评论文章。

会议之一是1988年10月《钟山》杂志与《文学评论》杂志在太湖之滨联合召开的"现实主义与先锋派文学"的讨论会,这对"新写实小说"的出场具有重要意义。从会后李兆忠发表的会议纪要来看,在这次会议上,大家普遍表达了这样一种情绪:"先锋小说"已处于困顿期,中国文学的发展需要寻找新的生长点,而现在文坛上出现的一些"现实主义"作品是具有重要意义的。比如,纪要中写道:"与此相关,座谈会又涉及对近期文坛上相继出现的一批所谓'新写实主义'作品的评论和评价。与会同志对于这批作品表现出极大的热情和兴趣,并予以较高的评价。有的同志甚至这样预测:在近期或相当长的

---

[1] 雷达:《探究生存本相展示原色魅力》,《文艺报》1988年3月26日第3版。

时间内，中国文坛上必将出现以至形成蔚为壮观的新写实主义文学运动……然而，耐人寻味的是，在对这批'新写实主义'作品的一片肯定赞扬声中，却可以听出两种大相径庭的调门：有的同志认为，这是现实主义的回归和复兴，是现实主义强大力量的又一次胜利；有的同志则宣称，这是对以往现实主义的反动和叛逆，中国直到今天才开始有真正意义上的现实主义。"[1]虽然在这次会议上，到底是将"现实主义"作品命名为"新写实""新现实主义"还是"现代现实主义"并没有明确，甚至也有评论家提出了"后现实主义"等说法，但是中国文学发展处于危急关头，必须寻找新的现实主义手法已基本形成共识。可以说"新写实小说"是批评家和作家们对文学前途充满忧患的一种强烈诉求，自然而然的，这一名称的出现便被赋予了文学革新的意义。

另一次重要会议是 1989 年 10 月《钟山》杂志和《文学自由谈》杂志在南京联合召开的"新写实小说"讨论会，这进一步推动了文坛对"新写实小说"的认同。这次会议召开于《钟山》杂志已经推出了一系列"新写实小说"之后。会后，由阿源整理的在《文学自由谈》1990 年第 1 期上发表的《新写实小说漫谈》一文，较详细地记录了与会者的发言和观点。会上对"新写实小说"范例文本的列举，基本奠定了今后文学史对这一概念的界定，如《钟山》杂志编辑徐光认为："从新时期小说发展的历史来看，这几年确实出现了一批新的小说，既不同于过去传统的现实主义，也不同于中国先锋派小说，是一种独具特色的小说潮流，代表作家像刘恒的《伏羲伏羲》、《黑的雪》，李锐

---

[1] 李兆忠：《旋转的文坛——"现实主义与先锋派文学"研讨会纪要》，《文学评论》1989 年第 1 期。

的《厚土》，方方的《风景》，刘震云的《塔铺》、《新兵连》，池莉的《烦恼人生》、《不谈爱情》等等，还有我省的叶兆言、周梅森、赵本夫近期的系列小说。"[1]当然，会上对小说的范畴也存在着很大的争议，如丁伯铨就认为："在《钟山》所发的大联展中，朱苏进的《在绝望中诞生》、赵本夫的《走出兰水河》[2]、范小青的《顾氏传人》比较好，而王朔的《千万别把我当人》则跟传统现实主义完全离谱了，我感觉应算作新潮小说。"[3]有评论家也直言不讳地对某些新写实小说提出了质疑，如赵宪章说："《钟山》倡导的新写实小说，与实际上发的是不是一回事？第五期上的《逍遥游》就令人失望，我感到看不懂……这样的作品如作为新写实的代表作，我不敢恭维。"[4]

会上讨论的另一个十分深入且有意义的问题是"新写实小说"的内涵和发展方向，参与者或从与传统现实主义比较的维度，或从与新潮小说比较的维度，或从两者兼顾的角度，阐释"新写实小说"的概念内涵并对其发展方向提出期待。大家普遍认同的观点是："新写实小说"有别于传统的现实主义，有别于新潮小说，它应该有自己独立的品格。如费振钟认为："新写实小说是一种新的小说作法，是作家对生活的现实精神的一种新的表达形式，这种现实精神和技巧形式是不可分割的，是两者的重合与平衡，而不能单纯从技巧形式上来看。"[5]

---

[1] 阿源：《新写实小说漫谈》，《文学自由谈》1990年第1期。
[2] 原文题名应该是《走出蓝水河》，这里应该属于书写错误。
[3] 阿源：《新写实小说漫谈》，《文学自由谈》1990年第1期。
[4] 同上。
[5] 同上。

赵宪章认为:"新写实小说应是文学结构关系的重建,关于内容与形式,主体与客体,再现与表现等关系,一方面吸取传统现实主义,一方面又吸取现代主义,进行重新的调整与建构。"[1]沈义贞认为:"新写实小说的支点,我认为即是他们有意识地对生活进行某种'定格'。当代中国社会正处于一种胶着状态,社会的方方面面令人困惑。新写实小说家的创作目的,就是观照他们自己画框里的种种生活,从而复现我们当代人的生存环境,逼真的生活背景。"[2]丁帆、范小青、赵本夫等人则从叙述方式或描写技巧上强调其特征,如丁帆强调其区别于传统现实主义的四个特征,范小青强调其现实生活性,赵本夫则强调其生活原生态。

这些关于"新写实小说"定义和内涵的讨论话语,基本阐释了"新写实小说"在现实关怀、原生态的生活描述、吸收非现实主义创作手法上的特征,为"新写实小说"的内涵阐释奠定了理论基础,代表了理论界和评论界对"新写实小说"理论探讨的深化和推进,对文坛理解和接受"新写实小说"这一概念起了十分重要的推动作用。之后,很多重要的文学评论家撰文发表各色评论文章,又决定了"新写实小说"作为一股文学潮流的势头。

与研讨会并行的是《钟山》杂志策划并推出一系列"新写实小说"的行为。杂志于1988年最后一期刊登了一则要于1989年举办"新写实小说大联展"的文讯,发出了筹稿和评奖的呼声:"《钟山》

---

[1] 阿源:《新写实小说漫谈》,《文学自由谈》1990年第1期。
[2] 同上。

将本着不薄名人爱新人的宗旨,欢迎来自全国的作家,特别是青年作家、文学新人踊跃参加联展,《钟山》还将在适当的时候举行'新写实小说'评奖活动"[1]不过,文讯发出后并没有马上推出作品,直到1989年第3期,才专门开辟了"新写实小说大联展"的专栏,至1991年3期,分别在1989年的3、4、5期,1990年的1、2、3期,1991年的1、2、3期等期次上刊登了三十余部作品。同时,还进行了优秀"新写实小说"作品的评选活动,赵本夫的《走出蓝水河》、朱苏进的《绝望中诞生》、范小青的《顾氏传人》、刘恒的《逍遥颂》、高晓生的《融入野地》等作品被评为获奖作品。

为了推动这次"大联展",《钟山》在"卷首语"上对"新写实小说"作出了自己的命名,现在看来,这个命名成为文学史命名的重要依据,卷首语上写道:

"所谓新写实小说,简单地说,就是不同于历史上已有的现实主义,也不同于现代主义'先锋派'文学,而是近几年小说创作低谷中出现的一种新的文学倾向。这些新写实小说的创作方法仍是以写实为主要特征,但特别注重现实生活的原生形态的还原,真诚直面现实、直面人生。虽然从总体的文学精神来看新写实小说仍可划归为现实主义的大范畴,但无疑具有了一种新的开放性和包容性,善于吸收、借鉴现代主义各种流派在艺术上的长处。新写实小说在观察生活把握世界的另一个特点就是不仅具有鲜明的当代意识,还分明渗透着强烈的历史意识和哲学意识。但它减褪了过去伪现实主义那

---

[1]　《文讯》,《钟山》1988年第6期。

种直露、急功近利的政治性色彩,而追求一种更为丰厚更为博大的文学境界。"[1]。

从卷首语来看,"大联展"显然是一次理论建构比较清晰的文学现象,这些命名话语也成了日后文学史不断引用的"规范"。然而有意思的是,"大联展"所登载的30余部作品实际上并没有统一的规范,有些是现实感强烈的故事,有些充满了象征色彩,有些则饱含了对现实的调侃意味。这种没有严格的界线的推介,在南京召开的"新写实小说"讨论会上也受到了评论家们的质疑,正如前文已指出的,赵宪章就认为倡导的作品与实际发的作品不是一回事,丁帆也认为:"不能宽泛到无边的现实主义,把高晓声也框了进来。"[2]不过面对这种"宽泛",《钟山》杂志编辑们则基本认为:"新写实小说的概念应宽容点,不要框得太死。"[3]事隔多年以后,事件参与者王干回忆到:"当初《钟山》的这个栏目一直到1989年第3期才搞起来。我们1988年七八月份就开始酝酿,10月份又开了一个会,但为什么一直到1989年5月才发出来?实际上是因为之前一直没组到作家的稿。这个计划早就出来了,但当时我们想要找一些代表性的作家加入到'大联展'里面。但当时刘恒好像在写长篇,刘震云也在写长篇,实际上很多作家的小说,我们没有拿到,或者他们没写出来,所以到了1989年5月,实际上已经耽搁了一段时间。"[4]所以从"内幕"来看,这次联展是一次

---

[1] "新写实小说大联展·卷首语",《钟山》1989年第3期。
[2] 阿源:《新写实小说漫谈》,《文学自由谈》1990年第1期。
[3] 同上。
[4] 王干、赵天成:《80、90年代间的"新写实"》,《文艺争鸣》2015年第6期。

较彻底的批评家和编辑家们的组稿运动，或者单从"新写实小说"这个概念的提出以及对当时出现的作品的归类角度来看，刊物的组稿意图以及策划"运动"的意图是十分鲜明的。王干也清楚地解读了为什么在《钟山》而不是在其他刊物上发动了此次运动，他说："当时《钟山》还是希望在全国文学期刊当中，能够领风气之先，能够推动文学思潮的发展，能够发现一批好的作家，尤其是能够把江苏的一些作家推到全国。所以你看'新写实大联展'当中江苏作家占的数量很大。最初的'新写实'的策划和创意，没有太多的市场意识，主要还是带有思潮前瞻性和对'文学话语权'的争夺的意思。当时还没有'话语权'这个概念，现在回过头来看，是想要掌控或者说参与'话语权'的分享。因为当时'文学话语权'主要在北京和上海，南京是一个中间地带，所以《钟山》不像《收获》，也不像《人民文学》《当代》《十月》。"[1]"当时《钟山》策划'新写实'，主要是想参与话语权的分享，这个是主要的意图。"[2]

可以说，从研讨会到"大联展"，我们十分清晰地看到了《钟山》杂志的编辑们在推动这样一次运动中起了十分重要的作用。除了组织召开座谈会、策划作品联展，更重要的是刊发作品的同时，刊发了大量评论文章，即评论栏目的设置，对"新写实小说"的文学史定格发挥了重要作用。如黄毓璜、丁帆等人的《现实主义与先锋文学笔谈》，黄健、黄毓璜、陆建华、丁帆、费振钟等人的文章组成的《"新写实

---

[1] 王干、赵天成：《80、90年代间的"新写实"》，《文艺争鸣》2015年第6期。
[2] 同上。

小说"笔谈》、陈骏涛的《写实小说：从传统到现代的转化》、潘凯雄、贺绍俊的《写实现实主义新写实——由"新写实小说大联展"说起》、汪政、晓华的《"新写实"的真正意义——对一些基本事实的回溯》、陈思和的《自然主义与生存意识——对新写实小说的一个解释》、于可训的《人生的礼仪——读〈太阳出世〉兼谈池莉的人生三部曲》、吴炫的《写实与形式——兼谈〈走出蓝水河〉等小说》等。这些评论文字都试图对"新写实小说"的特征或内涵作出尽量清晰地描述。现在看来，杂志与其说要去界定什么是"新写实小说"，不如说要制造一种推动一股新的小说浪潮的热情和勇气，而编辑们依循的这种十分宽泛的选作原则，也透露出无法规约的困顿或留待文坛评述的策略。"大联展"作品筛选标准的不确定性与评论界热烈的讨论恰恰反映出命名及理论建构的极大热情，以及命名的急迫和仓促。在这场文学运动中，正是评论的力量带来的理论上的探索推动了新文本的创作，并将作品整合且进行一种新的命名，以寻找制造新浪潮的契机。正如洪子诚曾总结的："'新写实小说'的提出，既是对一种写作倾向的概括，也是批评家和文学杂志'操作'形成的文学现象。"[1]这里所谈及的"操作"一词恰当地描述了当时文坛对待"新写实"的态度和目的。

因为《钟山》杂志的积极策划，"新写实小说"作为文学潮流的命名基本定型，至1993年浙江大学出版社出版"中国当代最新小说文库"时，金健人就选评了《新写实小说选》一辑，收入了方方、池

---

[1] 洪子诚：《中国当代文学史》，北京：北京大学出版社1999年版，第340页。

莉、刘恒、谌容、刘震云、李晓、赵本夫、范小青、叶兆言等代表作家的作品,而且,明确地在导论中阐释了"新写实小说"的特征:"这些出现于1987年与1988年之交的作品寻找到了一方被文学所遗忘的角落,那就是普通人的生存状态……从广处看,'新写实'的确已成为一种创作思潮或倾向……从狭处看,'新写实'可以被看作当代小说艺术中的一种新的类型。"[1]此时,"新写实小说"作为一股文学潮流的事实已确立。

第二节 批评视野中的"现实期待"及争论

从以上所列"新写实小说"浮现于文坛的过程中,我们看到了《钟山》杂志为其开创的生存空间及伴随着的各种评论话语,显示了批评对其出场的重要推动力量。无论是各位评论家间、评论家与编辑间关于"新写实小说"内涵和性质的争论,还是《钟山》杂志"大联展"中作品间无法统一的标准,文坛的评论看似充满混乱性,实则恰恰代表着评论的开放性和争论的可为性。虽然对命名乃至是否能称其为潮流,还有种种不同的意见,但是,至1989年,新写实小说已经成为热议的话题,并且,有了作为一股文学潮流被认定的趋势。比如,当年10月份的《内蒙古社会科学(文史哲版)》就刊登一则短消息陈

---

[1] 金健人选评:《新写实小说选·导论》,杭州:浙江大学出版社1993年版,第2—3页。

述了这个内容,认为:"所谓新写实小说,从总的文学精神来看仍属于现实主义大范畴,是现实主义的发展和深化,是与现代主义'先锋派文学'相异的一股潮流。'新写实'的出现,是一批写实型作家审美意识调整的产物。如近期发表的高晓声的《触毒》、赵本夫的《走出蓝小河》、朱苏进的《在绝望中诞生》、范小青的《顾氏传人》等。这些作品站在时代高度直面人生、拥抱现实,富有浓郁的生活气息;这些小说不再是张扬新观念、发泄个人情绪的产物,而是以一种'平实质朴的叙述态度冷静客观地再现生活的原生形态,在艺术上也融汇了一些现实主义之外的手法;大都具有一种新的风彩和新的格局,开始引起了读者和评论界的注意,并成为新的小说潮汐。"[1]至1990年汪政、晓华的文章曾这样描述过:"'新写实'已成为批评家们的热门话题,不过,它并不比以往所提出的种种话题更幸运,从它提出的那一天起,就意味着对它的分析、拆解、演绎、质疑和否定的不可避免。这种讨论的方式已成为一种颇具意味的批评传统,而一切话题便可能在这种讨论方式中趋于消解。"[2]从此,我们可以看到当时文坛对这一命名讨论的热烈,同时我们也不禁产生疑问:为何评论家会有如此的焦虑,担忧讨论中概念会被消解呢?在我看来,这实际上从一个侧面表现出当时文坛在触及现实主义这一话题时的小心翼翼和命名时的谨慎,这种谨慎源自80年代以来形成的轰轰烈烈的反现实和形式实验

---

[1] 《"新写实"已开始成为新的小说潮汐》,《内蒙古社会科学(文史哲版)》1989年第5期,第78页。

[2] 汪政、晓华:《"新写实"的真正意义——对一些基本事实的回溯》,《钟山》1990年第4期。

的文坛气场。

回到关键会议及《钟山》杂志推出系列作品的现场,我们来看"新写实小说"出场的80年代文学背景,从中可以看出当时文坛对它的命名和性质界定充满了各种期待和文学历史的重负。

首先,"新写实小说"这一概念的出现与"先锋小说"的讨论脱不开关系。从李兆忠发表于《文学评论》1989年第1期的会议总结《旋转的文坛——"现实主义与先锋派文学"研讨会纪要》一文来看,1988年10月《钟山》杂志与《文学评论》杂志在太湖之滨联合召开的"现实主义与先锋派文学"的讨论会,实际上充满了对于80年代文学的走向的总结和焦虑感。至1988年底,80年代的文学已经历了"伤痕""反思""改革""寻根""先锋"等主要文学浪潮,在反拨"文革"时期的文学以及新中国成立以来的社会主义现实主义文学等方面,走出了一条轰轰烈烈的道路。同时,此时"先锋小说"为代表的形式实验走向式微的苗头已经显现,正如此次会议总结中所描述的:"与会代表对近年来的先锋派文学的评价似乎没有太大的分歧,其中不乏否定性的意见。"[1]如果说80年代中期的形式变革,使小说创作彰显了现代主义及现实主义命名的突进的渴望,那么,此时,先锋小说对西方现代主义的借鉴以及与读者的疏离,又引发了文坛的焦虑。然而,这种焦虑的背景始终没有脱离80年代以来文坛要摆脱传统现实主义的文学语境,而80年代中期以来的形式变革浪潮依然是众多作家和批评家的理想。所以,面对文坛出现的写实小说,一些评论家积极

---

[1] 李兆忠:《旋转的文坛——"现实主义与先锋派文学"研讨会纪要》,《文学评论》1989年第1期。

地探讨其与形式的关系,力图看到其与形式技巧变革间的联系。比如,吴炫认为:"实际上'新写实小说'与'新潮小说'在此意义上目的是一致的:期望从作品的结构和形式方面入手,避免作者明显的主观倾向对现实的'现象世界'的侵扰造成的作品的功利性和即时效应,以期使作品在可读性和耐读性方面获得较为长久的生命力。"[1]并且,反省了"在我们的思路中一直有一种把写实与现代形式小说看作对立的东西在情不自禁地制约我们。"[2]这里,评论者明显不希望将写实与形式分离开来,或者说,更强调形式变革在写实中的力量。

作为 80 年代末期出现于文坛的"新写实小说",尽管脱离不了 80 年代以来的市场背景,然而,在 80 年代中后期的众多批评家眼中,将其在艺术形式上的探索,与 80 年代中后期的形式变革潮流进行联系,体现了其承载的历史变革意义,以及这股潮流出场时的复杂性。

其次,面对新出现的这类写实作品,而对新的写实方式和内容,最纠结的问题是如何与传统的现实主义进行区别。正如前文所述,在"现实主义与先锋文学"研讨会上,大家就关注到了这批小说,特别强调它们与传统现实主义小说的区别,而《钟山》杂志的"卷首语"更是尽其所全地表述出它的现实主义的独特性。各位评论家也纷纷撰文来阐述这个问题。比如,1989 年,徐兆淮、丁帆用"思潮、精神、技法"三个关键词来进行探索,强调其既不同于先锋派文学,也迥异于昔日的现实主义。认为:"我们在读刘恒、刘震云、方方等人所创作

---

[1] 吴炫:《写实与形式——兼谈〈走出蓝水河〉等小说》,《钟山》1991 年第 1 期。

[2] 同上。

的新现实主义一类小说时,常常为流贯于作品中的思想感情力量所震慑,为作品所包含的丰富内涵,甚至博大精深的境界所吸引,并从中感受到这种力量、内涵、境界,已经大大挣脱了传统现实主义小说所常有的单一、狭窄,把单纯的政治和道德批判拓展到历史的、美学的、心理的、伦理的、宗教的新天地中去。"[1]"无疑,作为现实主义的一种新的形态,其艺术表现形式及技法的新的发展与创造,自然是沿着它自身的基本特点——再现生活的本来面貌衍化而来的。"[2]"新现实主义小说在艺术表现技法上的'新'的创造与发展主要在于描写形态和叙述形态的变化上。"[3]诸如此类的描述,都建立于将"新现实主义"这类小说与传统的现实主义和先锋小说的创作技法的比较之上,肯定其创新性。当时也有些评论家在分析具体的文本时,强调这类小说对传统现实主义小说的变革和对近年来小说变革的承继性,比如古卤就认为:"刘恒、李锐们的小说,就其独创性而言,毋宁说是变革了传统现实主义从而提供了新的写实样式(模式)。'新写实小说'正是这一新样式的概括性范畴,它同样属于近年来小说变革与新潮的果实,正如一批所谓'现代神话小说'提供了新的非写实样式(模式)一样。"[4]又如,1990年,陈思和在《自然主义与生存意识》一文,则从"生存意识"角度切入,以此来与欧洲的自然主义作区别,并

---

[1] 徐兆淮、丁帆:《思潮·精神·技法——新写实主义小说初探》,《小说评论》1989年第6期。
[2] 同上。
[3] 同上。
[4] 古卤:《也来说说"新写实"——兼评刘恒、李锐的部分作品》,《文学自由谈》1989年第6期。

对"新写实"的概念作修订,他说:"两者比较中我想强调的是,当代小说创作中的生存意识是一个独立的概念,它的认识基础不是现实主义模仿论,某些作品表面上相似,到了最精致的阶段就泾渭分明,由是推去,生存意识的概念与'新写实'的'一要新,二要写实'的特征也不尽相同,不过,是对这个过于宽泛的口号作某一局部的内涵界定。"[1]

无论如何,对"新写实小说"不再拘泥于传统现实主义的认定已成为评论界的基调,写作方式和创作意识的变化都成为批评家们关注的重点,同时,也成为作家们自觉的追求和选择。方方在阐释作品《风景》时,说道:"我的小说主要反映了生存环境对人的命运的塑造。"[2]刘震云也说:"新写实这个概念的提出主要是为了和五十年代的现实主义相区别。五十年代的现实主义实际上是浪漫主义,它所描写的现实生活实际在生活中是不存在的。浪漫主义在某种程度上对生活中的人起着毒化作用,让人更虚伪,不能真实地活着。'文革'以后的'伤痕'文学、'反思'文学、改革文学也是五十年代现实主义的延续,《乔厂长上任记》中的乔光朴、《新星》中的李向南如果在现实中一定撞得头破血流。所以现在提倡新写实,真正写生活本身是很有意义的。"[3]而且,刘震云在描述自己的创作特征时,也彰显了出离于"现实主义"概念的特征:"我写的就是生活本身。我特别推崇'自然'二字。崇尚自然是我国的一个文学传统,自然有两层意义,一是

---

[1] 陈思和:《自然主义与生存意识——对新写实小说的一个解释》,《钟山》1990年第4期。
[2] 丁永强整理:《新写实作家、评论家谈新写实》,《小说评论》1991年第3期。
[3] 同上。

指写生活的本来面目,写作者的真情实感,二是指文字运行自然,要如行云流水,写得舒服自然,读者看得也舒服自然。"[1]

在我看来,"新写实小说"这一概念,无论是评论家们将其与80年代艺术形式变革浪潮进行关联的阐释,还是创作者们导向的生活态度的阐释,都体现出了80年代以来文学创新的精神和追求,特别是在现实主义创作手法这一问题上,一定要显示出与传统现实主义叙事手法的距离,又特别强调作家关注现实的品格。这样的追求,延续着80年代独具的小说艺术变革的豪情,又不愿意步"先锋小说"脱离于读者阅读需求的后尘。换言之,面对文坛出现的一些充满现实感的文本,评论家们极力地想把叙事的新品格进行凸显,并推动文学创作的前行。这种追求,无疑是80年代中后期的文坛急切地呼唤着"新写实小说"出场的最真实的动机。

所以,在《钟山》《文学自由谈》等杂志为核心的批评力量的积极推动下,"新写实小说"成为一股被命名的文学潮流,并且,在1990年、1991年、1993年这几年成为一个"众说纷纭"的话题,其所建构的"现实主义"期待充满了对新中国成立后"十七年"的现实主义的反驳的共识。同样,因为它对以往的现实主义的内涵反驳以及新的时代诉求,"新写实小说"在渐成潮流的同时,也引发了评论家们对这一文学写作现象的批判和质疑。比如,雍文华的《仍然需要提倡革命现实主义》[2]一文,提出不能否认生活的本质属性,要

---

[1] 丁永强整理:《新写实作家、评论家谈新写实》,《小说评论》1991年第3期。
[2] 雍文华:《仍然需要提倡革命现实主义》,《文艺报》1991年5月11日第3版。

十分警惕对典型化的轻视和否定。李扬的《生活真是这样吗？——从新写实小说的阅读感受谈起》[1]一文，指出"新写实主义"小说对青年们产生了消极的影响。它没能让青年们产生奋勇拼搏积极向上的理想力量。谭滔在《对一个创作口号的质疑——评新写实主义的所谓"绝对客观呈现"》[2]中，指出新写实小说突出黑暗与困境，回避希望与光明，使人感受不到生活的生机勃勃。李新宇在《激情的丧失与心态的老化》[3]中，指出新写实小说的创作者存在着激情的丧失与心态的老化问题，这对民族而言是一种没落的象征。其中，批评声音最强的莫过于李万武，他发表了系列文章[4]，对"还原生活"、"情感零度介入"等进行反驳，对新写实小说进行全面的否定，称其为"负面文学"："真的有些小说家，热衷于这种'负面文学'。他们哼着'还原生活'的悠扬小曲，脚步却顺着弗洛伊德的指引，躲开了社会主义生活的大潮，而把人拉到暗僻之处……"[5]甚至以"社会主义文艺"的眼光批评它的"反动性"："如果谁以社会主义文艺的眼

---

[1] 李扬：《生活真是这样吗？——从新写实小说的阅读感受谈起》，《文艺理论与批评》1992年第4期。

[2] 谭滔：《对一个创作口号的质疑——评新写实主义的所谓"绝对客观呈现"》，《文艺理论与批评》1992年第3期。

[3] 李新宇：《文学评论家》1992年第1期。转自《新写实小说与作家心态老化》，《文艺理论研究》1992年第2期。

[4] 这系列文章，主要包括：《评"新写实主义"的理论鼓吹》（《文艺理论与批评》1991年第6期），《"新写实主义"的意识形态选择》（《文艺理论与批评》1991年第2期），《不诚实的"还原生活"——对一种小说新观念的质疑》（《文艺报》1991年4月13日第2版），《文艺的意识形态策略和力量》（《文艺报》1993年7月31日第3版）。

[5] 李万武：《不诚实的"还原生活"——对一种小说新观念的质疑》，《文艺报》1991年4月13日第2版。

光，想在这类作品中去感受什么时代的旋律、四化建设的宏伟历史眼光，想看到使读者为这振奋的不愧为民族脊梁的崇高刚毅的人物性格，简直是不可能的事情。"[1]显然，他将文艺批评上升为政治批评，在90年代初期依然显得不合时宜，但其中对传统的现实主义理论观念的坚守，也从另一个侧面反映出经历了十多年的改革开放的中国社会，对宏大历史及主流意识形态相关的现实主题叙事的诉求。

面对这样的批评，加之80年代末的政治风波，文坛不得不做出回应。首先是作家们不得不出面解释，方方就曾这样谈到自己的写作，"本质是说不清楚的东西，主要看作家怎么表现。有人可能把生活中真实的事写得不真实，有人写同样的事则可能很真实。如写三个儿子共娶一个老婆，生活中有这样的事，但你照实写进小说肯定显得非常不真实。所以主要看作家怎么写。所谓艺术真实就是要写出事件的背景，历历渊源，使生活真实显得更加可信，揭示出生活中的真谛，给人观感上也舒服一些。"[2]。其次批评家们也要做出回应，或者说，不得正视"新写实小说"的现实叙事。其中，1991年中国社会科学院文学研究所当代文学研究室组织召开的座谈会、1991年4月16日《人民日报》文艺部和中国作协创作研究部联合邀请在京文学评论家、学者及期刊负责人等召开的小说创作研讨会，对"新写实小说"地位的确立有重要的决定作用。因为这些参与讨论者汇集了权威的评论家和一些与意识形态工作紧密相连的部门人员。社科院组织的这次座谈的

---

[1] 李万武：《不诚实的"还原生活"——对一种小说新观念的质疑》，《文艺报》1991年4月13日第2版。

[2] 丁永强：《新写实作家、评论家谈新写实》，《小说评论》1991年第3期。

纪要，以《"新写实"小说座谈辑录》一文发表于《文学评论》第三期。对于此次会议的召开，张炯说："八十年代中期涌起于我国文坛的'新写实'小说是一个拥有众多作家的复杂的创作现象。"[1]"今天，中国社科院文学研究所当代文学研究室召开这样的座谈会，对这一创作现象进行专题的讨论，目的在于交流看法，沟通思想，求得不同见解的相互参照，相互补充，使得我们对问题的认识更加深化，更加全面，也更加符合实际，从而也使我们能够更恰当地评价这一创作现象的理论意义和历史价值，并促进有关创作的更好发展。"[2]从"辑录"来看，与会者对"新写实小说"在现实主义写作方面体现出的"新"与"旧"的对立进行了较充分的论述。许多评论家肯定了它的意义，比如张韧就说："新写实小说已为我们当代文学提供了一种崭新的认识世界的观照方式，一种透视人的新的角度，它对认识现代人的生存状态、生活方式和怎样活法是有独特价值意义的。"[3]董之林认为："在这种由'浮躁'而转向沉思之后的选择中，'新写实小说'为文学的发展留下不容忽略的一页。"[4]此次会议，基本肯定了新写实小说的"发展性"。4月份的这场会议，虽然对"新写实小说"的价值判断上有异议，但也最终肯定了其合法性。这两次会议上对"新写实小说"地位的肯定，很大程度上完成了对这一文学现象的历史定格。正如有评论家说的："在变动不居的社会和历史条件下，经达各大

---

[1] 中国社会科学院文学研究所当代文学研究室：《"新写实小说"辑录》，《文学评论》1993年第3期。
[2] 同上。
[3] 同上。
[4] 同上。

报刊、机构的协商和整合，起初在各大文学传媒之间众说纷纭的'新写实小说'最终被收编为'现实主义'链条上的一环，并成为与当时的意识形态相符而非相左的文学事件，从而完成了历史的定格。"[1]

第三节 市场暗流中的"现实"

批评层面进行的关于"新写实小说"的"现实"期待和诠释并没有将命名完全定格。90年代以来，活跃于读者眼中的新写实小说文本主要包括：池莉的《烦恼人生》《太阳出世》《不谈爱情》《热也好、冷也好活着就好》，刘震云的《一地鸡毛》，叶兆言的《艳歌》《采红菱》等作品，其中体现出的"日常生活""温情""实用主义"等关键要素，充溢于作品的美学追求中，并成为众多影视剧编者和读者乐意接受的主要原因。即，与影视、与日常生活的结合，越来越成为人们接受"新写实小说"的理由以及不断蓬勃发展的美学品格。这显然与《钟山》杂志公布的获奖名单体现出的美学品格有很大的不同，甚至，有一些作家，如刘震云、方方等也越来越想与"新写实小说家"划清关系。刘震云在"春秋讲学"活动中，在接受记者采访时否认自己是新写实作家，并指出"文学不能只COPY现实"。[2]方方在接受

---

[1] 张小刚：《传媒与"新写实小说"的兴起》，北京：中国社会科学出版社2016年版，第104页。

[2] 王晓鹏：《刘震云否认是新写实作家称文学不是复制现实》，中国新闻网，http://cul.sohu.com/20140416/n398302987.shtml，2014年4月16日。

《北京晨报》的采访时,也明确地提到"我从来没倡导新写实,我只是写了我想写的小说,然后评论家把我归于新写实而已。"[1]

由此可见,事实的另一面是,《钟山》杂志及其周边评论文章努力地建构了不同寻常的"现实品格",而紧随其后甚至是同步进行的是侧重于阐释"新写实小说"的日常生活经验的叙事特征,而且,越来越多的评论开始反思"新写实小说"关于日常琐事的叙事特征。比如,有论者认为:"新写实小说家们在梦醒了的叹息之后,开始号召人们好好过日子,放弃所有的精神幻想和精神努力。因为在他们看来,所有超现实的努力,只是一种乌托邦幻想,而且,生活中并不存在那么一种终极关怀。这样,在这些作家的笔下,文学的人文精神和作家的人文操守,便在日常琐事的毛毛细雨中悄然消失。"[2]换言之,对现实生活的批判性的缺失或深度思考的缺失越来越为批评家们所诟病。

显然,现实市场对文本的选择与80年代末批评界建构"新写实小说"的现实期待之间,出现了重大的罅隙。也就是说,在批评视野中,"新写实小说"努力建构的是其独特的叙事手法及"超现实"的品格,然而,市场却更关注于作品表现的日常生活琐事,以及琐事中体现出的温情感,因为这样的作品更能带来阅读的快感,而且,更受普通读者的欢迎。因此,我们不得不将目光转向另一个普遍存在而又常常被我们忽略的维度:"新写实小说"文本叙事自身的丰富性以及市场

---

[1] 宁梦黛:《方方:写作成就不靠获奖证明没倡导新写实》,《北京晨报》,http://wenhua.youth.cn/xwjj/xw/201108/t20110825_1715289.htm,2011年8月25日。

[2] 杨守森:《二十世纪中国作家心态史》,北京:中央编译出版社1998年版,第600—601页。

化的背景，评论界不得不面对价值偏颇的处境，市场看重的品格与评论家最初推动"新写实小说"时怀抱的现实期待之间产生了不可避免的抵牾关系。而且，正如前文分析文学期刊对小说潮流的影响中所说的，《钟山》杂志对"新写实小说大联展"的策划实为"蓄谋已久"。从1988年底便发布文讯，占得先机，到1989年3期以后的一系列作品和评论的推出，体现出了《钟山》杂志在全国文学期刊发行量普遍下降的情况下的悉心运作。他们深谙制造话题的重要性，当然，背后还包括强大的经济实力的支持。这本身就体现了强烈的市场意识，所以，虽然评论界的积极参与本身就处于一个商品经济品牌意识的大环境中，但我们可以肯定，评论家们在面对商品化的作品和严肃的现实主义历史话题时，不管是有意识还是无意识，都感受到了这种变动。

早在1991年，有评论家就立足于读者的角度对"新写实小说"作过这样的评述："新写实从总体上是虚构的小说，但那夫妻情、家务事等各种生活的碎片，却似未经加工的生活原型原态的实录。崇尚真实、务实和求实的今天读者，从新写实小说体验到如临其境的真实纪录的魅力，在实拍似的人物画面中见到自己的影子，找到自己的悲欢。所以社会读者将偏爱与理解给了新写实小说，而不大满意那些疏离时代生活而又故做姿态的作品。"[1]这里，评论者已经看到，作品对各种生活碎片的关注会给读者带来身临其境的阅读感受，而这正是之前的"新潮小说"所未及的。可以说，尽管"新写实小说"的探讨

---

[1] 中国社会科学院文学研究所当代文学研究室：《"新写实"小说座谈辑录》，《文学评论》1991年第3期。

源起于"先锋小说"的失落以及80年代众多评论家对艺术形式革命的新力量的期待,然而,它的出场时空本身就代表了市场、读者的强大的阅读力量。虽然,我们尚不能绝对地说作家或者市场总是醉心于艺术的表现方式的流行性,然而,池莉的《来来往往》《生活秀》《小姐你早》,刘恒的《贫嘴张大民的幸福生活》等小说改编剧的流行,十足地昭示了"新写实小说"的发展流向和现实审美追求的流变。"新写实小说"改编的影视剧越来越成了大众喜闻乐见的产品。一定意义上,被命名为"新写实小说"的众多文本浮现于文坛的那一刻起,便有了面向市场与大众读者的叙事特质。其与市场影响下的关于"现实"的阅读期待之间有着不谋而合的结合优势。

从另一个角度来讲,市场的现实期待的暗流一直存在着,只是这种存在于80年代中后期追求艺术自足性的文坛气场,成为一种受遮蔽的现象。最典型的代表莫过于路遥的《平凡的世界》的发行过程及销量。1986年路遥完成其长篇巨著《平凡的世界》第一部时,想交给人民文学出版社出版,然而,出版社接稿的年轻编辑根本未将其引入编辑部的论证程序,便对其进行了回绝。后来,《平凡的世界》又相继由中国文联出版公司、华夏出版社、《经济日报》和陕西旅游出版社等出版。面市以后,评论界反应冷淡,几乎悄无声息,特别是众多影响力颇大的文学史也都没有关注它。然而,市场却以非同寻常的热情关注到了这部作品,销量一路飙升,特别是在它于1989年获得第三届茅盾文学奖后,读者对其更是青睐有加。在90年代以来的市场上,成了名列前茅的畅销书。评论界"文学精英们"的漠然和大众读者的喜爱,给了我们一幅生动的文坛图景,也恰恰说明了评论者和读者之间不同的关注重心,以及对现实主义写作的文本的不同期待。有评论家曾如此评述:"如果说《平凡的世界》因恪守传统现实主义写作风格而受到'文学精英'的忽视贬抑的话,它也因同样的原因得到普通读者的喜爱。"[1]实际上,现实主义写作是一直存在的市场资源。

在这样的一种背景之下,我们再来看"新写实小说家"的代表者池莉的文本的被认同过程,也充满着"市场"的力量。以其走向文坛的成名作《烦恼人生》为例,作品发表之前,池已有长达8年之久的创作生涯,但她的作品没有引起评论界太多的关注。《烦恼人生》在《上海文学》1987年第8期上刊载前,她曾经寄给多家文学刊物,均被拒绝。当时刊发此作的《上海文学》主编周介人"非常直觉的意识到:这是一篇与众不同的小说"并以"热情而又谨慎的态度"[2]将其发表。可见,当时编辑和评论界并没有找到特别好的解释的词汇。然而,从读者接受角度来看,这篇作品发表后即迎来了相当幸运的历史,当年就被《小说选刊》和《小说月报》转载和推介,第二年又被《中篇小说》转载,并分别获得这三个刊物的奖项:"优秀中篇奖""百花奖"和"优秀中篇小说奖"。正是这几个在大众读者群中影响巨大的刊物的转载,最终成就了《烦恼人生》和池莉的名声。于是,在1989年3月《钟山》杂志推出"大联展"之前,池莉在普通读者中的影响力已经发生。池莉自己也坦言:"八十年代,对我震撼最大的是读

---

[1] 邵燕君:《倾斜的文学场——当代文学生产机制的市场化转型》,南京:江苏人民出版社2003年版,第172页。

[2] 周介人:《池莉与她的"过日子小说"》,《文学报》1992年6月18日。

者对我的接受和认可,《烦恼人生》发表之后,我乘坐去武钢的轮渡,被武钢的职工们认出来了,整条船一片欢呼,二楼的人们使劲跺脚与一楼呼应,有人当即为大家背诵《烦恼人生》的片断;在波澜壮阔的长江上,迎着初升的灿烂朝霞听着自己的小说被传颂,看着几百人向你扬起真诚的笑脸,太好了!这种感觉实实在在地让我激动和狂热,真是太好了!它对于我生命力和创造力的激活毫无疑问地超过了所有的文学奖、专家评语和所谓的历史评价。所以,我得老实地承认,中国文学界的任何一次热潮倒是激动不了我的。"[1]一句"中国文学界的任何一次热潮倒是激动不了我的"似乎隐隐地透出了池莉的自信,一种面向大众读者而不是文学评论界的自信。随后,"新写实小说"的命名,又让池莉倍受关注。

所以,当读者们越来越表现出对"新写实小说"的热爱之情时,我们更有理由相信,到了90年代,对大大地依靠市场的认同度而生存的作家作品而言,它们更是找到了天时、地利、人和的好时机。一些"新写实小说"作品中对小人物生活细节的书写、对吃喝拉撒的关注,对平淡生活中活下去的乐趣的寻找,大大满足了大众阅读群的审美趣味。所以,在90年代体现出了这样一种文化现象:在一个不需要也无法制造英雄及严肃话题的时代里,关心关心自己的吃喝拉撒,关心关心自己小小的、有点卑微又特别真实的生活情绪,才是真实的,才是人生的"现实"。从这个意义来讲,"新写实小说"的最终流行开来,与市场的选择有着直接的关系。

---

[1] 池莉:《创作,从生命中来》,《小说评论》2003年第1期。

因此，从评论界的现实期待，到市场选择的现实审美取向，"新写实小说"最终建构了日常生活的审美品格。作家们力图通过将自己的题材和主题转向最基本的日常生活，将生活中最朴实的、最可靠的、最不可缺少的真实进行呈现。一方面，这种审美品格突破了长期以来受政治意识形态所主导的现实主义，为80年代追求文学独立品性的小说艺术史更添了秀丽一笔。另一方面，对日常的沉浸和亲和，却也带来了现实品格的另一重危机，即当这种亲和世俗、沉浸于日常生活的温情在作家们的笔下不断地蔓延开来的时候，我们不免看到了作家制造生活温情感的可怕。因为当我们的作家不断地将生活的逻辑直接搬入作品，也像所有大众一样喜欢制造一个又一个只要乐观地活下去的"生活故事"之后，作家是否也正在丧失对现实世界的批判以及那种充满极致性的审视呢?！同样，影视剧与"新写实小说"中的日常琐事、日常生活美学的完美结合，也清楚地表明日常生活的平面化叙事越来越受到大众喜欢。在一个总是面向大众口味的写作时代到来时，受大众欢迎甚至追捧的平面化的、世俗化的生活，越来越显著地成为作家们追捧的对象。

这或许也是当时积极投身于建构"新写实小说"潮流的批评界所不曾预料的。当年曾积极参与小说的命名联展的策划者王干在1993年曾写过这样的话："'新写实'相对于它以前的文学思潮来说并不具有革命性的意义，它对生活原生状态的'还原'，对情感要求的'零度'处理以及与读者的'对话'姿态，都不难在以往的小说中找到先例。新时期文学最后终结在'新写实'这样的'烦恼人生'、'一地鸡毛'之中，实在是新时期文学的作者和读者很不情愿接受的事实。'新写实'犹如薄暮时分的晚钟慢鼓,实在不嘹亮,不让人振奋,带着更多的惆怅和感伤。"[1]在我看来,这种惆怅和感伤更多地是来自当年积极投身于浪潮的制造者们面对"烦恼人生"和"一地鸡毛"的结局的感伤。

自90年代以来,当"新写实小说"为主体的、专注于日常生活的平面化的叙事越来越受到大众喜欢的时候,我们也看到了越来越多的作家对生活中藏污纳垢或悲欢离合的一切的坦然接受。这便使得作品在文学精神上有了种温情感,但丧失的却正是作家对世界的批判意识和充满极致力的审视。如果回到其出场的起点,回头再来看批评家们建构此次运动时的文学期待,我们除了感慨事实发展的如此不可预测,以及理论建构与创作现实间不可调和的矛盾之外,或许更应该以一种警醒而又严肃的态度对待我们的现实主义文本。换个角度来说,这一点正是80年代的批评界在急迫而又谨慎地建构"现实主义"这一名称时,所未能料到却无法避免的。因为急迫的命名本身代表了一种在市场中建构其存在的合理性和潮流性的姿态。

---

[1] 王干:《新时期文学的晚钟暮鼓——"新写实"小说漫论之一》,《天津社会科学》1993年第4期。

后 记

关于20世纪80年代文学批评的思考，缘起于2009年左右。当时，我正在做博士论文——20世纪末小说艺术形式研究，在此过程中，我强烈地感受到了80年代文学批评对作家、作品出场的"塑造"能力，并感慨于批评家、编辑和作家间那种很纯粹的、亲密的交流感。也恰是那几年间，学术界出现了大量"重返八十年代"、重新解读80年代文学现象及文本的研究文章，一时间，学术界似乎掀起了80年代文学批评研究的热潮，我则继续关注着批评与文本出场间的种种互动。这是一个有趣的问题，翻阅当时的报纸、杂志或书籍时，常常看到今日知名作家当年的模样，不自觉地会联想到他们的文字，常会有种"字有相生"的恍悟。更有大量的批评文章，字里行间难掩其热烈或激动之情，充满了真诚的、个性化的表达，让人甚觉生动。在这个并不遥远的时代，我仿佛看到了一幅生动又有趣的文学图景。或许也是一种机遇，2014年，我以对这一问题的粗略思考，申报了国家社会科学基金项目——"80年代文学批评与小说主潮更迭间的互动与抵牾研究"，这使得我能够进一步静下心来，查阅和梳理材料，对此问题进行深入的探究，并于2019年完成了课题的结题工作，此书稿即是在此基础上的成果。

至今，已有许多学者谈到了20世纪是中国文学的批评时代、80年代是文学批评的黄金时期。今天，我们的文学批评经历了时代的孕育、生发和发展，在理论和方法上都有了很大的提升，然而，如何建构批评的自我依然是一个任重而道远的问题。我希望通过研究80年代文学批评与小说变革间的互动和抵牾来思考这个问题。文学批评与文学观念的变化相辅相成，同时，文学批评自身也同样面临着新的历史境遇，当下，我们的文学批评能否回到80年代那样的地位和作用、能否发挥历史的优势，不仅事关批评自身的发展，更关乎整个文学及文化场域的营造，其中，需要突破和改变的事物不少，但值得期待。在这样一个转型变化的时代中，新的文学样态不断更新，文学批评理当敏锐地感受到、触摸到变化的脉搏，发现与参与到这种转型中，80年代文学批评与文学变革的关系，无疑将给我们提供借鉴意义。同时，这本书稿的研究，不仅在于分析80年代文学批评的现状和独特意义，也在于对现有文学史知识的阐释进行溯源、补充和反思。研究中，难免有诸多不足之处，希望得到学术界同仁的指正。

作为后记，特别要加上一记的是，写作的过程中，我的第二个孩子出生了，虽然，因为怀孕反应的剧烈，曾让我一度停止了写作，但是，这是生命中一个巨大的惊喜，心怀感恩！

这本书得以与大家见面，要感谢我的师长、同事和家人们的支持，也要感谢上海书店出版社俞诗逸、范晶编辑的辛勤付出！

图书在版编目(CIP)数据

互动与抵牾:20世纪80年代文学批评与小说关系研究/俞敏华著.—上海:上海书店出版社,2021.5
ISBN 978-7-5458-2042-3

Ⅰ.①互… Ⅱ.①俞… Ⅲ.①中国文学—文学评论—关系—小说创作—研究—20世纪 Ⅳ.①I206②I207.42

中国版本图书馆CIP数据核字(2021)第079702号

责任编辑 俞诗逸 范 晶
封面设计 汪 昊

互动与抵牾
——20世纪80年代文学批评与小说关系研究
俞敏华 著

出 版	上海书店出版社
	(200001 上海福建中路193号)
发 行	上海人民出版社发行中心
印 刷	上海商务联西印刷有限公司
开 本	890×1240 1/32
印 张	9.375
字 数	180,000
版 次	2021年5月第1版
印 次	2021年5月第1次印刷
ISBN 978-7-5458-2042-3/I.524	
定 价	58.00元